岩 波 文 庫

32-551-4

わたしたちの心

モーパッサン作
笠間直穂子訳

岩 波 書 店

Guy de Maupassant

NOTRE CŒUR

1890

目次

わたしたちの心

第一部

第一章

ある日、《レベッカ》の作曲家として知られ、「高名なる若き巨匠」と呼ばれて早《はや》十五年になる音楽家マシヴァルが、友人のアンドレ・マリオルに言った。

「いったいどうして君はミシェル・ド・ビュルヌ夫人に紹介してもらわないんだ。言っておくが、最近のパリで一、二を争う興味深い女だよ」

「彼女のところは全然ぼくの性に合うと思えないから」

「君、それは違うな。あそこのサロンは独創的で、目新しいし、非常に活気があって芸術寄りなんだ。演《や》る音楽は上等だし、話の面白さときたら前世紀の名だたる会話の場に引けを取らない。君ならえらく歓迎されるよ、なぜなら第一にバイオリンが完壁に弾ける、第二にあの家で君についていい噂がたくさん出ていた、そして第三に、君はどこにでも顔を出すようなありきたりな人間じゃないことで通っているからね」

悪い気はしないものの、まだ抵抗感が勝って、そもそもこんなふうに急きたてるのは件《くだん》の女性も承知の上なのだろうと考えて、マリオルは「どうだか。気が乗らないな」と返したが、意図した軽蔑調に、すでに同意した声音が混ざった言い方になった。

マシヴァルはさらに言った。

「よければ近いうちに紹介しようか？　彼女のことはもうぼくらから聞いて知ってるだろう、みんな親しくて、よく話題にしているから。たいへんな美人で、歳は二十八、頭も切れる。最初の結婚でずいぶん不幸な目にあったから、再婚はしたがらない。そんな女性が自宅を気の置けない男たちの集まる場に仕上げた。クラブや社交界のお偉方はそんなにいない。いることはいるけれど見場《みば》をよくするのに最低限必要な程度だよ。君を連れていったら彼女はきっと大喜びだ」

マリオルは折れて、こう答えた。

「了解。近々そうしよう」

週が明けてすぐ、マシヴァルはマリオルの家を訪ねて、訊いた。

「明日は空いてるか」

「いや……まあ」

「よし。ビュルヌ夫人のところへ夕食に連れていくよ。招待するよう頼まれたんだ。これ、彼女からの一筆」

そこでまた何秒か形だけ迷ってみせてから、マリオルは答えた。

「承知した」

三十七歳前後のアンドレ・マリオルは、独身で職には就いておらず、好きなように暮らしたり、旅行に出たり、さらには現代絵画や骨董品のちょっとしたコレクションを買い集めたりもできるほどには金持ちで、周りからは少々風変わりでとっつきにくく、気紛れで、横柄なところのある才人、内気というよりは自尊心から孤独好きを気取っている人物と見られていた。とても才能豊かで冴えているのだが、無気力なところがあって、何でも理解できるだけの素養はあるのだから多くの物事を成し遂げられたかもしれないのに、傍観者として、あるいはむしろ趣味人として遊び暮らすことに甘んじていた。もしも貧しければ、世に知られたひとかどの人物になったに違いない。確かに裕福に生まれついて、彼は大成できないままに終わった自分を絶えず責めていた。確かに芸術の分野でいろいろ試してはみたけれど、どれも勢いに欠けた。文学では、心地よく読めて起伏に富み、文体も整った旅行記をいくつか発表した。音楽ではバイオリンを弾き、プロの演奏家のあいだですら一目置かれるアマチュアとして評判を取った。そして彫刻も試みたが、彫刻では独特の芸というか、大胆でこけおどしの利く像を粗削りできる才能があれば、門外漢の目にはそれが知識と修練の代わりをなすものと映る。マリオルによるテラコッタの小像《チュニジアのマッサージ師》は、昨年のサロンで一定の成功を収めるまでにいたった。

馬術にも優れ、また噂によれば抜群の剣士でもあったが、公の場で勝負することは決してなく、それは社交界を避けるのと同じ理由で、洒落にならない競争相手が出てくるのを怖れていたのかもしれない。

しかし友人たちはこぞって彼のことを高く買い、褒めちぎった。自分たちを出し抜くような心配も大してない男だったせいだろうか。いずれにせよ、信頼できて、誠実で、気持ちよく付き合える、とても感じのいい男だと言われていた。

背は高いほうで、黒い髭《ひげ》を頬は短めに、顎のほうは長めに伸ばして先を尖らせた隙のない形に整え、髪は少し白髪交じりながらきれいに波打ち、ものを見るときはまっすぐに前を見るのだが、その目は焦げ茶色で、澄んでいて、力があり、用心深く、やや厳しさも感じさせた。

親しい相手は芸術家が多く、小説家のガストン・ド・ラマルト、音楽家のマシヴァル、画家のジョバン、リヴォレ、ド・モードルなどで、一見そろって彼の分別、友情の深さ、鋭い機知、果ては審美眼までも大いに評価している様子だが、心の底では、功成り名遂げた人々につきものの自惚《うぬぼ》れから、彼のことを非常に好感の持てる、非常に頭のいい落ちこぼれと見なしていた。

傲《おご》りから自分を表に出さないといった彼の態度は、「自分が何者でもないのは、何者にもなりたくなかったからだ」と言いたげに見えた。そうして少数の仲間とだけ過ごし、上流花柳界や第一線の有名サロンは馬鹿にして行かなかったが、もし行ったとすればそこには自分よりも華のある人々がいたかもしれないし、社交界のエキストラの群れに押しこまれてしまったかもしれない。彼が行く気になるのは、自分の半ば隠されたまともな資質を確実に高く見積もってくれる場所に限られていた。ミシェル・ド・ビュルヌ夫人宅へ連れていかれることをこんなにも早く受け入れたのは、一番親しい友人たち、つまり彼の秘められた才能を声高に吹聴してくれる面々が、この若い女性のところの常連だからである。

彼女はサン＝トギュスタン教会の裏手、フォワ将軍通りの瀟洒《しょうしゃ》な中二階に住んでいた。通りに面した二部屋は、それぞれ食堂と客間で、この客間はすべての客を迎え入れる。奥にはもう二部屋あって、こちらは建物の持ち主が所有する美しい庭に面している。まず二つ目の客間があるのだが、これはとても大きな、奥行きのある部屋で、三つの窓からは庇《ひさし》に葉が触れるほど間近に木々が迫り、置かれた品々や家具はどれも飛び抜けて珍しい上にすっきりとして、落ち着いた申し分のない趣味を感じさせる高価なものばかりだ。椅子、テーブル、可愛らしい戸棚や飾り棚、また絵画や、ガラス棚に収まった一連の扇や磁器の置物、さらに花瓶、小像、壁の中央に配した巨大な掛け時計と、この若い女性の住まいを彩るものはことごとく、形や制作年代や品のよさが目に留まり、つい見入ってしまう。ほとんど自分自身と同じくらい誇りに思っているこのインテリアを作りあげるため、彼女は知り合いの芸術家たちの知恵と友情と厚意と探索欲を総動員した。裕福で金離れのよい彼女のために、凡百の愛好家にはわからない独特の味わいが光る品をそれぞれが探し出してきて、そうした人脈のおかげで、簡単には中に入れない高名な住まいを手に入れた彼女は、どんな上流婦人のつまらない住宅よりも、ここのほうが誰にとっても楽しめるし、通いたくなるのだと信じていた。

現に本人が好んで持ち出す理屈によれば、壁掛けや布地の風合い、腰掛けの快適さ、個々の形の魅力、全体の組み合わせから漂う気品といったものは、素敵な笑顔と同じくらい視線を虜《とりこ》にし、手なずけてしまうものなのだ。感じのいい家や悪い家、豊かな家や貧相な家が、人を惹きつけたり、引き留めたり、いやな気分にしたりするのは、そこに暮らす人間に対する反応と同じことだと彼女は言うのだった。住居しだいで心は浮きたちもすれば沈みもするし、活気づいたり冷ややかになったり、話が弾んだり黙りがちになったり、物悲しくなったり陽気になったりもするので、結局、住まいのせいで各々の客は、なぜだかどうしてもそこにいたいと、あるいは帰りたいと感じることになるのだ。

やや薄暗いこの縦長の客間《ギャルリ》の中央あたりには、立派なグランドピアノが、花台を両脇に配し、主賓扱いで堂々と構えていた。奥のほうの背の高い両開きの扉は寝室へ通じており、さらに寝室の先は化粧室だが、これもまた非常に広くて品がよく、ペルシア製の布を張ったところが夏用の客間といった趣で、ビュルヌ夫人は一人のときは大抵ここで過ごしていた。

結婚した相手は礼儀知らずの悪党、周りの者すべてを言うとおりにしたがわせる家庭の暴君といった人種だったため、最初はひどく不幸だった。五年のあいだ、主人からの耐えがたい要求や、冷たいあしらいや、嫉妬や、さらには暴力までも受けて怖気づき、驚きのあまり取り乱しながら、思いもよらなかったこの夫婦生活に対して声もあげず、人を苦しめて横暴に望みを押し通す凶悪な男の餌食となって喘いでいた。

ある晩、帰宅途中に夫は動脈瘤破裂で亡くなったが、夫の死骸が毛布にくるまれて入ってくるのを見たときは、解放されたという現実を信じきれずに死骸を見つめつつ、深い喜びを押しとどめ、それでも嬉しさが表に現れてはいないかとひどく怯えた。

もともとは独立心の強い、賑やかすぎるほど明るい性格で、話を合わせて人を惹きつけるのがとてもうまく、創意に富む気の利いた一言をあちこちに挟むのだが、こうした才気はパリ育ちの少女の頭に知らず知らず根づくことがあるもので、幼いころから大通りに吹く辛口の風、つまり毎晩、劇場の開いた扉から洩れてくる演目への拍手や野次の混ざった空気を吸って育ったせいかもしれず、ただし彼女の場合は五年間の隷属で身についた独特の内気さが、昔からの大胆さと入り交じっていて、言いすぎること、やりすぎることを強く怖れながらも、同時に縛られずにいたいという熱い思いと、もう二度と自分の自由を侵されてなるものかという固い決意を抱いていた。

社交界の人間だった夫は、妻が無口で上品で礼儀正しく、きれいに着飾った奴隷さながらに客をもてなすよう仕立てあげた。この独裁者の交際相手には芸術家も多くいて、彼女は興味津々で家に迎え、喜んで話を聞いたものの、自分がどれほど彼らを理解し評価しているかを垣間見せることはどうしてもできなかった。

夫の喪が明けたある晩、芸術家たちの何人かを夕食に招待した。二人が断り、三人が応じてみると、そこにいたのはなんと、好奇心に満ち、ふるまいも魅力的な若い女で、彼女は客たちをくつろがせ、かつて家に来てくれたとき自分がどんなに嬉しかったかをしっとりと語った。

このようにして少しずつ、以前は自分のことを目に留めなかったり見くびったりしていた古い知り合いのなかから、好みに合う人間を選び出したのち、自由に生きつつも清廉な未亡人として客を招くことを始め、パリで引く手あまたの男たちを集められるだけ集める一方、女はほんの数人しか呼ばなかった。

最初に出入りを許された何人かの男たちが親しい仲間となって礎を築き、ほかの者を引き寄せて、この家にちょっとした宮廷の趣をあたえたのだが、常連はそれぞれに才能あるいは家柄のいずれかを場にもたらしていた、というのもここには選りすぐりの貴族と庶民階級の知識人とが混在していたからだ。

父親のプラドン氏は上の階に住み、娘の付き添いおよび後見人の役目を担っていた。年季の入った色男で、たいへん洒落ていて話術も巧み、娘に対してはわが子というよりも貴婦人扱いであれこれと世話を焼く彼が、木曜の夕食会を取り仕切っていたのだが、この夕食会は間もなくパリで知られ、噂にのぼるようになり、憧れの的となった。紹介や招待の申し込みが殺到したけれど、内輪で話し合い、投票めいたものをおこなった結果、断ることも多かった。仲間うちで飛び出した警句はパリ中を駆けめぐった。俳優や芸術家や若き詩人たちはここで社交界デビューを果たし、いわば有名人としての洗礼を受けた。髪を伸ばした天才作家がガストン・ド・ラマルトに連れられてきたかと思えば、マシヴァルの紹介するハンガリー人バイオリニストがピアノの脇に陣取る。エキゾチックな女性ダンサーたちはまずここで動きの激しいポーズの数々を披露してから、エデン（異国趣味のショーで知られた劇場）やフォリ＝ベルジェール（レビューで知られ娼婦との出会いの場としても名を馳せた劇場）の観客の前に姿を見せた。

ビュルヌ夫人は、そもそも友人たちに囲いこまれるような形で守られているのと、夫の権限のもとで社交界に出入りしていた時期についていやな思い出を持ちつづけているせいもあり、賢明にも知り合いを増やしすぎないようにしていた。自分のことがどう言われ、どう思われるかを考えると嬉しいと同時に怖くもあったので、少し自由人めいた自分の志向に身を委ねるのにも、ブルジョワらしくきわめて慎重におこなった。評判を気にし、やりすぎを怖れ、気ままにふるまうときも羽目を外さず、大胆な行動もほどほどに抑えて、色恋だの、浮気だの、情事だのといった疑いを微塵《みじん》も持たれぬよう配慮した。

誰もが彼女を口説いた。成功した者はいないらしい。男たちは自分の試みを打ち明け、密かに告白しあっては驚いた、というのも男からすれば、一人身の女が貞操を保っているとはどうにも認めがたいことで、またそう思うのも多分もっともなことなのだから。彼女についてはある噂があった。結婚生活の初めに、夫にあまりにも乱暴に扱われ、予想だにしない要求をいろいろと突きつけられたので、男性に対する恋愛感情を永久に失った、というのだった。常連たちはしばしばこの件を話題にした。行き着く結論はいつも同じで、若い娘が愛情に満ちた将来を夢み、また上品とは言えず多少不純でもあるらしいとはいえ大切なこととされている未知の世界を不安な気持ちで待ちながら育てられたところへ、結婚により何が求められるのかを明かしにきた相手が暴漢だったとしたならば、受けた衝撃が消えることはないだろう、という話になるのだった。

社交家の哲学者、ジョルジュ・ド・マルトリはにやりと笑って、こうつけ足したものだ。「時は来ますよ。ああいう女性には、必ず時が来る。遅ければ遅いほど、どっぷりと嵌まります。ぼくらのあの人は芸術家好きだから、相当経ってから歌手かピアニストにでも惚れるんでしょう」

ガストン・ド・ラマルトの意見は違った。小説家として、観察し心理分析することに長け、社交人士を研究することに精魂を傾けていて、現に皮肉の利いた本物そっくりの人物描写をいくつも物している彼は、女性に関する知見と分析力にかけては自分の勘は外れなしで唯一無二なのだと豪語していた。ラマルトによれば、ビュルヌ夫人は最近よくいるおかしな女に属するのだが、この種の女性について彼は『彼女のような女』という興味深い小説で取りあげている。彼が初めて描写したこれらの新種の女たちは、穏当なヒステリー患者に近い神経の昂ぶりがあって、欲望の形すらなさないような無数の相容れない欲求にせっつかれており、さまざまな事件、今日という時代、世相、現代小説のせいで、何も味わわないうちからすべてに失望していて、熱意も勢いもないままに、甘やかされた子どもの気紛れと、疑り深い年寄りの冷淡さとを併せもつかに見える、というのだ。

彼もまた、ご多分に洩れず、言い寄って敗退した口だった。

ともかく固定メンバーはみんな順繰りにビュルヌ夫人に恋をしたのであって、嵐が過ぎてからも、それぞれ程度の差はあれ胸のときめきを失わなかった。彼らは少しずつ、教会のようなものを作っていった。聖母にあたるのがビュルヌ夫人で、その魅力に取り憑かれた彼らは、本人から遠く離れているときでも、絶えず彼女のことを語り合った。持ちあげたり、褒めちぎったり、文句をつけたり、けなしたり、そこのところは日によりけりで、彼女が示した恨みや苛立ちや依怙贔屓《えこひいき》によって変わる。常に互いを妬み、多少とも互いを見張り、そして何より、誰か手強いライバルが近づかないよう、全員でしっかりと彼女を取り囲んでいた。取り巻きは七人いた。マシヴァル、ガストン・ド・ラマルト、太っちょのフレネル。それに社交界で引っ張りだこの若き哲学者ジョルジュ・ド・マルトリ氏がいて、彼は独自の逆説や、複雑で説得力のある常に最新流行の学識を唱えることで知られていたが、それらはどんなに熱心な女性ファンだろうと理解不能なもので、また彼は身だしなみも自説と同じくらい凝っていることで有名だった。ビュルヌ夫人はこうした選り抜きの男たちに、単なる社交家だけれど頭が切れると評判の何人か、つまりマランタン伯爵、グラヴィル男爵、ほか二、三人を加えていた。

この精鋭部隊のなかでも特に目を掛けられているのはマシヴァルとラマルトのようで、二人はいつでも若いビュルヌ夫人を楽しませる才能があるらしく、芸術家ならではの図太さや、法螺話《ほらばなし》や、また誰のことでも巧みにけなすばかりか、許してもらえる場合なら当の彼女のことですら軽くけなす手腕を見せて彼女を面白がらせた。とはいえ、自然にか故意にかはさておき、彼女は崇拝者の一人を長い時間、目立つかたちで特別扱いすることの決してないよう気を遣い、色気を見せるにもいたずらっぽい、さばけたところがあって、本当に分け隔てなく全員に好意を示すので、メンバーたちのあいだには敵意に彩られた友情と昂揚した気持ちとが保たれ、そのことが彼らのふるまいを愉快なものにしていた。

ときどき誰か一人が、ほかのメンバーに対して悪ふざけをするつもりで、自分の友人を紹介することがあった。けれどもその友人というのは大して優れているわけでも興味を惹くわけでもない者ばかりなので、残りの仲間は一致団結して、たちまち追い出してしまう。

そんなふうにしてマシヴァルは友だちのアンドレ・マリオルを夫人宅に連れてきたのだ。

黒服の召使いが二人の名を告げた。

「マシヴァル様がお着きです！」

「マリオル様がお着きです！」

薔薇色の絹でできた襞《ひだ》つきの大きな雲の下、つまり巨大なランプシェードが、金メッキを施された銅製の高い柱の天辺《てっぺん》に載った強力な照明のまばゆい光を、正方形をした年代物の大理石製テーブルへ投げかけているその下で、女の頭がひとつと男の頭が三つ、いましがたラマルトが持ってきた画集を覗きこんでいた。小説家は四つの頭部に囲まれて立ち、ページをめくりながら説明していた。

頭部のひとつがこちらへ振り向き、マリオルが歩み寄りながら目に留めたのは、少し赤みがかった金髪をした色白の顔だちで、こめかみの後れ毛が炎をあげて燃える藪《やぶ》のようにも見えた。細い上向きの鼻が顔全体に愛嬌を添えている。唇によってくっきりと輪郭が引かれた口許《くちもと》や、頰にある深いえくぼ、やや突き出て割れた顎には、人をからかうような感じがあるのに、目が憂鬱な雰囲気を顔にまとわせているのが変に対照的だった。その目は青く、それも色の落ちた青、洗ってこすって使いこんだかのような色で、真ん中に黒目がまんまるく、大きく、黒々と光っていた。きらきらした特異なこのまなざしはモルヒネ（当時の上流社会で麻薬としての使用が流行した）のもたらす夢の数々を早くも物語っているようだったが、あるいはそこまでのことはなくて、単にベラドンナの洒落た効果だったのかもしれない（毒草ベラドンナは瞳孔を広げて魅力を増す目的で使われることがあった）。

ビュルヌ夫人は立ちあがり、手を差しのべ、歓迎の挨拶と感謝の言葉を述べた。

「もうずっと前から、あなたを連れてきてくださるようみなさんにお願いしていましたの」とマリオルに言った。「でもこういうことっていつもそうですけど、口を酸っぱくして言わないと、なかなか実行していただけなくて」

背が高く、上品で、しぐさがややゆったりしており、控えめに開いた胸元からぎり覗く赤毛女らしいきれいな肩先が光に映えて唯一無比の美しさに見える。とはいえ髪の色は、赤というわけではなく、むしろ秋に色づく落ち葉にも似た、何とも表現しがたい色をしていた。

次いで彼女はマリオル氏を自分の父に紹介し、父親は挨拶の言葉を述べて手を差し出した。

男たちは三つのグループに分かれて、親しげに内輪話に興じており、女性が一人いることで粋な雰囲気が加わった馴染みのクラブといったところで、わが家のごとくくつろいだ様子で過ごしていた。

太っちょのフレネルはマランタン伯爵と喋っていた。一心にこの家に通いつめるフレネルの勤勉ぶりと、彼に対してビュルヌ夫人が寄せる好意に、友人たちはよく気分を害したり腹を立てたりしていた。まだ若いのに、ゴム風船の人形みたいな太り方をして、パンパンにふくれた体で息を切らし、髭はほとんどなく、頭には色の薄い産毛《うぶげ》のような漠たる頭髪がふわふわしているだけで、平凡で、退屈で、どう見ても女主人にとってはたったひとつの長所しかないのだが、それはほかの仲間たちには不愉快でも彼女にしてみれば肝心なことで、つまり誰よりも強く一途に、盲目的に彼女に惚れているということなのだ。ついた綽名《あだな》が「あざらし」。既婚だが、妻を連れてきて紹介すると言ったことは一度もなく、噂によれば妻は遠くからひどく嫉妬しているらしい。ラマルトとマシヴァルの二人は、自分たちの女友だちであるビュルヌ夫人があんな息切れ氏に明らかな好感を見せることに特に憤慨しており、こらえきれず彼女に向かって、褒められた趣味ではない、身勝手で品のない趣味だと責めると、夫人はにっこり笑って答えるのだった、

「あの人はいつも傍《そば》にいてくれるわんちゃんみたいな可愛さなのよ」

ジョルジュ・ド・マルトリは、ガストン・ド・ラマルトと、微生物学における最新の、まだ不確定なところのある発見について話し合っていた。マルトリ氏は精緻な考察を延々と加えつつ持論を述べ、小説家ラマルトは夢中になって同意していたが、文学者というのはそうやって独創的で新しいものと見れば何でも無批判に、やすやすと受け入れてしまうのだ。

社交界《ハイライフ》の哲学者マルトリは、白に近い金髪で、痩せて背が高く、腰をうんときつく締めつける服をコルセットよろしく装着していた。衣装の天辺を見れば、白襟から出ている細い顔は青白く、金髪がぺたりと頭に貼りついているかのようだ。

相手のガストン・ド・ラマルトのほうは、名前に「ド」がついているせいで、紳士であり社交家であろうとする気取りをいくらか刷りこまれてはいるものの、まず何よりも文学者、容赦のない、手強い文学者だった。さまざまな情景、態度、しぐさを、

写真機の速さと正確さをもって摘みとる目を備え、猟犬の嗅覚にも似た天性の小説家ならではの洞察力と勘に恵まれて、仕事に使える情報を朝から晩まで仕入れていた。ものの形状を鮮やかに見てとる力と、その裏にあるものを直感で感じとる力という、二つのきわめて基本的な能力を用いて彼が書く本には、心理小説家が普通見せるあれこれの意図はいっさい現れず、むしろ現実からむしりとってきた人間存在の断片といった趣があって、そこに見られる色合い、声音、姿、動きは生命そのものを思わせた。

ラマルトの小説は出るたびに世間に動揺や憶測、喜びや怒りを引き起こしたが、それは常に当節話題の人々が登場しているように人の目に映るからで、一応仮面をかぶせてあるとはいっても、破れた仮面だった。したがって彼がサロンに足を踏み入れると、不安が後に残った。おまけに彼は回想録を一冊刊行していて、そこでは知り合いの男女の肖像が数多く描かれ、明瞭な悪意があるわけではないとはいえ、あまりに正確で無慈悲なので、描かれたほうは深く傷ついた。ある人は「付き合い注意」という綽名をつけた。

本心は謎で、胸襟を開くことはなかったが、噂ではかつて激しい恋に落ちたことがあり、相手の女に苦しめられて、その後ほかの女たちに意趣返しをしたという。

音楽家マシヴァルは、ラマルトとたいへん気が合ったが、性格はずいぶん違い、開けっぴろげで外向的、ラマルトほど苦悩を秘めた様子はない一方、感じやすさが表に出ていた。大成功を収めた二つの作品があり、まず一曲目がブリュッセルで演奏されたのちにパリへ来てオペラ＝コミック座で喝采を浴び、さらに二作目はいきなりオペラ座に迎えられて初演され（オペラ＝コミック座は歌のない台詞を一部含むオペラを、オペラ座は歌のみからなる正規のオペラを上演する劇場）、すばらしい才能を予告するものと評されたのだが、ここで彼は昨今の芸術家の大半に襲いかかるらしい、若年性麻痺とも言うべき停止状態に陥ってしまった。昨今の芸術家たちは父親の世代のように栄誉と成功のうちに年老いるということがなく、みな伸び盛りの時期に不能に脅かされるようだ。ラマルトに言わせると、「今日フランスには、もはや偉人の出来損ないしかいない」。

マシヴァルは最近、ビュルヌ夫人に相当熱をあげているらしく、常連組のあいだではちょっとした話題になっていた。だから彼が崇めるかのように夫人の手に口づけたとき、誰もがそちらへ目をやった。

マシヴァルが訊いた。

「私たちが最後ですか」

彼女は答えた。

「いえ、グラヴィル男爵とブラティアヌ侯爵夫人がまだですわ」

「おや、侯爵夫人がおいでとは運がいい。それじゃ今夜は音楽ですね」

「だといいんですけど」

お待ちかねの二人が入ってきた。侯爵夫人は、かなりぽっちゃりしているせいで、小柄すぎるくらい小柄に見え、イタリア出身で活き活きとしていて、目も睫毛《まつげ》も眉も黒く、髪の毛も黒髪でおそろしく量が多く、額を覆いつくした上に目にも入りかねない勢いだが、社交界の女性たちのなかで最高の美声を持つことで知られていた。

男爵のほうはそつのない、胸が薄く頭の大きい男で、両手にチェロを構えて初めて本当の彼らしい姿になるのだった。熱狂的な音楽好きで、音楽に重きを置く家にしか出入りしない。

夕食の準備が整うと、ビュルヌ夫人はアンドレ・マリオルの腕を取り、ほかの客を先に行かせた。そして二人で客間に最後まで残って、いざ歩き出すとき、夫人は瞳孔だけ黒い薄青色の目でちらりと流し目を送ってよこしたが、その目つきには美人が何かしらの殿方を初めて食事に招待する場合の一般的な興味の示し方に比べて、より複雑な女の思惑や探求心が表れているような気がマリオルにはした。

夕食の場はやや暗く、盛りあがりに欠けた。ラマルトは気が立っていて、誰に対しても敵意を表し、といっても育ちのよいところを見せようとはするので、あからさまに嚙みつくわけではないのだが、ただほとんど感じとれないほど微かに不機嫌な態度で武装しているため、会話は弾まなくなってしまう。マシヴァルはと言えば、気が気でない様子で、ろくに食べもせず、時おり上目遣いに女主人を見ていたが、その彼女はまるでここはまったく別の場所にいるかのようだった。ぼんやりしていて、人に答えるときはにこりと笑うものの、すぐに動きが止まってしまい、どうも今夜は、それほど大したことではないけれども友人たちのことより気になる何かについて思いめぐらしているようだった。とはいえ必要なおもてなしは、侯爵夫人に対しても、マリオルに対しても、十二分におこなっている。ただそれは義務として、習慣としてやっているだけで、自分自身のことも自宅のことも心にないのは見ていて明らかだった。フレネルとマルトリ氏は現代詩について口論した。フレネルが詩に関して社交界で流通している見解を信じている一方、マルトリ氏のほうは複雑きわまる詩の書き手たちについて一般人には手の届かない認識を有していた。

食事のあいだも何度か、マリオルはこちらを探るようなビュルヌ夫人のまなざしに出会ったのだが、初めの一瞥《いちべつ》に比べると漠然としていて、視線の強さも好奇心も薄らいでいる感じがした。ブラティアヌ侯爵夫人、マランタン伯爵、グラヴィル男爵の三人だけが、ひっきりなしにあれこれと喋っていた。

そして夜会の最中、ますます愁いを帯びてきたマシヴァルがピアノの前に座り、ポロンと鳴らした。ビュルヌ夫人は生き返ったようになって、たちまちお気に入りの数曲からなるミニコンサートを準備した。

侯爵夫人は声の調子がよく、マシヴァルがいることに大興奮して、一流の歌手さながらに歌った。巨匠マシヴァルはピアノを弾き出すときにいつも見せる憂鬱そうな表情で伴奏した。長い髪が燕尾服の襟にかかり、顎全体を覆う細く艶《つや》のある縮れ毛の髭と混ざり合っていた。彼に恋した女は多く、追いかけつづけている女もあるとの噂だった。ビュルヌ夫人はピアノの傍に腰かけて一心に聴き入り、マシヴァルのことを見つめながら見ていないといった様子で、マリオルは少し嫉妬した。特にこの男女に対して嫉妬したというわけではない。むしろ有名人に注がれる女の視線を前にして、こちらが手に入れた名声の度合いによって私たちに序列をつける女たちの感覚が伝わり、男としての見栄を傷つけられた気がしたのだ。すでに以前から、付き合いのある著名な男たちが女の好意を受けるのを見て密かに辛い思いをすることはよくあったが、多くの男にとって、そうした好意は成功によって得られる最高の見返りだった。

十時ごろになるとフレミーヌ男爵夫人と大手銀行関係者のユダヤ人女性二人が立て

つづけにやってきた。ある結婚の通知と、ある離婚の予定が話題となった。

マリオルは、巨大なランプを載せた柱の下に腰かけたビュルヌ夫人を見つめていた。細い上向きの鼻と、頬のえくぼ、顎の肉についた可愛らしい割れ目が、いたずら好きの子どものような顔だちを作っている。とはいえもうすぐ三十歳だし、色褪せた花を思わせるまなざしが不穏な謎のような気配を顔だちにあたえてもいるのだが。肌は明るい光を浴びて金色のビロードに近い色調を帯び、他方で髪の毛は頭を動かすたびに褐色のきらめきを放った。

自分を見つめる男の視線が客間の向こうの隅から届くのを感じて、じきに立ちあがると、笑顔で、呼びかけに応えるかのように彼のいるほうへ向かった。

「ちょっと退屈なさってるでしょ」と彼女は言った。「馴染みのない家って、退屈ですものね」

マリオルは否定した。

ビュルヌ夫人は椅子を引き寄せて隣に座った。

そして二人はたちまち話し出した。どちらにとっても一瞬のことで、マッチで触れた途端に炎がぱっとあがるのと同じだった。まるで前もって互いの意見や感じ方を伝えてあり、二人が同じ性質、教養、嗜好や趣味を通じて分かり合う用意ができていたかのよう、出会うことが運命づけられていたかのようだった。

若き女主人の側があしらい上手なせいもいくぶんあったかもしれない。ともかく、こちらの言葉に耳を傾け、言おうとしていることを察して、答えてくれる、それも打てば響くような見事な答えを返してくれる相手を見つけた喜びで、マリオルはすっかり興に乗った。こんなもてなしを受けたことで得意な気持ちにもなり、また自分のために披露してくれる煽情的な身のこなし、男たちを虜にする彼女ならではの魅力に征服されて、自分のものの感じ方をわかってもらおうと努めたが、その感じ方というのは少しわかりづらいところがあるものの彼独自の繊細さがあり、だからこそ付き合いの深い人々は稀に見る強い好感を寄せてくれるのだ。

突然、彼女は告げた。

「あなたとお話ししていると本当に楽しくて仕方ありませんわ。そう噂に聞いてはいましたけれど」

彼は顔が赤らむのを感じたが、思いきって言った。

「私のほうで聞いていた噂では、あなたは……」

相手はさえぎった。

「色気を振りまいてると仰《おっしゃ》りたいんでしょ。気に入った方が相手なら大いに振りまきますわ。みなさんご存じですし、私も隠しはしません。でも、いまにおわかりになるでしょうけど、私の色気はとっても公平ですの、そのおかげでお友だちをなくさないで、仲良しのまま……あるいはいったん離れてもまたお友だちに戻って、全員を私の周りに引き留めておけるんです」

そう言いながら含みのある表情を見せるのは、つまりこういう意味だった。「落ち着いてくださいい、あまり自惚れてはだめ。勘違いしてはいけません、あなたもほかの人たちとまったく変わりはないんですから」

彼は答えた。

「なるほど、このあたりに潜むあらゆる危険に対して注意を促してくださったわけですか。おそれいります。たいへん好ましいふるまいですね」

彼女は話題が彼女自身のことになるよう道を拓いてくれたのだった。彼はそれに乗った。まずいろいろと褒めて、相手が喜んでいるのを見てとった。次いで、自分が出入りするさまざまな場で彼女がどう評されているかを話し、女の好奇心を掻き立てた。少し心配していた彼女は、人が自分の生き方や好みをどう思おうとまったく意に介さないふうを装ってはいたものの、知りたい気持ちを隠しきれなかった。

マリオルがお世辞交じりに描き出したビュルヌ夫人の肖像は、自立していて、頭がよくて、とにかく優れた、魅惑的な女、傑出した男たちに囲まれながら完璧な社交家でありつづける女というものだった。

彼女は反対の意を示すために時おり微笑んだり、自己愛が満たされたことを表す「まさか」の一言を挟んだりしつつ、男が告げる詳細の数々をとても面白がり、おどけた口調で絶えず話の続きを求めるのだが、その巧みな問いかけの言葉には、おだてられる快楽への欲求が含まれている。

彼は相手を見つめながら思った。「結局、ただの子どもだな、ほかの女と同じだ」そう思うとともに、彼女が女性としては実に珍しく諸芸術を真に愛好していると褒めそやす上出来の一文を言い終えた。

するとまったく思いがけないことに、彼女は馬鹿にした顔を見せた。われわれの人種の神髄をなすらしい、いわゆるフランス式の揶揄《やゆ》である。

マリオルの賛辞には無理があったのだ。彼女は自分が愚か者ではないことを示した。「あら」と彼女は言った、「正直に申しますけれど、私は自分が芸術を好きなのか、それとも芸術家の方々のことを好きなのか、よくわからずにいるんですの」

彼は返した。

「芸術を愛さずに芸術家を愛するなどということができるものでしょうか?」

「社交界の方々よりも面白い場合がありますでしょ」

「ええ、しかし厄介な短所もあるでしょう」

「そうね」

「ではあなたは音楽が好きではないと？」

彼女は急に真剣になった。

「失礼ながら、惚れこんでます。たぶん、何よりも一番好き。けれどもマシヴァルは私が何もわかってないと固く信じています」

「彼がそうあなたに言ったんですか？」

「いいえ、心で思っているだけ」

「それならなぜわかるんです」

「だって私たちって、知らなくても大抵のことは勘で見抜きますもの」

「それで、マシヴァルはあなたが音楽のことを何もわからないと思っているわけですか？」

「確かです。あの方が音楽に関して説明してくださるときの話しぶりからして明らかですわ、微妙なところを強調しながら「こんなことをしても何の役にも立たない、私がいまこうしているのは、ひとえにあなたがとても素敵だからです」って頭のなかでつぶやいてるような顔つきですもの」

「しかし彼は、あなたのお宅ではパリのどんなサロンよりも最高の音楽が聴けると私に言いましたよ」

「ええ、あの方のおかげです」

「では文学は、お好きではありませんか?」

「大好きですし、自分ではかなり感性があるほうだと思ってます、ラマルトは反対の意見ですけど」

「彼もあなたにはわからないと見なしている、と」

「もちろん」

「でもやっぱりあなたには言っていないわけですね」

「お言葉ですけど、この方のほうはね、私に向かって仰いましたの。いわく、ある種の女性は、感情表現とか、作中人物の本心とか、つまりは心理的なもの一般については繊細かつ正確に摑むことができる、ところが作家の仕事においてより高い次元にあるもの、すなわち芸術というものを感知する能力が完全に欠けている、ですって。あの人が芸術という単語を口にしたら、もう追い払うしかないのよ」

マリオルは微笑して尋ねた。

「それで、あなたはどう思われるんですか？」

彼女は何秒か考えこみ、それから相手を正面からじっと見つめ、ちゃんと自分の話を聞いて理解する態勢が整っているかどうか確かめた。

「私は、その点について思うところがあるの。感情は――いいかしら、感情よ――女の心に何でも招き入れることができる。ただ、そのまま心のなかに残ることはあまりないんです。おわかりかしら？」

「いや、もうひとつ」

「つまり、あなた方と同じレベルで私たちに物事を理解させたいなら、知性に訴える前に、私たちのもつ女の本質に呼びかける必要があるということなの。男の人が感じよく見せてくれないものに私たちが興味を抱くことはありませんわ、こちらは何でも感情を通してものを見るんですから。愛情を通して、と言うんじゃないのよ、感情なんです、感情にはいろんなかたちがあるし、現れ方もニュアンスもいろいろでしょう。感情というのは私たちに属するもので、あなた方にはよくわからない、あなた方にとって感情は物事を見えにくくするけれど、私たちにとってははっきり照らしてくれるものなんです。ああ、ずいぶんぼんやりした話に聞こえているみたいですけれど、仕方ないわ！　ともかく、もしもある男の人がこちらのことを好きで、よくしてくれるなら——だって好かれていると感じて初めて私たちは努力できるのだから——、そうしてもしもその男の人が優れた人物なら、骨惜しみさえしなければ私たちにありとあらゆることを感じさせたり、垣間見せたり、得心させたりすることができますし、折に触れて少しずつ伝えていけば、自分の知性のすべてを伝えることもできるんです。ただ、あとでどこかへ飛んでいって、消えてなくなってしまうことはしょっちゅうですわ、私たちはすぐに忘れてしまうんですもの、メロディが歌詞を忘れるように忘れてしまう。私たちは直感的で、ぱっと閃《ひらめ》くけれど、変わりやすく、衝撃を受けやすく、周りに影響されやすいんです。私がお天気やら、体調やら、読んだこと、言われたことによって、どれほど精神状態がころころ変わって別人のように多種多様な女になるか、もし知ったらびっくりなさるわ。子どももないのに優秀な母親の心境でいる日も本当にありますし、ほとんど妾《めかけ》の心境という日もあります……愛人もいないのに」

惹きつけられて、彼は尋ねた。

「知性豊かな女性なら大抵そういった思考活動ができるとお考えですか？」

「ええ」と彼女は言った。「ただし、頭を働かせることを止《や》めてしまっている場合もありますし、それに女は生き方が定められていて、一方か他方かへ引きずられていきますから」

彼はさらに訊いた。

「それでは、結局、一番お好きなのは音楽ですか？」

「そうね。さっき言ったことは本当ですのよ。つまり、いまみたいに音楽を味わったり、心から愛したりできるようになったのは、マシヴァル天使さまがいらしたからこそなんです。大作曲家のいろんな名曲、私は前から心底好きでしたけれど、彼は私に弾かせることで曲の魂を吹きこんでくれたんですもの。既婚だなんて残念！」

この最後の一言はいたずらっぽい調子で言ったのだが、あまりに深い未練がこもっていたので、彼女の女性をめぐる理論も、芸術への賛辞も、すべてがこの一言に凌駕されてしまった。

マシヴァルは、確かに結婚していた。成功する前に芸術家同士で一緒になった例で、これは栄華のときを経て死にいたるまで、ずっとついてまわる関係なのだ。

実際マシヴァルが妻の話をしたことは一度もなく、社交界にずいぶん顔を出しているのに妻を連れてきたこともないし、子どもが三人いるのだがそれもほとんど知られていない。

マリオルは笑い出した。まったくもって、この女性は可愛らしく、予測不可能な、稀に見るタイプで、なおかつ実にきれいだった。彼は飽かず見つめていたが、じろじろ見られても少しも苦にならないらしい彼女の顔だちは、神妙なのに明るく、茶目っ気があり、個性的な鼻をして、肌の色は何とも官能的、髪は温かみと柔らかさのある金髪なのが、まるで成熟の頂点を示す真夏の炎につつまれているようで、あまりに頃合いの、甘やかな、味わい深い熟し方だから、ちょうど今年、ちょうど今月、ちょうどこの一分で完全な魅力の盛りに達したかと思えるほどだった。「染めてるんだろうか」と思い、髪の根元に薄い色か濃い色の筋が見分けられないか目で探したが、見つからなかった。

絨毯《じゅうたん》の上を進んでくる微かな足音が背後から聞こえ、彼はびくりとして振り返った。召使いが二人、お茶用のテーブルを運んできたのだった。小さなランプの青い炎が、大きな銀色の容器に入った湯を穏やかに沸かしていたが、ぴかぴか光っている上に複雑なところが化学実験器具のようだった。

「お茶を一杯いかが」と彼女は訊いた。

彼が応じると、立ちあがり、背筋の伸びた、体を揺すらない歩き方、堅苦しさがそのまま品のよさとなっている歩き方で、熱い蒸気が内部で音を立てている例の装置を中心に、各種の菓子やプティフール、果物の砂糖煮、ボンボンが並ぶテーブルのほうへ向かった。

すると、横向きの姿が客間の壁布を背景にくっきりと浮かびあがったので、マリオルは先ほど見惚れた幅広の肩と豊かな胸につづく胴まわりが細く、腰が薄いことに目を留めた。明るい色のドレスの裾がくねくねと引きずられ、まるで体の続きが床の上に延々と伸びているようだったので、彼は露骨にこんなことを思った。「おや、人魚か。期待させる女だな」

彼女はいま、一人ひとりの傍《かたわ》らへ寄っては、匂い立つように優美なしぐさで飲み物を勧めていた。

マリオルが目で追っていたところへ、カップを手にぶらぶらしていたラマルトが呼びとめて、言った。

「一緒に出ますか?」

「そうですね」

「すぐ行きませんか。疲れてしまって」

「ええ、すぐ行きましょう」

二人は家を出た。

外へ出ると、小説家が尋ねてきた。

「まっすぐお帰りですか、それともクラブへ?」

「一時間くらいクラブで過ごします」

「タンブランで?」

「ええ」

「戸口まで送ります。私はどうもああいう場所は退屈で。全然行かないんです。馬車に乗るためだけに会員になっていますが」

二人は腕を組んでサン=トギュスタン教会のほうへ下っていった。

いくらか進んだところで、マリオルは訊いた。

「変わった女性ですね! どう思います?」

ラマルトはわははと笑い出した。

「初期症状ですな」と彼は言った。「われわれと同じ道を辿りますよ。私は治りましたが、病気に罹りはしました。いいですか、彼女の一派に見られる症状とは、集まれば彼女のことしか話さないというものなんです、顔を合わせるたびに、どんな場所だろうと」

「そうは言っても、私は初めてだったわけで、彼女のことをほとんど知らないのですから、いたって自然でしょう」

「了解。彼女の話題でいきましょう。まあ、あなたも恋に落ちますよ。必然です、みんなそうなんです」

「それくらい魅力的だってことですか?」

「そうとも言えるし、そうでないとも言える。昔ながらの女、つまり情け深い、心の温かい、感じやすい、古風な小説に出てくる女だな、そんな女が好きな連中は、彼女を毛嫌いするんです、いやがるあまりひどい悪口を言い出したりする。他方、われわれのように、モダンな色香をよしとする者にとっては、たまらない女だと白状せざるをえないでしょう、執着さえしなければね。ところがまさに誰もが執着してしまうんです。別に死ぬわけじゃありませんし、大して苦しむわけでもないけれども、何であいう女なんだと頭にくるわけです。彼女にその気があれば、あなたもそうなりますよ。いや、もう喰われてますね」

マリオルは秘めた思いを反響させる言葉を放った。

「またまた！　私は彼女にとってはただの新顔ですし、それに何であれ肩書きにこだわる人でしょうから」

「そりゃそうですとも！　でも同時に、肩書きはどうでもいいとも思っているんです。どんなに有名で、人気者で、位の高い人間でも、彼女のお気に召さなければ、あの家に十回と足を運べません。ところが、あの馬鹿のフレネルやらベタベタしたマルトリやらは、おかしなことにお気に入りなんだ。救いようのない阿呆どもと仲良くやっているのはどういうわけなんでしょうね、そいつらのほうがわれわれよりも楽しませてくれるからかもしれませんし、ひょっとすると結局、そういう人間のほうが彼女を深く愛しているからかもしれません、女は誰でもその点に一番敏感ですから」

そしてラマルトは彼女について、分析し、議論し、前に述べたことを蒸し返しては逆のことを言い、マリオルの質問に対しては素直な熱意をもって、この問題に引きこまれた当事者として答えたが、正当な観察結果や間違った類推を頭にいっぱい詰めこみすぎて途方に暮れている面も多少はあった。

彼は言うのだった。「第一、彼女だけじゃないんです。似たような女が、今日び五十人、いやもっといるかもしれません。ほら、先ほどあの家に入っていったフレミーヌなんぞ完全な同類ですよ、ただやることがもっと大胆で、しかも妙な紳士と結婚しているものだから、彼女の家はパリで最上級に面白い狂人の巣窟になっています。私はそこにもよく行くんですがね」

二人は気づかぬうちに、マルゼルブ大通り、ロワイヤル通り、シャンゼリゼ大通りと歩いていた。凱旋門まで来たとき、ラマルトは唐突に懐中時計を引き出した。

「いやはや」と彼は言った、「われわれは一時間十分も彼女の話をしてしまいました。

今日はこれで充分でしょう。クラブまでお送りするのは次の機会にします。家へ帰ってお休みなさい、私もそうします」

第二章

明るく照らされた大きな部屋で、壁にも天井にも、外交官の友人がペルシアから運んでくれた見事な布が張りめぐらせてあった。いずれも黄金色のクリームに浸したかのような黄色い地の上に、ペルシア独特の青緑色を基調とした色彩豊かな線画が描かれ、画題は屋根が反り返った奇怪な建造物で、その周りを鬘《かつら》をつけたライオンや異常に大きな角《つの》の生えた羚羊《れいよう》が走り、楽園の鳥が飛びかう。

家具はほとんどない。緑色の大理石を天板にした三台の細長いテーブルに、女性の化粧に必要なすべてが揃っていた。中央の一台に、厚みのあるクリスタルガラスの大きな洗面器がいくつか。二台目には、大小さまざまの瓶や箱や壺の一群が置かれ、それぞれ王冠つきの頭文字の組み合わせがあしらわれた銀の蓋《ふた》をかぶせてある。三台目には、現代風のお洒落をするためのあらゆる道具や器具、ややこしく、謎めいた、繊細な使い方をするものが無数に並んでいる。この化粧室には、長椅子が二脚と背の低い腰掛けが数脚あるきりだが、どれも詰め物入りでふんわりしていて、疲れた手足や、衣装を脱いだ体を休めるのに最適だ。さらに、壁一面を使った巨大な鏡が、まるで明るい視界が広がるように開かれている。三面からなり、両脇の二面は蝶番《ちょうつがい》で繫がっているので、若い彼女は自分の姿を正面と側面と背面から同時に眺め、自らの鏡像のなかに閉じこもることができる。右手にある、普段はカーテンで隠された壁のくぼみには、浴槽、というよりも深い水盤に近いものがあり、やはり緑色の大理石製で、二段の踏み段を降りて入る作りになっていた。彫刻家プレドレによる瀟洒なキューピッドのブロンズ製小像が一体、浴槽の端に腰かけ、弄《もてあそ》んでいる貝殻から湯と冷水を流す。この小部屋の一番奥には、角度をつけた鏡を組み合わせて半円形に仕上げたヴェネツィア製姿見が設《しつら》えられて、断片のそれぞれに浴槽と湯浴みする女とを迎え入れ、閉じこめ、映し出していた。

少し先へ行くと、今度は書きもの机、これはイギリス製の簡素でモダンな美しい家具で、散らかした紙や、折りたたんだ手紙や、金色の頭文字が光る開封済みの封筒に覆われている。つまり彼女が一人でいるときは、ここで過ごし、ここで手紙を書くのだ。

中国製の薄絹で作った部屋着をまとって長椅子に寝そべり、しなやかで引き締まったきれいな素肌の両腕を、服地に寄せた大ぶりの襞から大胆に突き出し、まとめた髪の毛の金色にうねる重たい束を頭頂に載せた姿で、風呂あがりのビュルヌ夫人は夢想に耽っていた。

小間使いが扉を叩き、入ってきて、一通の手紙を渡した。

ビュルヌ夫人は受け取り、筆跡を眺め、紙を破って開け、最初の数行を読むと、落ち着き払って小間使いに言った。「一時間後にあなたを呼びますから」

一人になってから、勝利の喜びにほほえんだ。初めの数語だけで、マリオルの恋の告白がようやく届いたのだとわかるには充分だった。予想していたよりも難関だった、というのも三か月も前から、いままで誰にもしたことがないほど、淑《しと》やかさを振りまき、気遣いや可愛いしぐさを連ねて、彼を惹きつけてきたのだ。彼は疑い、気を許さず、彼女に対して、また尽きることのない艶《なま》めかしさという絶えず差し出される餌に対して用心怠りない様子だった。ここまで来るには、差し向かいのお喋りを何度もして、この身に備わった肉体的魅力をすべてあたえ、相手の心を捕らえる知的な努力を最大限に傾けなければならず、また音楽の夕べを度々開いては、まだ余韻が響くピアノの前、巨匠たちの歌心がいっぱいに詰まった楽譜の前で、二人して同じ感動に震える必要があったのだが、そうするうちにやっと、打ち負かされた男の白状、優しさが足りないときの縋《すが》るような哀願が彼の目に宿りはじめたことに気づいた。このしたたかな女にとって、こういうまなざしはお馴染みだった。実に頻繁に、猫のような手際のよさと飽くなき好奇心をもって、誘惑したあらゆる男の目に密かな苦悶を生じさせてきた。男たちが少しずつ、女としての自分の無敵の力に占拠され、征服され、支配されていくのを感じとり、自分が彼らにとって唯一の女、気紛れで絶対的な無二の偶像となるのが面白くて仕方なかった。このような気持ちは彼女のなかでゆっくりと、隠された本能が育つように成長していったのだが、その本能とは、戦闘と征服の本能だった。結婚生活の数年のあいだに、復讐の欲求が心のなかに芽生え、自分が受けたことを男たちに返してやる、つまり自分のほうが今度は強い立場になって、意志をへし折り、抵抗を蹴散らし、苦しみをあたえてやろうと、漠然とながら欲したのかもしれない。しかし何よりも、持って生まれた色気があった。そこで、自分は自由な生き方ができるのだと自覚するとすぐに、恋する男たちを追いかけては手なずけることを始めたのだが、これは猟師が、獲物の斃《たお》れるところを見たいがために獲物を追いかけるのと同じだった。けれども彼女の心は、優しく感じやすい女たちのように情に飢えるということはまったくなかった。一人の男からただひとつの愛情を受けることも、恋愛によって幸福になることも求めない。必要なのはみんなの注目、賛辞、拝跪《はいき》、優しい言葉による祝福に取り囲まれていることなのだ。サロンの常連になる者は誰でも彼女の美しさの奴隷でなくてはならず、またどれほど知的な興味を抱こうとも、相手が彼女の色気に負かされなかったり、恋愛云々を蔑《さげす》んでいたり、あるいはほかに好きな女がいるような場合、彼女の執着は長くつづかなかった。お友だちでいるには、彼女のことを好きでいなければならないのだ。そうしてさえいれば、彼女は考えられないほどよく気がつき、すばらしい心遣いと果てしない優しさを見せることで、捕まえた男たちを手近に引き留めておこうとする。ひとたび崇拝者軍団に編入されれば、征服者の権利として、彼女の所有物になってしまうかのようだった。彼女は巧みな手さばきで、各人の弱点や長所、嫉妬の性質にしたがって彼らを治めていた。要求しすぎる者がいれば、しおどきを見て追放し、のちにおとなしくなったところを再び受け入れるのだが、その際には厳しい条件を課する。そして彼女は、背徳的な小娘さながらこの誘惑ゲームを面白がるあまり、年配の殿方を狂わせるのも若者を振りまわすのも同じくらい素敵なことだと思っているのだった。

さらに言えば彼女は、自分が生じさせた熱意の度合いに応じて、相手に注ぐ愛情を加減しているとすら見えた。だから太っちょのフレネルは、能なしで鈍い、端役相当の男でありながら、熱烈な恋心を燃やしていることを彼女が知っていて、その囚われぶりを感じるからこそ、お気に入りの一員でありつづけているのだ。

とはいえ男たちの美点にまったく無関心だったわけではない。惹かれはじめていると感じたこともあったのだが、その気持ちは自分のうちに秘め、危険なことになりかねないと思った時点で止めていた。

新参者はそれぞれに新しい恋歌の調べと未知の人柄を届けてくれるし、芸術家はとりわけそうだったので、彼女はより鋭く濃《こま》やかな洗練、陰影、感情の機微を味わえる予感がして何度も心乱れ、大恋愛や長くつづく関係といった夢を断続的に抱いたものだった。けれども、怯えて守りに入る気持ちに捕らえられ、決めかねて、悩み、疑い、いつも最新の求愛者に心を動かされなくなるまで警戒を解かなかった。それに、彼女のもつモダンな娘らしい疑り深い目は、数週間もあれば大物たちの威光を剝いで丸裸にしてしまう。彼女に惚れて惑乱するあまり、体面を保つための気取りや派手にふるまう癖を放り出してしまうと、途端に彼女の目にはみんな同じに見え、自分の魅力によって支配されている哀れな人々ということになるのだった。

ともかく、彼女ほど完璧な女が愛着を抱く男となれば、計り知れない美質をいやというほど兼ね備えた者でなければならなかっただろう。

けれど、彼女はとても退屈していた。先入観にしたがって社交界に出入りしてはいるものの思い入れはなく、長い夜会はいつもあくびを噛み殺し、眠い目をこらえながらやり過ごしていて、楽しめるものといえば恋愛ごっこ風の会話か、自分自身の挑発的な気紛れ、または特定の人やものに次々と興味を移していくことなのだが、その場合は自分が面白いとかすばらしいとか思った物事にあっという間に幻滅したことにならない程度には執着するものの、慕ったり興じたりすることに真の喜びを見出すほどには執着するわけでもなく、身に付きまとうのは欲望ならぬ神経の昂ぶりで、素朴な者や熱しやすい者が持つような夢中になれる関心事をまるで持たない、そんな彼女はいわば賑やかな倦怠のなかに暮らしており、一般に共有される幸福への願いも抱かずにただ退屈しのぎばかりを求め、すでに疲れて体がだるくなっているのに、自分では満ち足りていると思っていた。

満ち足りていると思っていた、というのはつまり、彼女は自分がもっとも人を魅了する、もっとも恵まれた女だと判断していたのだ。自分の可愛らしさを誇りに思い、その実力を試してみることも多かったし、奇妙ながら人を虜にする型破りの美しさはわれながら愛おしく、またほかの人々にはわからない多くのことを見抜き、予期し、理解できる明晰さにも自信があって、優れた男たちがこぞって褒める機知に鼻高々な上、自分の知性を閉じこめる限界があるとは知らずにいたから、自分のことを、凡庸なこの世界に出現したほぼ唯一の存在、稀有な逸材と信じ、この世界が少しばかり空っぽで単調な感じがするのは自分の格が高すぎるからなのだと思っていた。

自分を苦しめているこの絶え間ない倦怠の無自覚な原因がわが身にあるとはつゆほども思わず、他人を責めては、自らの鬱屈の責任を負わせた。人々が充分にこの自分を慰め、楽しませ、熱狂までも引き出す術を知らないなら、それは彼らに面白みと本物の資質が欠けているせいなのだ。「誰もかも、つまらないのよ」と彼女は笑いながら言ったものだ、「気に入ってる方だけはましなんです、それは私が気に入ってるからというだけの理由なんですけど」

そして彼女に気に入られるには、彼女のことを比類ない女だと思うことが肝心だった。骨を折らなければ成功はしないと承知している彼女は、相手を落とすための心遣いを重ね、そうして相手の目に感動が宿ったときや、心臓という反応の激しい筋肉が言葉ひとつでドキンと打ったときに現れる賛嘆の情を味わうのを、何にも増して快いと感じるのだった。

アンドレ・マリオルを捕らえるのに苦労したのはずいぶん意外だった、最初の日からこちらに惹かれていることは確かに感じていたから。その後徐々に、疑り深いところ、密かに他人を羨んでいるところ、非常に鋭敏で、感情を押し殺そうとするところがあるとわかってきたので、そのような弱さを乗り越えてもらうため、敬意や好意や自然な共感をこれでもかと示した結果、とうとう降参したのだ。

特にここひと月は、どうやら網にかかったらしく、面と向かうと不安げで無口で、熱に浮かされた感じだったが、それでも告白には抵抗していた。そう、告白！　本当を言うとあまり好きではない、というのも度を超えて直截《ちょくせつ》だったり感情的だったりすると、厳しく対応しなくてはならなくなってしまうから。仲たがいして出入り禁止にせざるをえなくなったことも二度あった。嬉しいのはむしろ、微妙な表白、半分だけの打ち明け話、何気ない仄《ほの》めかし、精神的な服従。彼女は実に並外れた機転と手管を駆使して、崇拝者たちからそうした抑制された表現を獲得していた。

この一か月、はっきりしたものか遠回しなものかは男の性格によるけれど、ともかく抑えてきた心を解き放つ一文がマリオルの口にのぼるのを、じっと待ち構えてきた。

彼は何も言わず、代わりに手紙を書いてきた。長い手紙で、四枚もある。彼女はそれを両手に持って、満足に震えていた。くつろげるよう長椅子に寝そべって、履いていた小さな室内履き《ミュール》を絨毯に落とすと、読みはじめた。そして驚いた。彼は硬い言葉で、彼女に苦しめられたくはないと、また甘んじて犠牲者となるにはもはや彼女について知りすぎていると述べていた。きわめて礼儀正しく、丁寧な言いまわしに満ちていながら、秘めた愛情があちこちに滲《にじ》む文章を通じて彼が誤解の余地なく告げているのは、男たちに対する彼女のふるまい方を自分が承知していること、自分も捕まってしまったこと、しかしこの従属の始まりから逃れるために去るつもりだということだった。ただ単純に、以前と同じ流浪の生活に戻る。旅立つのだ。

雄弁で、きっぱりとした、別れの挨拶だった。

当然ながら彼女は驚愕して、何度も何度も、恋しさゆえの怒りと激情のこもった四枚分の散文を頭から読み返した。立ちあがり、ミュールを突っかけると、後ろへ跳ねあげた袖から剝き出しの腕を見せ、室内着の小さなポケットに半ば差し入れた両手のうち、片方の手にくしゃくしゃになった手紙を持って歩き出した。

思わぬ宣告に茫然としながら、考えた。「この人は文章がおそろしく上手だ。誠実だし、情熱があるし、気持ちが伝わってくる。ラマルトよりうまい、小説くさくないもの」

煙草が吸いたくなって、香水のテーブルに近づき、マイセン磁器の小箱からシガレットを一本取り出した。火をつけてから鏡のほうへ向かうと、三人の若い女が、それぞれ異なる角度をつけた三枚の鏡面のなかで近づいてくるのが見える。すぐ傍まで寄って立ち止まり、自分に向かって軽い挨拶、軽いほほえみを、つまり「素敵じゃないの」と言うように親しげに軽く頷《うなず》くしぐさをしてみせた。目許《めもと》を点検し、歯を見せ、腕をあげ、両手を腰に当てると、少し首を傾げつつ、三面の鏡で全身をよく見渡せるよう横向きになった。

そうして、うっとりと自分自身の正面に立ちつくし、三重に映った自分の魅力あふれる姿に囲まれたまま、わが身に見とれ、自らの美しさを前に自分本位の肉体的な喜びに捕らわれて、男たちが感じるのとほとんど変わらないほど官能に満ちた愛情に浸りながら、その美しさをじっくりと味わった。

毎日、彼女はこうして自身の姿を眺める。小間使いは、その場面によく鉢合わせるものだから、冗談めかしてこんなふうに言うのだった。「奥さまはあんまり鏡をごらんになるから、しまいには家中の鏡が磨《す》り減ってしまいますわ」

けれどもこの自己愛こそ、彼女の魅力と男たちに対する支配力の鍵なのだ。わが身にとことん見惚れ、顔だちの繊細さと体つきの品のよさを慈しみ、それらをさらに引き立てられそうなものなら何でも探し出し、目に留まらぬほど微かな色合いに工夫を重ねては優雅さに拍車をかけたり、目許の不思議な感じを強調したりと、ありとあらゆる技巧を追いかけて自分自身のために身を飾るうちに、他人にもっとも気に入られる術のすべてを自然と発見していったのだから。

もしも、もっと美人で、もっと自分の美しさに無頓着だったなら、初対面で彼女の魅力のあり方を悪くないと思った者のほぼ全員を恋へと陥らせるほどの色気を手に入れることはなかっただろう。

しばらくすると、立っているのにも少し疲れてきたので、相変わらずこちらへほほえみかけている自身の映像に向かって、彼女は言った(すると三枚の鏡に映った像は、唇を動かして繰り返した)、「どうすればいいでしょうね、マリオルさん」。それから、化粧室を横切り、書きもの机に向かって腰をおろした。

そしてこう書いた。

親愛なるマリオル様、明日の四時にお越しください。私は一人でおります。怖れていらっしゃる空想上の危険に関してお話しし、ご安心いただければと思っております。

私はあなたのお友だちのつもりです、そのことを明日は証明します。

ミシェル・ド・ビュルヌ

翌日、アンドレ・マリオルの訪問を控えた彼女の装いは、実にすっきりしたものだった。細身のドレスは灰色だが、少し藤色がかった軽やかな灰色で、夕暮れのように物寂しく、すべて単色。襟は首まわりにぴったり、袖は腕にぴったりで、上身頃は胸と胴に、スカートは腰と脚に貼りついている。

彼がやや生真面目な顔で入ってくると、彼女は両手を差しのべて近づいた。彼はその両手に口づけをして、それから二人は腰かけた。彼女はしばし沈黙をつづけることで、彼の戸惑いを確かめた。

彼は何と言えばよいのかわからず、相手が口火を切るのを待っていた。

彼女は心を決めた。

「さて！　単刀直入に参りましょう。どうなさったの？　ずいぶん失礼なお手紙をくださったようですけれど」

彼は答えた。

「承知しています、申し訳ありません。私はいつでも、誰に対しても、正直すぎて乱暴になるくらい、率直に接してきました。あなたにお送りしたような不作法な、不愉快な釈明などしないで去ってしまうこともできたかもしれません。でも自分の性格どおりにふるまって、私が知っているあなたの気性を信頼するほうが潔いだろうと、そう考えたんです」

彼女は憐れむことを喜んでいる調子で返した。

「あら、まあ！　頭がどうかなさってるようよ」

彼は相手の話を遮った。

「この件はあまり話さないほうが」

今度は彼女のほうが続きを言わせず、勢いこんで答えた。

「私は、話すために来ていただいたんですもの。ちっとも危険なことなんてないと充分納得してくださるまで、お話しするつもりです」

少女のように笑い出すと、寄宿生めいたドレスが子どもっぽい若さを笑いに添えた。

彼は口ごもりながら言った。

「私は真実を書いたんです、忌憚《きたん》のない真実、私が怖れている手強い真実を」

真面目な面持ちに戻って、彼女は言葉を引き取った。

「ええ、わかってます。お友だちがみんな通る道ですもの。私のことをひどく色気を振りまく女だともお書きになったわね。認めます、でもそれで死んだ人はいないでしょ。それで苦しむ人だって、いないと思うわ。確かにラマルトの言う発作、というのはあるけれど。いまのあなたがそうです、でもじきに治まって、どうなるかというと……何て言えばいいかしら……慢性恋愛になるの、するともう苦痛はなくて、私が弱火で温めるんです、どのお友だちについてもよ、おかげでみんな私に尽くしてくれるし、慕ってくれるし、忠実でいてくれるの。ほらね、私だって正直で素直で大胆でしょ？　いま私が言ったようなことを言ってのける女の方にお会いしたこと、どれくらいあります？」

彼女があまりにも剽軽《ひょうきん》で、決然としていて、飾り気がないと同時に挑発的でもあったので、彼のほうもつい、ほほえんでしまった。

「あなたのお友だちは」と彼は言った、「みんな、そのような火に何度も焼かれた男たちです、あなたに焼かれるよりも前からね。もう炎をあげたり焦がされたりしたあとですから、あなたに入れられたかまどのなかでも、わけなく我慢できるんです。ところが私は、そうした経験がありません。しばらく前から、この心のなかでふくらんでいく思いに身を委ねてしまったら大変なことになる、そんな気がしています」

彼女は突如として打ち解けた態度になり、組んだ両手を膝に載せて、軽く彼のほうへ身を乗り出すと、

「どうか聞いてください。私は本気です。私からすれば妄想に思える心配のせいで、お友だちを一人失うのは困ります。あなたは私のことを好きになる、なるほどけっこう。でも最近の男の人というのは、本当に傷だらけになるほど最近の女の人を好きに

なったりはしませんのよ。信じてちょうだい、私はどちらの例もよく知ってます」

いったん黙り、そのあと、嘘をつくつもりで真実を口にする女に特有の微笑を浮かべて、つけ加えた。

「さあさあ、私は無我夢中で崇拝されるほどのものは持ってませんわ。現代人すぎるのよ。いいかしら、私は一人のお友だち、可愛いお友だちで、あなたは本当に大切に思ってくださるけれど、それ以上のことは何もないの、私が気をつけてますから」

真剣な口調になって、さらに言い足した。

「とにかく、先に申しておきますけれど、私は誰が相手でも本当に虜になるってことはないんです、あなたのこともほかの方たちと同じように、優遇する方として接しますけれども、それが最大限よ。私、独裁者や嫉妬深い人は大嫌い。相手が夫だったときは、すべて我慢しなくちゃならなかった。でもお友だち、単なるお友だちが相手の場合は、そういう愛情の押しつけみたいなことは全部お断りしたいの、温かいお付き合いをぶち壊してしまうもの。ごらんのとおり、私はとっても優しいし、仲間同士としてあなたにお話ししますし、何も隠し立てしません。いかが、私の提案する裏表のない関係を試してみません？　もしうまく行かなかったら、病状の重さがどうであれ、いつでも立ち去ってくだされぱいいのよ。恋の病は離れりゃ治る、でしょ」

彼は相手を見つめていたが、すでにその声、そのしぐさ、陶然とさせる存在感に打ち負かされていたから、すっかり諦めをつけ、彼女がこんなに近くにいることに心震わせながら、つぶやいた。

「試してみましょう。それで、もし私が辛い思いをしたなら、そこは仕方ありません。あなたのためなら苦しむ価値は充分あるのですから」

彼女は止めた。

「それなら、もうこのことを話すのはやめましょう」と彼女は言った、「もう二度と、話さないでおきましょう」

そして心配事とは関係ない話題へと会話を引っ張っていった。

一時間後に家を出たとき、彼は女への恋心に苦しむとともに、彼女に頼まれてどこへも行かないと約束したので晴れ晴れとした気分でもあった。

第 三 章

彼女に恋していたから、彼は苦痛だった。凡百の恋する男とは違って、心に決めた女の姿が欠点ひとつなく光り輝いて見えるということはなく、むしろいままで一度も完全に恋に陥ったことのない男、疑り深く警戒心の強い男の明敏な目で彼女を眺めつつ、愛着を深めていった。心配性で、先が読めて、怠惰で、人生において常に守りの姿勢でいる性格なので、大恋愛とは縁がなかった。いくつかの火遊びがあり、恋愛関係は二度あったがどちらも最後は退屈して立ち消えになり、金を払っての性愛は嫌悪感が募って中断、以上が彼の心の歴史である。彼の思うところでは、女とは、手入れの行き届いた家および子どもを望む人々にとっての実用品であり、また暇潰しの恋愛を求める人々のための中途半端な娯楽用品だった。

ビュルヌ夫人の家にあがるとき、友人たちがあれこれと打ち明け話をしては、彼女に気をつけるようにと言ってきた。聞いた話はどれも興味深く、好奇心をそそり、愉快だったが、少しいやな感じもした。原則として、自腹を切らずに勝負事をする連中は嫌いなのだ。何度か彼女と会ってみると、たいへん面白いし、感染性のある独特な魅力の持ち主だと思った。このすらりと細い金髪の女性には、自然かつ巧みに作りこんだ美しさがあって、ふっくらしているようにも華奢《きゃしゃ》なようにも見え、きれいな腕は人を引き寄せ、巻きつけ、抱きしめるためにあるようだし、長くほっそりしていると察せられる脚は羚羊さながら逃げるのに最適と見え、また足先は足跡を残さないだろうと思われるほど小さく、要するに望んでも手に入らないものの象徴とでもいった美しさだった。しかも彼女との対話では、社交界での会話には望めないと思っていた喜びを堪能できた。気取らない潑剌《はつらつ》とした機知の才に恵まれて、こちらの予想を覆す、からかうような感じで話し、皮肉を言ってくすぐるのも上手で、それでいながら時には感情や知識や造形の妙に反応してすっかり心を奪われることもあり、あたかも人を小馬鹿にした明るさの裏に、昔日の女たちが持っていた詩的な柔らかさが古い影となってたゆたっているかのようだ。そのあたりが、たまらなく魅惑的だった。

彼女はほかの人々と同様、彼のことも征服しようと、さんざん可愛がった。彼のほうでは会いたい気持ちが募るばかりなので彼女の家に引き寄せられ、できるかぎり行くようになった。それはこの女から発せられる力、色香の、目つきの、笑顔の、言葉の抗しがたい力に捕まったようなもので、とはいえ帰りぎわは彼女のおこないや発言に腹を立てていることもしばしばだった。

それから、彼女についてより深く察し、理解し、こんなふうでなければいいのにとつくづく思うような性格に悩まされるにつけ、女性が私たちのなかに侵入させ、私たちを縛りつける、あの何とも説明しがたい目に見えぬ流体に占拠されている自分を感じた。

しかし彼女に関して許せないと思う部分こそ、意志にも理性にも反して、まさに彼を惹きつけ、おとなしくさせてしまうところであったことも確かで、ひょっとすると彼女の紛れもない長所よりも、効力が強いのかもしれなかった。

まず媚態、これを彼女は扇のごとくあからさまにちらつかせ、自分が気に入っている話し相手の男に応じて、みんなの前で広げたり畳んだりしてみせた。そして、何ひとつ真面目に受け取ろうとしないところ、彼としてはこれを初めは楽しんでいたが、いまは脅かされているように感じる。さらに、絶え間なく娯楽や新味を求めるところがあり、いつも飽いた気持ちを抱えている彼女にとって、これは満たされることのない欲求だ。時にはこうしたいろいろが腹に据えかねて、家に帰るや、今後は訪問を間《ま》遠《どお》にして、いずれは行くのをやめようと決心することもあった。

翌日になると、彼女のところへ顔を出す口実を探した。徐々に取りこまれるにつれて強く感じるようになったのは、この恋愛の危うさと、辛苦をなめるだろうという確信だった。

そう、彼は見通せなかったわけではない。乗っている小舟が沈んで、岸も遠すぎたために、疲れきって溺れていく男のように、少しずつこの感情のなかへと沈んでいったのだ。情熱のもたらす勘が、元来の洞察力をさらに研ぎ澄ましていたから、彼女のことは知りうるかぎり知っており、もはや彼女について延々と考えずにはいられなかった。疲れを知らぬ執着心で、この女の複雑怪奇な心の奥底を常に分析し解明しようと努めたが、そこでは明るい知性と醒めたものの見方、理性と子どもっぽさ、優しげな様子と移り気が不可解にも混じり合い、そうした相反する傾向が結びつき組み合わさって、常軌を逸した、男殺しの、厄介な存在を作りあげているのだった。

だが、なぜ自分としたことが、これほど彼女に惹かれるのだろう？　際限なく考えつづけたが納得がいかなかった、というのも、思慮深く、観察家で、誇り高いがゆえに控えめな自分の性分からすれば、甘い可愛らしさと一途な愛情という、男の幸福を支えてくれそうな古風で当たり障りのない美点を女に求めるほうが理屈にかなうはずなのだ。

ところがあの女において何か思いがけないものに出会ってしまった、それはいわば目新しさによって人を興奮させる新種の人間、ひとつの世代の始まりを告げる生きものので、いままで見知っていたのとはまるで異なり、芽生えつつあるものに特有の魅力を周囲に撒き散らすのだが、その際は欠陥すらも魅力の一部となってしまう。

復古王政時代の情熱的で波瀾万丈な夢見る女たちのあとには、現実の快楽に徹する帝政時代の陽気な女たちがやってきた。そしてここに現れたのは、永遠不変の女らしさの新たな変形、洗練されていて、情のありかが曖昧で、不安や動揺や優柔不断に陥りやすく、神経を鎮めたり騒がせたりする麻薬の類を、たとえば気絶を引き起こすクロロフォルムにせよ、夢に揺さぶりをかけ、感覚を鈍らせ、感情を眠らせるエーテルやモルヒネにせよ、すべて試してみたように見える女たちだ。

彼は、人を魅了するために拵《こしら》えられ訓練された作りものの女の味わいを彼女のうちに感じていた。物珍しくて惹かれてしまう繊細微妙な贅沢品で、人々は目を留め、心をときめかせては欲望を募らせるのだが、それは空腹感を刺激すべく調理され見せびらかされる高級料理がガラスを隔てた向こうにあるのを目にして食欲が湧くのと似たようなものだった。

自分が奈落への坂を下っているところなのだとはっきり自覚したとき、この成りゆきが孕《はら》む危険を彼はぞっとしながら考えはじめた。自分はどうなるのか。彼女はどうするつもりなのか。彼女は当然、みんなにしたのと同じことをするだろう。すなわち、犬が飼い主のあとを追うように、人が女の気紛れを追うといった状態にこの自分を導いて、多かれ少なかれ著名な人士を集めたお気に入りコレクションのなかに片づけるのだ。とはいえ、彼女がこれまで誰に対してもその手を使ってきたというのは確かなのだろうか。本当に愛した男はただの一人もいないのだろうか、一か月、一日、一時間のあいだ感情が劇的に高まって、しかしすぐに抑えつけたということは果たして一度もないのか。

彼は晩餐会からの帰り道、本人に対面して頭に血がのぼった常連たちと、彼女をめぐって尽きることなく語りつづけた。誰もかも、現実の満足をまったく得られなかった男として心乱れ、鬱憤を溜めて苛々しているのが伝わってきた。

いや、彼女は人々の好奇の目を喜ぶこれらの気取り屋連中の誰にも惚れたことはなかったはずだ。しかし彼らに比べれば何者でもない自分、人混みやサロンで名が呼ばれたからといって人が振り向いたりじっと見つめたりするわけでもない自分は、彼女にとって何と見なされるのだろう？　何でもない名無しの下っ端だ、ああいった人気者の女性にとっては水で薄めたワインのように便利なだけで味も香りもない、低級な顧客になるのだ。

もしも自分が有名人だったなら、名声のおかげでそれほど屈辱感を抱くこともないのだから、まだしもその役割を引き受けたかもしれない。だが無名である以上、それはできない。そこで別れの手紙を書いた。

例の短い返事を受け取ったときは、幸福が降ってきたかのように胸打たれ、どこへもいかないと彼女に約束させられたときは、くびきを解かれたように嬉しかった。

数日は何事もなく過ぎた。けれども危機につづく安堵の期間が一段落すると、彼女への欲望が再燃し、身を焼くのを感じた。もう二度と何も彼女に言わないと決めたとはいえ、手紙を書かないとは約束していない。そして、ある晩、恋慕のために気が揉めて目が冴え、彼女に取り憑かれて眠れなかったとき、体がほとんど勝手に動くようにテーブルに向かって腰かけると、いま感じていることを白紙に書きはじめた。手紙ではなくメモ、文、浮かんだ考えの数々、苦痛のわななきが言葉に姿を変えたものだった。

そうすると落ち着いた。いくらか懊悩《おうのう》が和らいだ気がして、横になり、ようやく寝ついた。

翌朝、目が覚めてすぐにその数枚を読み返すと、感情がたぎっているように思われたので、封筒に入れ、宛て先を書き、夜まで取っておいて、かなり遅くなってから投函しに行かせることで、相手の起きぬけに届くようにした。

この数枚の紙に彼女がたじろぐことはまずないだろうと思われた。どんなに気の小さい女でも、誠実に愛情を語った手紙にはどこまでも寛大なものだ。そしてこうした手紙は、震える手と、ひとつの面影に占めつくされ狂わされた目によって書かれている場合、読むほうの心に無類の力を及ぼす。

日暮れごろ、彼女がどう受けとめたか、何を言うか知りたくて、家を訪れた。プラドン氏がおり、シガレットを吸いながら娘と歓談していた。氏は娘に対し、父としてというよりも男性として接するごとく、よくこうして何時間も彼女の傍で過ごす。彼女は自分たち父娘の関係ないし愛情のあり方に、貴婦人に対する献身の誓いといった、自分自身に捧げるとともに周囲のすべての人々にも要求している雰囲気を持ちこんだのだった。

マリオルがやってきたのを目にすると、彼女の顔は喜びにきらめいた。片手を勢いよく差し出した。「とても気に入りました」と言いたげな微笑だった。

マリオルは父親が間もなく席を外してくれるものと思っていた。ところがプラドン氏はいっこうに去らなかった。娘のことはよく知っていて、もうずっと前から疑う気持ちはなくなり、男に気がないのだと信じきっていたが、とはいえ相変わらず詮索するような、心配そうな、夫が妻を見るのにやや似た目つきで彼女を見張っていた。この新しい友人が長期にわたって成功する見込みはどれほどあるものか、どういう人物なのか、どんな値打ちがあるのか知りたいのだ。大勢いるただの通りすがりか、それとも通常どおりの常連の一人なのか。

というわけで父親はどっしり構えてしまい、立ち退かせることはどうにもできそうにないとマリオルはすぐに悟った。観念して、どうせならできるだけ気に入られようと決心した、ともかく敵意よりは好意、あるいは少なくとも中立的な気持ちを持ってもらったほうがいいのは間違いないと思われたので。そこで骨を折って、恋する男の態度は微塵も見せず、明るく座持ちよくふるまった。

彼女は感心して、こう思った。「馬鹿じゃないわね、うまくお芝居してる」

プラドン氏のほうはこう考えた。「これはまた感じのいい男だな、娘もほかの有象《うぞう》無象《むぞう》の場合とは違って、顔をそむけるつもりはないらしい」

マリオルがそろそろ帰ろうと決めたころには、父娘とも彼に惚れこんでいた。

しかし彼のほうは悲痛な思いで家を出た。あの女の傍にいるだけで、幽閉される苦しみを感じ、いずれ監禁された男が鉄の扉を拳で叩くように、彼女の心を無駄に叩きつづけることになる気がした。

取り憑かれていることは確かで、もう彼女から逃れようとも思わなかった。この因縁から逃れられない以上は、ずる賢く、我慢強く、しつこく、こっそりとやっていこう、そして巧みな立ち回りや、彼女が求めてやまない褒め言葉や、酔わせるほどの崇拝や、甘んじて引き受ける自発的隷従によって彼女を征服しようと決意を固めた。

あの手紙が気に入ったわけだ。それなら書こう。彼は書いた。ほぼ毎夜、帰宅してから、その日のさまざまな動きによって活気づいた精神が、興味を抱いたものや感動したものを頭のなかで拡大して見つめる時分に、ランプのもと、テーブルの前に座り、彼女のことを考えて心を昂ぶらせた。多くの怠け者がものぐさなせいで枯らしてしまう詩人の芽は、こういう訓練で育つものだ。同じこと、同じたったひとつのこと、つまり自分の恋を、毎日生まれ変わる欲望に応じて形式を変化させつつ綴っていくうちに、愛情を文字にするというこの作業を通じて自分の熱意を煽ることとなった。一日中探し求めては、興奮した感情が火花のごとく脳内に閃かせる堪《こた》えられない表現のいくつかを彼女のために見つけ出した。こうして彼は自分自身の心に点《つ》いた火に息を吹きかけて火勢を高め、火事をおこしたのだ、なにしろ本当に熱情のこもった恋文というものは、往々にして、受け取った女よりも書いた男にとって危険なものなのだから。

このような昂揚状態に自らを置きつづけ、言葉によって自分の血を熱して、ひとつきりの考えを心に宿しつづけた結果、彼は少しずつこの女に関する現実感覚を失っていった。初めに目に映ったとおりに彼女を判断するのをやめてしまい、自分の文章の叙情性を通してしか見なくなった。そして夜ごと書き送っていることのすべてが、心のなかで真実となった。日課となった理想化により、彼はおおむね夢見たとおりの女性の姿を彼女のうちに見出すようになった。それに、かつての抵抗感も、ビュルヌ夫人が示してくれる明らかな親愛の情を前にして崩れ落ちた。最近、お互い口には出さないものの、彼女は間違いなく誰よりも彼を贔屓にしており、その気持ちを彼本人に包み隠さず見せてもいた。だから彼は狂気じみた期待を抱いて、もしかするといずれは自分のことを愛してくれるのではないかと考えた。

彼女のほうは実際、複雑にして素朴な喜びとともに、これらの手紙が放つ魅惑を受けとめていた。いままで誰一人としてこんなふうに、慎み深い沈黙を保ちながら褒めちぎり愛おしんでくれた者はなかった。誰一人、朝の目覚めのたび、小間使いが差し出す小さな銀のトレイに載せて、紙の封筒にくるまれた恋心の朝食を枕許に運ばせようなどと洒落たことを思いついた者はなかった。何より特別なのは、彼がそれについてまったく口にしないことで、まるで自分でも知らずにいるかのように、サロンでは友だちのなかでもっとも冷たい態度を取り、彼女の上に雨と降らせている密かな恋慕には一言も触れないのだ。

もちろん恋文ならいくらでももらったことはあるけれど、こんな調子ではなく、もっと無遠慮で切羽詰まった、督促状を連想させるものだった。発作に捕らわれた三か月間、ラマルトは激しく魅了された小説家らしい、文学的な恋の戯れに凝った素敵な書簡を捧げてくれた。書きもの机のとっておきの引き出しに、それらのきわめて濃やかで艶っぽい女宛ての書状、芯から心惹かれた作家がペンによって彼女に優しく触れるごとく、達成の望みを失う日まで書きつづけたものが収められていた。

マリオルの手紙は一転して、力強い欲望の塊、すっと腑に落ちる率直な表現、完全な服従、きっと長く変わらないと思わせる忠誠心に満ちていたので、受け取り、開き、味わう彼女はこれまでどんな書きものもあたえてくれなかったほどの快楽を覚えた。

その影響で、マリオルへの友情も変わってきて、ますます頻繁に彼を招待するようになったが、そのたびに彼は秘密を完璧に守り、話しているあいだも、どれほど崇めているか語りかけるために紙を手にしたことなど与《あずか》り知らないように見えた。そもそもこうした状況が、彼女には本にしてもいいくらい独創的に思われ、ここまで自分に惚れた人間が近くにいるという深い満足感が、好感を育てる一種の生きた酵母となったため、彼に対する見方は特別なものになっていった。

いままでに狂わせてきた人々の心のなかには、いつも自分以外に関心事があると、自身の誘惑術に自惚れながらも彼女は感じてきた。自分一人が君臨しているわけではない。自分とは関係ないものへの強い関心が見てとれた。マシヴァルのときは音楽、ラマルトのときは文学に嫉妬し、いつも何かしらを妬んで、半端な成功しか得られないのに不満を抱いたが、これらの野心家、名望家、芸術家たちにとっては、職業こそが誰だろうと何だろうと引き離すことのできない愛人である以上、彼らの内面からいっさいを追い払うのは彼女には無理で、だからいま初めて、その人にとっては自分がすべて、という男に出会ったのだ。少なくとも彼はそう明言していた。確かに、太っちょのフレネルは同じ程度に慕ってくれている。でもやはり太っちょのフレネルにすぎない。マリオルのように自分の虜になった人はいままでにいないと彼女は思った。そしてこの勝利をあたえてくれた男への自分勝手な感謝が、愛情の様相を帯びはじめた。いまや彼女には、彼の存在が、まなざしが、隷従が、恋の奉仕が必要だった。ほかの男たちに比べれば虚栄心を満たすにはもうひとつだったが、その代わり、色女の心と体を支配する一番の要求、すなわち自尊心、征服欲、女としてのやすらぎを貪欲に追う本能を満足させる上では彼が勝っていたのだ。

ひとつの国を手に入れるように、彼女は一連の小さな占領地を日に日に増やすことで少しずつ彼の生活を奪っていった。パーティーや、観劇会や、レストランでの食事会を企画しては、彼を参加させた。征服者ならではの満足感を見せつつ彼を引き連れ、もはや彼なしでは、というより、彼に課した奴隷状態なしではやっていけない。

彼は付きしたがい、こうして大事にされていることが嬉しく、彼女の目に、声に、あらゆる気紛れに優しく撫でられる心地でいた。そうして、もはや高熱のごとく慌てさせては身を焦がす、欲望と恋の熱狂のなかにのみ暮らしていた。

第二部

第一章

マリオルは彼女の家に着いたところだった。まだ戻らないので待っていたが、しかし今朝、電報で面会の予定を入れてきたのは彼女のほうだった。

この客間にいるのが好きで、何もかも気に入ってはいたものの、それでもここに一人でいると、いつも心臓が締めつけられ、軽い息切れがして、気が立って、彼女が現れるまではじっと座っていられない。待ち遠しい気分で歩きまわりつつ、何か思わぬ障害が生じて彼女が帰ってこられず、会うのが一日延期になるのではないかと怖れてもいた。

表通りに面した玄関口に馬車の停まる音が聞こえると、期待に身を震わせたが、次いで住まいの呼び鈴が鳴ったから、もう疑う余地はなかった。

入ってきた彼女は、普段は決してそんなことはしないのに帽子をかぶったままで、せかせかした嬉しそうな様子だった。

「お知らせがありますの」と彼女は言った。

「どのようなお知らせですか」

彼女は相手の顔を見て笑い出した。

「それがね、私、しばらく田舎へ行くことにしました」

突然の強い悲しみに襲われたのが、表情に出た。

「なんと！　で、あなたはそれを満足そうな顔で予告するんですか」

「そうよ。お座りになって。全部お話しします。ご存じだったかしら、ヴァルザシさんという私の亡き母の側のおじ、土木局の技師長ですけれど、アヴランシュに屋敷を持っていて、向こうで仕事があるものですから、時期によってはおばや子どもたちと一緒にそちらに暮らすんです。私たち、毎年夏になると会いに行くの。今年は行きたくなかったんですけれど、そうしたらヴァルザシさんが怒って、お父さま相手にガミガミ言った。ついでに打ち明けますけど、お父さまはあなたに嫉妬してるのよ、ですから私のほうも叱られることがあるんです、私の評判に関わるなんて言われて。あまり頻繁にうちへいらっしゃらないほうがいいわ。でも心配なさらないで、私がうまく片づけますから。まあ、そんなわけで、お父さまに絞られて、十日か十二日間くらい、アヴランシュで過ごすって約束させられたんです。どうお思いかしら?」

「たいへん残念です」

「それだけ?」

「どうしろと言うんです? 行かせないというわけにもいかないでしょう」

「どうにもならないものかしら」

「いや……どうにも……わかりません。あなたは?」

「私、考えたんです。アヴランシュはモン＝サン＝ミシェル（十三世紀前後に仏北西部の小島に築かれた修道院。観光地として名高い）のすぐ傍なんですけど。モン＝サン＝ミシェルにいらしたことは?」

「いえ、ありません」

「じゃ、こうしましょう。次の金曜に、あなたはあのすばらしい場所を見に行こうと思い立つの。途中アヴランシュで降りて、散歩するでしょうね、たとえば土曜の夕べ、日暮れどきに、浜を見渡せる公園で。そこで私たちはばったり会うんです。お父さまはむっとするでしょうけど、かまわないわ。私は次の日におじ一家も入れてみんなでモン＝サン＝ミシェルの修道院へお出かけできるよう、段取りをつけます。感激している様子を見せて、愛想よくしてくださいね、その気になれば本当に上手なんですから。おばの心を摑むこと、それからお昼をいただく宿で、全員に夕食をご馳走したいと仰るのよ。みんなでそこに宿泊すれば、翌日まで一緒にいられるわ。あなたはサン＝マロ経由で戻って、一週間後には私がパリに帰ってきます。うまいこと考えたでしょ？　私、優しいでしょ？」

彼は感謝の気持ちが高じて、つぶやいた。

「世界中であなただけを愛しています」

「しっ！」と彼女は止めた。

そしてしばらく二人は見つめ合った。彼女はにっこりと笑い、その笑顔を通して深い謝意、心からのお礼の気持ちと、実に率直で活き活きとした好感を送ってきたが、その好感はいまや甘さを帯びている。彼のほうは、貪《むさぼ》るような目で彼女をじっと見ていた。足許に身を投げ出したい、転げまわって、ドレスに嚙みついて、何かを叫びたい、叫ぶというよりも自分では言葉にできない何かをわかってほしいと思い、その何かに彼は足先から頭まで、体も心も占められていて、表に見せることができないがために言い表しようもなく辛い。その何かとはつまり彼の恋、恐ろしくも甘美な恋だった。

とはいえ、彼女は言われなくても理解していた、射撃者が標的の中心を示す黒点に自分の銃弾がぴたりと穴を開けたことを感じとるのと同じように。もはやこの男のなかには、唯一の女性である自分以外、何もない。自分自身が自分のものである以上に、この男は自分のものなのだ。彼女はこのことに満足し、可愛い男だと思った。

上機嫌で彼女は言った。

「それじゃ、話はついたわね、そういうふうにしましょう」

彼は感極まって、途切れがちな声でぼそぼそと言った。

「もちろんです、そうしましょう」

そしてふたたび沈黙があってから、彼女は悪びれず、こう切り出した。

「今日はこれ以上お相手できません。いまのことをあなたに伝えるためだけに帰ってきたんです、だって明後日には出発するんですもの！　明日は一日中忙しいし、これから夕食までにまだ四つか五つ用事があるの」

彼は苦痛に襲われつつすぐに立ちあがった、彼女と離れずにいることだけが望みなのに。そして、彼女の両手に口づけると、少し傷つきながらも、希望をふくらませて去った。

やり過ごさねばならない四日間が実に長かった。人声よりも静けさ、友人よりも孤独が好ましかったので、誰にも会わずにパリをうろついて過ごした。

さて金曜の朝、彼は八時発の特急に乗った。この旅を控えて気がはやり、前夜は一睡もしていなかった。暗くしんとした寝室に、時おり夜更けの馬車がゴロゴロと音を立てて通っていくのだけが聞こえ、それが出発したい気持ちを呼び覚まして、彼は一晩中、牢獄にいるような息苦しい思いをした。

閉めたカーテンの隙間に、ぼんやりと物悲しい夜明けの最初の光が現れると、寝床から飛び起きて、窓を開け、空を眺めた。もし天気が悪かったらとずっと気になっていたのだ。晴れだった。淡い霧が漂い、暑い一日を予告していた。家を出て早く旅路につきたいとじりじりして、必要以上にさっさと着替え、二時間も前に支度を済ませてしまった。身だしなみを整えるや、馬車がつかまらなくなるのを怖れて使用人に呼びに行かせた。

ガタンと馬車が動き出したとき、その揺れに幸せを感じた。だが、モンパルナス駅に入っていくと、汽車が出るまでまだ五十分もあると知って苛立った。

空いた個室があった。一人きりで好きなだけ夢想に耽るために、個室ごと予約した。汽車が走り出し、あの女のいる方角へ、特急列車の速く優しい走行音に乗せて彼を運びはじめたとき、熱い気持ちは収まるどころかますます激しさを増し、あの詰め物を施した仕切り壁を両手で力いっぱい押して速度をあげたいなどと、子どもじみたくだらない欲求に駆られた。

昼までの長い時間、ひたすら待つことに集中し、期待に身を固くしていた。その後、アルジャンタンを過ぎたころから、車窓の向こうの緑深いノルマンディに次第に目を奪われていった。

列車が通っているのは、ところどころに小さな谷を挟んだ、長々とつづくなだらかな土地で、農家や牧草地やりんごの木のある野原を囲んで並ぶ大木のふさふさした頂《いただき》に日が射して、照り輝いているように見えた。七月も終わりに近い。たくましい養い手であるこの土壌が精気と生命とをみなぎらせる、活力に満ちた季節だ。樹木の高い塀で仕切られ連ねられた囲い地のいずれにも、黄金色の太った雄牛や、横腹に何だかわからない奇妙な絵柄の斑《まだら》がついた雌牛、それに額が幅広く、喉元に毛の生えた皮膚でできた胸飾りを垂らして、挑発的で誇り高い様子をした赤毛の種牛が、囲いの近くに立ったり、牧草で腹をふくらませて放牧地に寝そべったりと、このすがすがしい一帯を通じて際限なく次々に現れ、土からはシードルと肉体のにおいがじわりと滲み出すようだった。

あちこちで細い川が、ポプラの根元や、柳のふわふわしたヴェールの下を流れていく。せせらぎが一瞬、草のなかで光って消え、少し経つとまた姿を見せて、田園地帯のすべてを肥沃な瑞々しさで満たしていた。

そしてマリオルは陶然として、家畜の群れが暮らす美しいりんごの園が足早に次から次へと登場する景色のうちに、恋心をさまよわせ、紛らわせた。

けれども、フォリニー駅で乗り換えると、到着を待ちきれない思いが新たに襲いかかり、最後の四十分は二十回もポケットから時計を出した。ずっと窓辺に顔を寄せていたが、ようやく、かなり高さのある丘の上に、ほかの誰でもないあの女の待つ町が目に入った。汽車が遅れたので、遊歩道で偶然彼女と出会うことになっている時刻まで、あと一時間しかなかった。

旅館の乗合馬車がただ一人の乗客である彼を拾い、馬たちがゆっくりした足どりでアヴランシュの険しい坂道をのぼりはじめたとき、丘の頂にある家々は遠目には城砦都市のように見えた。近づいてみれば、愛らしいノルマンディの古都で、ほぼ同じ造りの、形の整った小さな住居がひしめき合い、昔ながらの誇りと慎ましいゆとり、中世風で農地らしい雰囲気があった。

マリオルは部屋に旅行鞄を放りこむと、すぐに植物公園へ向かう道順を教えてもらって、まだ時間には早かったが、相手も早めに来ているかもしれないと期待して、どんどん歩いていった。

柵門《さくもん》まで着き、ひと目見渡すと、誰もいない、あるいはいないも同然だとわかった。たった三人、年老いた男たちが散歩しているのは、おそらく地元のブルジョワがここで晩年の娯楽に日々興じているのだろう。ほかに若いイギリス人一家がいて、痩せた脚の女の子や男の子が、夢想に耽っているのか放心した目つきでいる金髪の家庭教師の周りで遊んでいた。

マリオルは胸を高鳴らせて、小径を覗きこみながら歩いていった。鮮やかな緑色をした大きな楡《にれ》の並木道に出たが、この道は公園を斜めに二分するかたちで延びているため、園内中央には分厚い葉叢《はむら》の円天井がつづいていた。そこを越えたとき、突如、あたり一面を見渡せる展望台が間近に迫り、自分をここまで来させている女の影が一気に遠のいた。

いま立っている丘陵のふもとから、想像を絶する広大な砂地がつづいて、遠くで海と天空に溶け合っていた。砂地には一本の川がうねうねと走り、そして太陽に照らされた群青の空のもと、点々と散らばった水溜まりが光る水盤となり、まるで地中にあるもうひとつの空に向けて穿《うが》たれた穴のように見えた。

潮は引いたがまだ濡れているこの黄色い砂漠の真ん中、海岸から十二キロか十五キロほどのところに、先の尖った巨大な巌《いわお》の輪郭、頂上に大聖堂を載せた幻想的なピラミッドが屹立《きつりつ》していた。

近くにあるものといえば、広々とした砂浜全体を眺めても、海面からのぞく岩礁がひとつあるきりで、どろどろした砂の上に背中をまるめてうずくまっている。トンブレーヌ島(モン＝サン＝ミシェルの数キロ北にある小島)という。

さらに遠くを見ると、遥かに見える海原の青みがかった線上に、また別の岩がいくつか水に浸かって、茶色い頂を海上に出している。そしてそのまま水平線に沿って右のほうへ目を移していけば、この砂だらけの寂しい眺めの隣に、ノルマンディ地方らしい広大無辺の緑があり、そこはあまりに木々で鬱蒼としているため、無限につづく森のように見えた。自然のすべてが、いちどきに、ひとつの場に、偉大さと、力強さと、清らかさと、美しさをたたえて目の前に差し出されている。こうして、視線は森の光景から花崗岩の山の幻、すなわち茫漠とした砂浜にゴシック様式の怪しい姿でそそり立つ砂地の孤独な住人へと行き来するのだった。

マリオルもかつてはよく、旅行者の目が見知らぬ土地の思いがけない景色を前にしたときの異様な喜びに打ち震えたものだったが、いまはあまりに唐突にその感動につつまれたので、しばらく身じろぎもせず、ただ胸をいっぱいにして、自分の心のくびきも忘れた。だが、鐘の音が響くと、再会を願う熱烈な思いへ急に引き戻され、彼は振り返った。公園は相変わらず、ほとんど無人だった。イギリス人の子どもたちはいなくなっていた。三人の老人だけが、単調な散歩をまだつづけている。彼は老人たちに倣って歩き出した。

もうしばらく、もう少しで、彼女はやってくる。この見事な展望台へと導くいずれかの小径の端に姿を現すはずだ。まず背丈と歩き方で彼女とわかり、それから顔だちと、あの笑顔、そしてあの声が耳に届く。なんという喜びだろう！　彼女がどこか近くにいるのが感じられ、まだ探し出せず目に見えないけれど、彼女のほうももうすぐ会う彼のことを考えているような気がした。

小さく声をあげそうになった。青い日傘が、日傘の天辺だけが、向こうの植えこみの上をすうっと動いていく。間違いなく彼女だ。小さな男の子が輪回しをしながら現れた。それから女が二人――彼女だ――そして男が二人、つまり父親ともう一人。彼女は春の空のごとく、全身青い装いだった。そう、まだ顔も見分けないうちから彼女だとわかったのだ。ところがそちらへ向かう勇気が出ず、きっと口ごもって顔を赤らめてしまうだろう、プラドン氏の疑惑の目にさらされながらこの偶然をうまく説明するのは無理だと感じた。

それでも彼らのほうへ歩いていきながら、双眼鏡は目に当てたまま、いかにも遠くを眺めるのに夢中といった様子でいた。先に呼びとめたのは彼女のほうで、しかも驚いたふりさえせずに済ませてしまった。

「こんにちは、マリオルさん」と彼女は言った。「見事ですわね」

この呼びかけに狼狽して、彼はどういう調子で答えればいいかわからずにもごもごと言った。

「おや、あなたでしたか、お目にかかれるとは幸運です！　私もこの麗しき地方を見てみたくて来ました」

彼女はほほえみながら返した。

「そして私がいるときを選んでくださったのね。なんてお優しいんでしょう」

次いで紹介を始めた。

「私の一番仲のいいお友だちの一人、マリオルさん。私のおば、ヴァルザシ夫人。こちらはおじ、土木局のお仕事」

挨拶を交わしたのち、プラドン氏とマリオルは冷たい握手を交わし、一同は散歩を再開した。

彼女は自分とおばのあいだにマリオルを入れたが、そのときほんの一瞬だけ、気が遠くなったかのように見える例のまなざしを投げかけた。それから言った。

「この地方をどう思われます?」

「私は」と彼は言った、「これほど美しいものは見たことがないと思います」

すると彼女は、

「ああ! もしあなたが私と同じように数日前からここにいらしたなら、どんなにこの土地が胸に沁みるか実感されるはずですわ。何とも言えない印象をもたらすんです。砂の上を行き来する海、途絶えることのないあの大いなる運動のせいで、あそこにあるすべてが日に二度、海に浸かるの、しかもすごい速さで、馬が駆け足で逃げても間に合わないくらいなのよ、こんなとんでもない光景を天が無償で私たちにあたえてくれるんですから、もうわれを忘れてしまう。普段の私とは別人みたいになってしまうのよ。そうでしょ、おばさま?」

すでに老けてきている灰色の髪のヴァルザシ夫人、地方の上流婦人にして、エリート校出身の横柄なふるまいが芯まで染みついた傲岸不遜な官吏たる技師長の敬うべき妻は、姪があれほど興奮しているのは初めて見たと告白した。そして、考えこんでから、こう加えた。

「まあ、この人みたいに劇場の書き割りしかちゃんと見たことがないんじゃ、不思議はないわね」

「あら、私は毎年のようにディエップやトゥルーヴィルに行くのよ」

老婦人は笑い出した。

「ディエップやトゥルーヴィルは、お友だちに会うために行くところだもの。海があったって、逢い引きの雰囲気づくりに役立つだけよ」

あっさりした言い方で、悪気もないらしかった。

どうしても展望台のほうへ歩みを誘われて、一行は戻っていった。公園のどの位置からも、人々は球が斜面を転がるように、われ知らずそこへ来てしまうのだった。夕暮れの光が薄く軽く透明な金色の敷布を広げたように見え、それを背景にそびえる修道院のシルエットがだんだんと暗くなっていくのが、きらめくヴェールの手前に置かれた巨大な聖遺物箱《シャス》のようだった。しかしマリオルはもはや、隣を歩く愛おしい金髪の女の顔が青い靄《もや》につつまれているところだけをひたすら見ていた。これほどしみじみと美しい彼女を目にするのは初めてだった。どこが変わったのかはよくわからないながら、ともかくいままでにない感じで、不意の瑞々しさが、肌に、目に、髪にちりばめられ、魂にも入りこんだように思われて、その瑞々しさは、この土地、この空、この明るさ、この緑から来ていた。こんな彼女は初めてだったし、こんなに恋しく思うのも初めてだった。

傍を歩きながら、語りかける言葉が見つからなかった。彼女のドレスがさらさらと音を立てたり、時々肘が触れたり、もの言いたげな瞳と瞳が出会ったりするうちに、そうしたことが彼の男としての人格を殺すかのごとく、完全に打ちのめしてしまった。この女に触れることで一挙に破壊されたように感じ、夢中になるあまり自分がもはや何ものでもなくなり、ただ欲望、叫び、崇拝そのものになった気がした。彼女は手紙を焼くように、これまでの彼という存在を消してしまったのだ。

この完全無欠の勝利をしっかりと見てとり、確認した彼女は、感動に打ち震え、また光と精気にあふれた田園と海の空気につつまれて元気が出たこともあって、彼のほうは見ないまま言った。

「お会いできて本当に嬉しい！」

そしてすぐにつけ加えた。

「いつまでいらっしゃるの？」

彼は答えた。

「二日間ですね、今日を一日目と数えるなら」

それから、彼女のおばのほうへ振り向いて、

「奥さま、よろしければ明日一日、私にお付き合いいただいて、ご主人もご一緒にモン＝サン＝ミシェルへいらしてくだされば光栄に存じます」

ビュルヌ夫人がおばに代わって返答した。

「いやとは言わせませんわ、ここであなたに出会うなんて幸運なことですもの」

技師夫人も言葉を添えた。

「けっこうですとも、喜んでお受けします、ただしその代わり、今晩のお夕食はわが家で召し上がっていらしてくださいね」

彼は承知して礼を述べた。

彼のなかに気違いじみた歓喜がわっと湧き起こったが、それは人がもっとも望んでいる報せを受け取ったときに襲われる喜びだった。彼が何を手に入れたというのだろう？　人生にどんな新しいことが起きたのか？　何も起こりはしない。にもかかわらず、ある名状しがたい予感がもたらす陶酔感に捕らわれていた。

彼らは長いこと高台を散策し、太陽が姿を消すまで待って、モン＝サン＝ミシェルの黒いレース模様の影が夕焼けの水平線に浮かびあがるのを最後まで眺めた。

二人はいまは何でもないことを喋り、よその女性がいる前で言えるようなことをあれこれ繰り返し話しつつ、折に触れ目を見合わせた。

それから、一行はアヴランシュの町を出たあたり、浜辺を見渡すきれいな庭園の真ん中に建てられた別荘へ戻った。

控えめでいたかったのと、プラドン氏が冷淡を超えて敵意に近い態度を見せるのに困ったせいもあり、マリオルは早めに辞去した。口づけようとビュルヌ夫人の手を取ったとき、相手は二度つづけて、奇妙な声音で「明日、明日ね」と言った。

彼が行ってしまうと、田舎の習慣を身につけて久しいヴァルザシ夫妻は、もう寝ようと言い出した。

「そうねえ」とビュルヌ夫人は言った、「私はお庭をひとまわりしてきます」

父親が後につづけた。

「私もそうしよう」

彼女はショールに身をつつむと外に出て、白砂を敷いた散歩道が満月に照らされ、曲がりくねる小川のように芝生や植えこみのあいだを走っているところを、二人並んで歩き出した。

かなり長い沈黙のあと、プラドン氏はほとんど囁くように言った。

「いいかね、私がいままで一度もおまえのすることに口出ししなかったことは認めてくれるだろうね」

彼女のほうは、そろそろ来ると感じていたから、反撃の準備はできていた。

「お言葉ですけど、お父さま、少なくとも一度は言われた覚えがありますわ」

「私が？」

「ええ、そうよ」

「おまえの……人生に関してか」

「そうよ、しかもずいぶんひどい助言だったわ。ですから私、もし今後お父さまにこうしろと言われても、聞かないことに決めたんです」

「私が何を言ったんだね」

「ビュルヌ氏と結婚しろと仰ったのよ。つまりお父さまには、判断力も、先の見通しも、男性一般についての知見も、自分の娘という個別の人間についての知見も欠けてることが証明されたわけ」

父親はやや不意を衝かれて困惑し、しばし黙ってから、ゆっくりと言った。

「そうだな、あの日は間違った。しかし今日おまえにあたえようとしている父としての意見は、間違っていない自信がある」

「まあ仰ってみてください。必要なら採用しますから」

「おまえはいま、悪い噂を立てられかねないところまで来てるぞ」

彼女は笑い出したが、きつすぎる笑い方に思考が表れていた。

「マリオルさんとって仰りたいのね」

「マリオルさんとだ」

「お忘れかしら」と彼女はつづけた、「私はもう、ジョルジュ・ド・マルトリさんとも、マシヴァルさんとも、ガストン・ド・ラマルトさんとも、ほかにも十人ばかりと噂を立てられてますし、お父さまはそのたびに妬《や》いたでしょう、だって私が優しくて尽くしてくれる男の人を見つけるたびに、必ず取り巻きのみなさんがカッとなるんですもの、お父さまがその筆頭だわ、自然が私にくだされた長老役にして舞台監督だっていうのに」

父親は勢いこんで答えた。

「いや、いや、おまえは誰とも評判を落とすようなことはしていない。逆に、仲のいい面々との付き合いは実に上手にこなしている」

彼女は勝ち気に、こう応じた。

「お父さま、私はもう小娘じゃありませんし、マリオルさんとはほかの方以上に危ういことはしないと約束します。ご安心ください。ただ、白状しますけど、ここへ来るようお願いしたのは私のほうなの。素敵な方だと思うし、これまでの方に比べると、同じくらい頭が切れるのに身勝手なところがないもの。お父さまもそう仰っていたのに、私がちょっとだけあの方を贔屓してると思いこんでから意見を変えたのよ。お父さまはそこまで立ち回りのうまいほうじゃありませんわ！　私だってお父さまのことはよく存じあげてます、それについては、話そうと思えばいくらでもお話しできるわ。ともかく、私はマリオルさんを気に入っていて、何かのはずみで一緒に遠出できれば、すばらしく気分がいいだろうと思ったの、もし危険なことが何もないなら面白いことをわざわざしないで我慢するのは馬鹿みたいでしょ。そして今回は変な噂を立てられる危険は全然ないのよ、なにしろお父さまがいらっしゃるんですもの」

彼女は、今度は遠慮なく笑っていた、というのも一言一言が相手に命中しているのも、ずっと前から嗅ぎつけていた少々いかがわしい嫉妬の疑いを投げつけたことで父親が身動き取れなくなったのもよくわかったからで、この父の嫉妬という新発見を、彼女は口にできない密かで不敵な媚態によって弄んでいた。

父親は黙ったきり、当惑し、機嫌を損ね、苛立ちながら、こちらもまた、父親らしい心遣いの奥底に、自分でも出所を知りたくない正体不明の恨みがあるのを娘に見抜かれたと感じていた。

彼女はつけ加えた。

「心配なさらないで。この季節にモン＝サン＝ミシェルへ、おじとおばと、父であるあなたと、友人一人と遊びに行くのはいたって普通のことですもの。第一、知られるわけじゃないでしょう。それに知られたって、文句のつけようがないわ。パリへ帰ったら、あの方はほかの方々と同じ階級に戻しますから」

「わかった」と父は答えた。「私は何も言わなかったことにしよう」

二人はさらに少し歩いた。プラドン氏は尋ねた。

「中へ入ろうか？　疲れたから、もう寝るよ」

「いえ、私はもうちょっと散歩します。こんなにきれいな夜ですもの！」

父は意味ありげに小声で言った。

「遠くへ行かないように。どういう輩に出くわすかわからないからね」

「まあ！　窓の近くにいるわよ」

「それでは、お休みなさい」

彼は娘の額に素早く口づけてから、家に戻った。

彼女は庭の奥へ進み、楢《なら》の木の根元の地面に据えつけてある田舎風の小さなベンチに腰かけた。暖かな夜で、畑から立ちのぼるにおいや、海の香りや、ぼうっとした明かりに満ちていた、というのも空高く皓々と照る月のもと、浜は霧に覆われていたから。

霧は白い煙のようにたなびき、砂浜を隠していたが、その砂浜もいまはもう満ち潮のため海に沈んでいるはずだ。

ミシェル・ド・ビュルヌは、手を組んで膝に載せ、遠くを眺めながら、砂を覆っているのと同じ不透明な青白い靄の奥にある自分の胸のうちを覗こうとしてみた。もう幾度、パリの自宅の化粧室で、鏡の前に座って、同じように自分に問いかけてみたことだろう。私は何が好きなの？　何が欲しいの？　何を望んでいるの？　どうしたいと思ってるの？　私は何なの？

自分でいることの喜びと、人の気に入られたいという強い欲求、この二つは十二分に味わってきたけれど、それらを除くと、いままで心を動かしてきたものと言えば、じきに立ち消えてしまう好奇心ばかりだった。絶えず自分の容貌や全身を見つめ調べる癖がついていて、となると内面も自然と目につくので、自分がどういう人間か、わかっていないわけではなかった。これまでは、ほかの人々を感動させるあらゆるものに自分が曖昧な興味しか抱けず、夢中になれなくて、せいぜい気晴らし程度にしか感じられないのを、仕方のないことと割り切っていた。

それでも、誰かを心にかける気持ちが芽生えるたび、また傍に置いておきたい男を奪い合うライバルがいて女性の本能が刺激され、愛着の熱が体内で少しだけあがるたび、こうした恋の出だしに類するものが単なる成功の快楽よりもずっと熱い感情をもたらすことに気づいていた。ところがこれがつづいた試しがない。どうして？　飽きたり、うんざりしたりするのだ。先を見越しすぎるせいもあるのかもしれない。ある男について最初の時点ではっとしたところ、わくわくさせられ、胸打たれ、惹きつけられたところが、じきに見飽きて色褪せた、つまらないものになってしまう。男たちは、みんな同じとは言わないまでも、似すぎている。相手に関心のある状態にこの自分をずっと保ってくれて、この心を恋愛へと投げこんでくれるだけの素質と美点に恵まれていると思える者はいまだ一人もいなかった。

どうしてなのだろう？　男たちのせいなのか、それとも自分の？　彼らがこちらの期待するものを欠いているのか、それとも人を愛するための何かが自分に欠けているのか。人を好きになるのは、あるとき本当に自分のために創られたと思える存在に出会うからなのか、それとも生まれつき人を好きになる能力を備えているからなのか。彼女は時おり、ほかの人々は体に腕があるのと同様に心にも腕がついていて、その腕を優しく伸ばして引き寄せたり、抱きとめたり、抱きしめたりするのに、自分の心には腕がないのだと感じることがあった。自分の心には、目しかついていない。

優れた男たちが、機転も利かなければ特技もなく、時には美人ですらない、彼らにはふさわしくない娘に猛烈に惚れこんでしまうのはよくあることだ。なぜ、どうして？　いったい何が秘められているのだろう。つまりこういう人々の熱狂は単に奇跡的な出会いによるものではなくて、もともと持っていた芽のようなものが急成長して起こるのだ。多くの告白を聞いてきたし、秘密を知ってしまったことも一度ならずあったし、胸で炸裂した恋の陶酔がもたらす突然の変容を確かにこの目で見たこともあっただけに、こうしたことについてはずいぶん考えた。

社交界の、お決まりの訪問やら、噂話やら、金持ちの暇潰しとして楽しむ細々したいろんなくだらない遊びに興じながら、彼女は時々、驚くと同時に羨ましい、妬ましい、ほとんど信じがたい気持ちで、男たち女たちの身に明らかに何か特別なことが生じたらしいと発見することがあった。ぱっと目に飛びこんでくるというほどはっきり見えるものではまったくないのだが、気が立って勘が鋭くなっている彼女には、感じとり見分けることができた。顔に、微笑に、とりわけ目つきに、何か言い表しがたいもの、嬉しそうなもの、うっとりと幸せそうなものが現れるのだが、それは魂の歓喜が体中に充満して、肌とまなざしを輝かせているのだった。

なぜかわからないけれど、そうした人々を彼女は恨んだ。恋に落ちた人々にはいつも気分を害されたが、彼女は自分では、激しい愛情に胸ときめかせる男女に抱いてしまう密かな深い苛立ちを、侮蔑と呼んでいた。自分はたぐいまれな迅速さと見立ての確かさで、恋愛中の人間をそれと認められるのだと信じている。実際、世間でまだ人が疑いもしないうちに、恋愛関係を嗅ぎつけ、見破ることもしばしばだった。

すぐ傍にいる別の人間の存在、その外見、言葉、思考、その親しい人のうちにあって私たちの心をひどく乱す未知の何ものか、そういったものが引き起こす甘い狂気について考えるとき、自分には無理だと彼女は思った。とはいえ、何もかもに飽いて、言葉にならない欲望を夢み、変化や見知らぬものに対する絶え間ない欲求――それは結局、漠然と愛情を探し求める曖昧な精神の動きを表していたのかもしれない――に取り憑かれ、幾度となく彼女は、自尊心の強さゆえ人知れず恥を覚えながら、しばらくのあいだ、数か月のあいだだけでも、あの全身全霊の魔術めいた興奮状態に自分を投じてくれる男に出会えないものかと願った。感情に溺れるその期間、生は恍惚と陶酔の不可思議な魅力に彩られるに違いない。

そのような出会いをただ願うだけでなく、彼女はほんの少しだけ探ってもみた、どこにも長居はしない例の投げやりな活動によって。

世間に認められた優秀な男たちに惹かれはじめると、何週間かは魅入られているのだが、いつでも取り返しのつかない失望がやってきて、わずかにつづいた心のざわめきは途絶えてしまう。相手の資質、性格、気性、気遣い、美点に、期待を抱きすぎていた。誰を相手にしても、傑出した男の欠点は大抵長所よりも目立つこと、そして才能とは、視力がいいとか胃が丈夫だとかいうのと同じような特殊な素質、仕事部屋で発揮される独立した素質であって、付き合いを深めたり魅力的なものにしたりする個人的な感じのよさの総体とは関係ないことを認めないわけにはいかなかった。

ところが、マリオルに出会ってからは、別のものが彼女を惹きつけていた。彼のことを好きなのだろうか、恋愛の相手として？　権威もなく、名声もないのに、彼は情愛で、優しさで、知性で、自身のもつ本物の素直な魅力の数々で彼女の心を捕らえた。彼女は捕らえられたのだ、なぜならひっきりなしに彼のことを考えていたのだから。傍にいてほしいと絶えず思った。彼以上に快く、好ましく、必要に思えるひとは世界のどこにもいない。これは恋と言えるのだろうか？

誰もが口にする例の炎を胸のうちに感じることはまるでなかったものの、彼女は初めて、この男にとって、ただの魅惑的な女友だちよりも大事なものになりたいと心から欲した。好きなのだろうか？　愛するには、ある人物が誰とも違う、誰よりも優れた抜群の美質を目いっぱい備えて現れ、自分の心が照らすお気に入りの男たちの一団のなかで突出していなければならないのだろうか、それともただ単にその人のことをとても気に入り、あまりに気に入って、ほとんど彼なしではいられなくなれば、それでいいのか。

それでいいなら、彼のことが好きだった、少なくとも好きになる寸前だった。集中力を研ぎ澄ませてよくよく考えたのち、彼女はやっと自分に答えた。「そうね、好きよ、ただ昂揚はないの。私がそういう質《たち》なのがいけないいんだわ」

しかし昂揚なら、先ほどアヴランシュの庭園の展望台で彼が歩いてくるのを見たときに少しは感じた。いわく言いがたい何かが、相手へ向けて自分を運び、駆り立て、投げ出すのを初めて実感した。彼と並んで歩き、こちらへの恋慕に燃える彼の隣に身を置いて、伝説上の幻影さながらモン＝サン＝ミシェルの影の向こうへ太陽が沈むのを眺めたときには、大きな喜びを覚えた。そもそも恋愛そのものが、人の心がつくる一種の伝説なのではなかろうか、その伝説をある者は本能的に信じ、また別の者は、さんざん考えた末、時には信じるにいたる。自分は信じるようになるのだろうか？

彼女はあの人の肩に頭を凭《もた》せかけたい、もっと傍にいたい、絶対に見つけられない「ぴったり寄り添う」位置を探してみたいという、力が抜けていくような奇妙な欲求を感じた、人間が捧げたいと思いつつ常に捧げられず持ったままでいるしかないもの、すなわち自分の秘めた内面を、彼に差し出したいと感じた。

そう、彼へと向かう気持ちの昂ぶりは感じたし、いまも心の底に感じていた。それに身を任せさえすれば、引きずりこまれていくのかもしれない。自分は抵抗したり、理屈を説いたり、人の魅惑と闘ったりしすぎるのだ。こんな夜、あの人と川沿いの柳のもとをそぞろ歩いて、あれほどの情熱に報いるために時々唇をあたえたなら、どんなに心地よいだろう。

別荘の窓が開いた。彼女は振り向いた。父だった、娘の姿を見ようとしているらしい。

彼女は大声で問いかけた。

「まだ起きてらしたの?」

父親は答えた。

「もう戻らないと、風邪を引くぞ」

そこで彼女は立ちあがり、家のほうへ向かった。そして、寝室に入ると、カーテンを持ちあげて、月明かりのもとでどんどん白さを増していく浜辺の靄をふたたび眺め、自分の心のなかでもいま、優しい気持ちが暁のごとくのぼってきて、霧を照らし出したような気がした。

とはいえ彼女はよく眠り、小間使いに起こされた。モン＝サン＝ミシェルで昼食をとるには早くに出なければならないのだ。

大きな四輪馬車《ブレーク》が迎えに来た。玄関の階段前に敷いた砂の上を走る音が聞こえたので、窓から身を乗り出すと、すぐにアンドレ・マリオルと目が合った、というのも彼のほうも相手を目で探していたので。彼女は心臓が少しどきどきしはじめた。驚くともに胸苦しさを感じながら、彼女はこの筋肉の塊が、誰かの姿が見えたからといって鼓動を速め、血液を送るという、不思議な、いままでにない体感を受け取った。前夜、寝入る前に考えたのと同じことをまた自分につぶやいた。「私、この人のことを好きになるのかしら」

それから、面と向かってみると、彼があまりに思いつめて、恋煩《こいわずら》いに苦しんでいるのが見てとれるので、本当に両腕を広げて口づけをしてあげたくなった。

二人は目配せしただけだったが、彼は嬉しさに青ざめた。

馬車が走り出した。鳥たちの歌声と若々しい息吹に満ちた、明るい夏の朝だった。丘をくだり、川を越え、村々を通りすぎ、道は砂利だらけの狭い道路で、乗客たちは馬車の座席から跳ねあがった。長い沈黙のあと、ビュルヌ夫人はこの道の状態についておじをからかい出した。それで一気に緊張が解けた。大気を漂う陽気さが彼らの心にも沁みていくようだった。

小さな集落を過ぎたところで、突然、浜がふたたび現れたが、前の晩とは違ってもはや黄色ではなく、砂地も、海辺の放牧地も、澄んだ海水に一面浸かってきらめいており、御者の言によれば、この道路そのものも、もう少し先で水没しているのだということ。

そこで、寄せた海水が沖へ引くまで時間を稼ぐため、一時間のあいだ常歩《なみあし》で進んだ。

農場を取り囲む楡や楢の並木のあいだを通っていくので、現在は海上にあって次第に大きくなる岩の上の修道院の姿は、絶えず木陰に隠れてしまう。そして、二つの農園のあいだから不意に出現すると、そのたびに近くなり、そのたびに驚きは増した。岩の台座に鎮座し、花崗岩でできたレース模様をまとった教会を、日光が赤みがかった色調に染めていた。

ミシェル・ド・ビュルヌとアンドレ・マリオルはそれをじっと眺め、次いで互いに見つめ合いながら、一方では芽吹きつつある戸惑い、もう一方では激しく渦巻く動揺を抱えた互いの心と、この七月の薔薇色の朝に出現した幻がもたらす詩情とを重ね合わせた。

一行は仲良く打ち解けて喋った。ヴァルザシ夫人は流砂にまつわる悲惨な話、人間を呑みこむ動く砂が引き起こした夜の惨劇をあれこれと語った。ヴァルザシ氏は芸術家たちから批判を浴びている陸と島を結ぶ土手道を擁護し、モン＝サン＝ミシェルとの間断ない交通が可能になったことや、新たに得られた砂地がまず放牧地となり、いずれは農地になるといった観点から、土手道のメリットを力説した（一八七九年完成のこの土手道は大きな議論を呼んだ。その後、砂が堆積し島が陸続きになる危険が高まったため、二〇一五年に土手道は撤去され代わりに橋が設けられた）。

四輪馬車がふと停まった。道路が海に浸かっている。大したことはない、砂利道を液体が薄皮のように覆っているだけだ。ただ、場所によっては穴が開いているかもしれず、嵌まれば出られなくなるだろう。待つしかない。

「おお、どんどん引いていくぞ！」とヴァルザシ氏が言いつつ指し示した先では、道を浸す浅い水面が、地面に吸いこまれるかのよう、あるいは得体の知れない強い力で遠くから引っ張られるかのように去っていく。

一同は馬車を降りて、この海水の奇妙な、素早い、物言わぬ去りようを間近から眺め、少しずつ後を追っていった。沈んでいた草地から、すでに草が立ちあがりかけて、ところどころに緑色の斑点が顔を出している。そしてこれらの斑点が大きくなり、まるくなり、島々となる。島はほどなく大陸の様相を帯び、極小版の大洋が互いを隔てている。それからようやく、湾一帯で潮がずんずん潰走《かいそう》して遠くへ帰りはじめた。まるで長い銀のヴェールを地上からすうっと引いていくようで、広大なそのヴェールは、穴や裂け目があって、あちこちボロボロになっており、遠のくにつれ短い草の生えた広い牧草地を裸にさらしたが、その向こうの黄金色の砂はまだ覆ったままだった。

ふたたび馬車に乗りこんだ一行は、よく見えるようにと全員立ったままでいた。行く先の道路が乾いてきたので、馬たちは進み出したが、相変わらず常歩をつづけていた。揺れが激しくて時々平衡を崩すうち、アンドレ・マリオルは突然、ビュルヌ夫人が肩を寄せてきているのを感じた。初めは揺れのせいでたまたま触れたのだと思った。けれども肩はそのままで、車輪がガタンと跳ねるごとに、その肩に押されている位置から強い震動が伝わってきて、彼は体を震わせ、心を騒がせた。もはや女のほうへ目をやることもできず、この思いがけない気安さに幸福のあまり麻痺したようになって、酒に酔ったも同然の混乱した頭で思った。「こんなことがあるだろうか。本当にありうるのか。二人して頭がどうかしてしまったのか？」

馬車は速歩《はやあし》を再開したから、席に着かなければならなかった。そのときマリオルは突如として、プラドン氏に愛想よくせねばという、なぜかはわからないが有無を言わせぬ必要を感じたので、機嫌を取るよう気をつけながら話し相手になった。娘とほぼ同程度にお世辞に弱い父親は誘惑に負け、間もなくにこやかな表情を取り戻した。

一行はやっと土手道に辿りつき、砂浜の真ん中に造られたこの直線道路の先にそびえるモン＝サン＝ミシェルへ向かって走った。ポントルソンの川が左手の斜面を流れている。右手は、まだ海水を含んで湿っぽい砂地だったのが、丈の低い草の生えた牧草地に取って代わり、御者によれば草の名は「海茴香《クリストマリン》」とのことだった。

そして高々と立つ大建造物は、青い空を背にどんどん大きくなって、いまや細かい部分まではっきりと姿を見せ、小さな鐘塔や尖塔をもつ最上部、しかめ面《つら》をした動物形の水落としや怪物の髪の毛を並べた修道院の天辺などが目に入ったが、怖れに満ちた信仰を抱く司祭たちは、こうしたもので自分たちのゴシック式聖殿を飾ったのだった。

宿に到着したのは一時近くで、昼食は頼んであった。万一の場合を考えて女将はまったく準備をしていなかったから、さらに待たされた。したがって食卓に着いたのは相当遅くなってからで、みんなひどく腹が減っていた。シャンパンがたちまち場を陽気にした。

誰もがいい気分だったが、うち二人の心は、幸福にかぎりなく近かった。デザートのころ、つまりおいしい食事の終わりに時々あることだが、飲んだワインのもたらす活気とお喋りの楽しさにより人々が生きる喜びを体内に充満させ、何もかも受け入れる態勢を整える、そんな頃合いに、マリオルは尋ねた。

「明日までここに滞在しませんか？　月明かりのもとではまた格別の景色でしょうし、今晩もまた揃ってお食事できれば実に愉快ではありませんか！」

ビュルヌ夫人はすぐさま同意した。二人の男性も承諾した。ヴァルザシ夫人だけが、小さな息子が家に残っているというので渋った。しかし夫が、こんなふうにおまえが留守にするのはよくあることではないかと言って安心させた。さらに、家庭教師宛ての電報をその場で書きさえした。ヴァルザシ氏はアンドレ・マリオルのことが気に入っていた、というのもマリオルはお世辞で土手道に賛成し、巷《ちまた》で言われているよりもモン＝サン＝ミシェルの景観への悪影響はずっと少ないと評したのだ。

食卓を後にして、一行は名所の見学に出かけた。城壁の上の道を通っていった。町は、中世の家々が折り重なるようなかたちで、頂上に修道院を擁する巨大な花崗岩の塊に階段状に連なってできており、砂地からは鋸歯形《きょしがた》の狭間のある高い壁によって隔てられている。この壁は、古い市街をぐるりと囲み、あちこちに急な曲がり角や、へこんだところや、広くなった部分や、見張り塔など、目を瞠《みは》る箇所がたくさんあって、曲がりながら進むごとに、果てしない地平線が新たな広がりをもって目の前に現れる。一行は口を閉ざし、あの長い昼食のあととあって軽く息を切らしながら、この驚嘆すべき造築物を、初めてであれ再訪であれ、眺めては目をまるくした。見上げれば、空中には花崗岩でできた矢や花や、塔から塔へ渡されたいくつものアーチが恐ろしいほどに絡み合い、現実とも思えない巨大で軽やかな建築のレースが、紺碧の空に透かし模様で刺繍されたようで、そこから獣の顔をあしらった水落としの威嚇的で幻想的な一群が飛び出しているのが、まるで飛び立とう、飛んでいこうとしているかのようだった。海と修道院のあいだ、島の北側の斜面には、ほぼ垂直に切り立つ自然のままの崖、古い木に覆われているため〈森〉と呼ばれている崖が、家々の尽きるあたりから始まって、どこまでもつづく黄色い砂地の上に暗い緑の染みを広げている。先頭を歩いていたビュルヌ夫人とアンドレ・マリオルは、立ち止まって眺めた。連れの腕に縋る彼女は、これまで感じたことのない陶酔感でぼうっとしていた。軽い足どりでのぼっていったが、彼と一緒に、この夢の建造物へ、あるいは別の場所へ、いつまでものぼっていけそうだった。この険しい道がどこまでもつづけばいいと思った、なぜなら彼女は人生で初めて、ほぼ完全に満ち足りた気分でいたのだ。

彼女はつぶやいた。

「まあ、なんて美しい！」

彼は相手を見つめながら答えた。

「私はあなたのことしか考えられません」

彼女はにっこりして、言葉を継いだ。

「私、そんなに詩的なほうじゃないけれど、あまりに美しくて、本当に感動してしまう」

彼は口ごもりながら言った。

「気がおかしくなるくらい、あなたのことが好きです」

すると彼は自分の腕が軽く押されるのを感じ、それから二人はまた歩き出した。

修道院の門にいる番人に迎えられ、一同は二つの大きな塔のあいだにある見事な階段を使って中へ進み、まず衛兵室に出た。次いで部屋から部屋へ、回廊から回廊へ、牢獄から牢獄へと進みながら、説明を聞き、仰天し、何もかもに魅入られ、太柱の地下礼拝堂では、階上にある教会の内陣全体を支えている巨大な石柱の堅牢きわまる美しさに、そして「驚異《ラ・メルヴェイユ》」、すなわちゴシック様式のモニュメントが縦に積み重なるように建てられた、とてつもない三層の建造物、中世の修道院建築および軍事建築におけるもっとも非凡な傑作のすべてに見惚れた。

そして一行は列柱廊に着いた。四角い大きな中庭を取り囲んで、世界中の列柱廊のなかでもっとも軽やかで優雅で麗しい柱の一群に息を呑み、みんな思わず立ち止まった。二列に並ぶほっそりした柱身の上部を彩る華やかな柱頭には、四辺の回廊全体を通じて、多種多様な紋様やゴシック式の花々からなる花綵《はなづな》装飾が途切れることなくつづき、それらの装飾はどれも創意豊かなもの、昔の素朴な芸術家たちが粋で屈託のない遊び心をもって、自分たちの夢や想像を金槌で石に彫りつけたものだった。

ミシェル・ド・ビュルヌとアンドレ・マリオルは、腕を組んで、ゆっくりゆっくりと一周し、その間、残りの者は、少し疲れていたので入口の傍に立ったまま遠目に眺めた。

「まあ、私、これ大好き！」と彼女は歩みを止めて言った。

彼は答えた。

「私はもう自分がどこにいるのかもわかりません、どこに生きているのかも、何を見ているのかも。あなたが近くにいるのを感じる、それだけです」

すると彼女はほほえみつつ相手の顔をじっと正面から見つめて、囁いた。

「アンドレ！」

なびきつつあるのが彼にはわかった。二人は黙って、また歩き出した。

一行は見学をつづけたが、二人はろくに見ていなかった。

とはいえレースの階段では、いっとき愁いを忘れた。この階段は二本の鐘楼のあいだ、中空に渡されたアーチに挟まれていて、空へよじ登るためにあるものと見えた。さらに狂人の小径、一番高い塔のほぼ先端部分を手すりなしでめぐる、目の眩む花崗岩の細道まで来たとき、彼らはまたしても驚嘆した。

「通れますか」と彼女は質問した。

「通行禁止です」と案内人は答えた。

彼女は二十フラン見せた。相手は迷った。家族はみな、深淵と果てしない虚空に早くも目を回して、無謀なおこないに反対した。

彼女はマリオルに訊いた。

「あなたもいらっしゃいます?」

彼は笑い出した。

「私はこれより困難な道を乗り越えたことがありますから」

そうして、ほかの者は放ったまま、二人で出発した。

彼のほうが先に立って、断崖の縁に造られた狭い道を進み、彼女はあとから、絶壁に体をこすりつけ、下にぽっかりと口を開けた穴を見ないよう目を伏せ、さすがに動揺して、恐怖で気を失いそうになりながら、彼が差し出した手にしがみついて進んだ。彼が頼もしく、動じることなく、頭も足許もしっかりしていると感じて、彼女は怯えつつも嬉しくなり、「やっぱり男の人だわ」と思った。彼らは宙に二人きり、飛んでいる海鳥と同じくらい高いところにいて、白い羽の鳥たちが絶えず巡回しては小さな黄色い目を注いでいるのと同じ視界を眺めていた。

相手が震えているのに気づいて、マリオルは尋ねた。

「目が回りますか」

彼女は小声で答えた。

「少し、でもあなたといるから怖くはありません」

そこで、彼は女に近づくと、体に片腕を回して支え、彼女はこの荒っぽい助けを受けてすっかり安心したので、首をあげて遠くへ目をやった。

彼はほとんど相手を抱えあげるようにしていて、彼女のほうはされるがままになり、こうしてがっしりと守られているおかげで空を舞っている気分になれる心地よさに浸りながら、女らしい夢物語めいた感謝の気持ち、すなわちこのカモメの散歩を口づけで台なしにせずにいてくれる彼に対してありがたく思う気持ちを抱いた。

二人がやきもきしながら待っていた面々のもとへ戻ると、プラドン氏は憤慨して娘に言った。

「まったく、なんて馬鹿なことをするんだ！」

彼女は確信をこめて答えた。

「そうでもないわ、やり遂げたんですもの。お父さま、何であろうとやり遂げたなら、くだらないとは言えないのよ」

父親は肩をすくめ、それから一同は下りていった。さらに門番のところへ寄って写真を買い、宿へ帰ってきたときには、ほとんど夕食の時刻だった。女将は沖へ向かって砂浜を歩く短い散歩をしてはどうかと勧めた、そうすれば海のほうからモン＝サン＝ミシェルを鑑賞することができ、女将によれば、そこから眺めた姿が一番すばらしいのだという。

疲れてはいたものの、一行は全員ふたたび出かけて、城壁を回りこみつつ砂地のなかを少し遠くまで行ったが、砂は見た目は硬そうなのにぐにゃぐにゃと安定感に欠け、ぴんと張って丈夫に見えるきれいな黄色い絨毯に足を載せると、ズボッとふくらはぎまで沈んで、人目を欺く金色の泥とわかるのだった。

こちら側から見ると、修道院は陸から遠目に見たときの、驚くべき海上の大聖堂といった趣を一気になくして、海洋を威嚇する封建領主の館のような戦闘的な様相を見せており、実際、鋸歯状の縁のついた高い壁には絵のようにきれいな銃眼が穿たれ、支えとなる巨大な控え壁が、とてつもない石工仕事によってこの奇怪な岩山のふもとにしっかりと固定されていた。しかしビュルヌ夫人とアンドレ・マリオルはもはやそうしたことにかまってはいなかった。互いへ向けて投げた網に絡め取られて互いのことしか考えず、もう世の中のことが何もわからなくなり、一人の人間以外の何も見えなくなってしまう例の牢屋に閉じこめられていた。

ランプの賑やかな明かりのもとに腰かけて、料理がたっぷり盛られた皿を目の前にしたとき、二人はぱっと目が覚めた心地になって、何はともあれ腹が減っていたことに気づいた。

一同は長いこと食卓にいて、夕食が済んだあとは、お喋りの快適さに月夜を忘れた。そもそも誰一人外へ出たいとは思わなかったので、誰も言い出さなかった。まるまるとした月が、ごく微かながら恐ろしげな水音を立てつつ砂浜をしずしずと満たしていく潮のさざなみを、詩的な薄明かりで雲紋模様《モアレ》に照らしているころかもしれない。月はまたモン＝サン＝ミシェルをうねうねと取り巻く城壁を照らし、果てしない入江が砂地をのぼっていく光の瞬きを受けてきらめくまたとない景色のなか、修道院のすべての鐘塔が描くロマン派的な輪郭を照らし出していることだろう——いずれにせよ、見たい気分にはもうならなかった。

まだ十時にすらなっていなかったが、ヴァルザシ夫人は眠気に負けて、そろそろ寝ようと切り出した。この提案はいささかの抵抗もなく受け入れられた。ねんごろなお休みの挨拶につづいて、各々は寝室に入った。

アンドレ・マリオルは眠れるわけがないとわかっていた。暖炉の上の二本のろうそくを灯すと、窓を開け、夜を眺めた。

無駄な期待に苦しめられて、体中ぐったりしていた。彼女がすぐ近く、すぐそこ、扉二枚を隔てた向こうにいると知っているのに、この土地全体を浸す上げ潮の海水を止めるのとほぼ同じくらい、彼女に会いに行くことは不可能なのだ。喉には叫び出したい衝動を抱え、神経は抑えがたくも虚しい望みにあまりにも痛めつけられるので、この実現しない幸福を待つ夜の孤独にもはや耐えかねて、どうやって過ごそうかと自問していた。

宿のなかからも、町で唯一の曲がりくねった通りからも、次第に物音が消えていった。マリオルはずっと窓辺に肘をついたまま、時が過ぎていくことだけを意識し、銀色に輝く満ち潮の水面を眺めながら、何らかの奇跡的な幸運への予感に囚われたかのように、就寝の時間を遅らせていた。

突然、部屋の錠に人の手が触れた気がした。彼ははじかれるように振り返った。扉がゆっくりと開いた。一人の女が、頭を白いレースで覆い、絹と羽根と雪でできているかのような室内用のたっぷりしたコートに全身をつつんで入ってきた。彼女は慎重に扉を中から閉めた。それから、明るい窓辺を背景に喜びに射られて立ちすくむ男の姿が目に入らないかのごとく、まっすぐに暖炉まで歩いていって、ろうそくを二本とも吹き消した。

第二章

翌朝は、宿の玄関の前で待ち合わせて、別れの挨拶をすることにしていた。先に下りたアンドレ・マリオルは、懸念と幸福の混じった胸を刺すような思いで、彼女が出てくるのを待っていた。彼女はどうするのだろう。どうなるのだろう。自分と彼女には何が待ち受けているのだろう。なんという至福とも悲惨ともしれない向こう見ずな関係に足を踏み入れてしまったことか。自分に関しては彼女の好きなようにしてくれればいい、阿片吸引者同然の錯乱した狂人になろうと、殉教者になろうとかまいはしない。彼は二台の馬車の脇を歩いていた、というのも一行は二手に分かれ、マリオルはサン＝マロ経由で旅をつづけることによって嘘を完遂し、残りの者はアヴランシュへ帰る予定だったから。

次はいつ彼女に会えるだろうか。親戚宅の滞在を早めに切りあげるのか、それとも帰宅を延期するのか？　彼女の最初の一瞥、最初の一言が怖くて仕方なかった、なぜなら夜半の短い抱擁のあいだ、彼女の顔は見えなかったし、ほとんど言葉も交わさなかったから。彼女は迷いなく身を捧げたけれど、恥じらいからくる慎みを見せ、時間を引き延ばそうとはせず、彼の愛撫に喜ぶ様子もなかった。それから、「また明日ね」と囁きながら、いつもの軽やかな足どりで去っていった。

この短い、奇妙な対面がアンドレ・マリオルの心に残したのは、熟したはずの恋を充分に収穫しきれなかった男のごく微かな失望であり、また同時に勝利した者の酩酊感、つまり彼女がまだ守っている部分もじきに、ほぼ間違いなく征服できるだろうという期待でもあった。

彼女の声が聞こえたので、びくりとした。どうやら父親が何かを求めたのに対してむっとしたらしく、大きな声で話しており、階段を下り終えるあたりで目に入った彼女は、唇にきゅっと皺《しわ》を寄せて苛立ちを露わにしていた。

マリオルは二歩進んだ。彼女は気づいて、ほほえんだ。不意に穏やかになったまなざしに、何か心温まるものが宿り、顔中に広がった。それから、ぱっと優しく手を差しのべるのを見たとき、彼は遠慮することも後悔することもなく、この女はもう自分自身という贈りものを捧げてくれたのだと、はっきり確認した。

「それじゃこれでお別れですのね」と彼女は言った。

「残念ながら！　奥さま、私としては表現しきれないほど辛い気持ちですが」

彼女は小声で言った。

「じきにお会いできますわ」

プラドン氏が近づいてきたので、彼女はひそひそとつけ加えた。

「十日ほどかけてブルターニュめぐりをすると仰いなさい、でも実行はしないで」

ヴァルザシ夫人が動転して駆けてきた。

「お父さまに聞きましたよ、明後日帰りたいんですって？　少なくとも次の月曜まではいる予定だったじゃないの」

ビュルヌ夫人は少し暗い顔になって返事した。

「お父さまは要領が悪くて、どうしても黙っていられないのね。毎年のことだけど、海のせいで私、頭痛がひどいものだから、あとから一か月も治療する羽目になるよりは発とうかしらって話したのは確かです。でもいまはそのことを話すときじゃないわ」

マリオルの御者は、ポントルソン発の列車に乗り遅れてしまうから、早く馬車に乗るように彼を急かせた。

ビュルヌ夫人は尋ねた。

「それであなたは、いつパリへお戻り?」

彼はためらう様子を見せた。

「さあ、どうでしょうね、サン゠マロも見たいし、ブレスト、ドゥアルヌネ、トレパッセ湾、ラー岬、オディエルヌ、パンマールにモルビアン、要するにこの名高いブルターニュ半島すべて、ということなんですが。そうすると期間としては……」

いかにも計算しているふりで沈黙したのち、彼は大袈裟に見積もった。

「二週間から二十日間ほどでしょうか」

「ずいぶんかかりますわね」と彼女は笑いながら答えた……「私のほうは、もしまた昨晩みたいに神経にこたえるようなら、二日以内には帰ります」

感動に息が詰まって、彼は「ありがとう」と叫びたい気分に駆られた。そうする代わり、彼女が最後にもう一度差し出した手に口づけをしたが、それは恋人としての口づけだった。

そして、無数の挨拶やお礼の言葉や親愛のしるしを、ヴァルザシ夫妻、および先ほどの旅程を聞いてやや安心したプラドン氏と交わしてから、マリオルは馬車に乗りこみ、振り向いて彼女を見つめながら、遠ざかっていった。

彼はどこにも留まらずパリへ戻り、移動中も何ひとつ見なかった。一晩中、客車の隅に身を寄せて、目を半ば閉じ、腕を組んだ彼の心を占めるのはひとつの思い出、考えることと言えばこの実現した夢のことだけだった。帰宅すると、着いて一分と経たないうちに、普段からこもって仕事をし、手紙を書き、自分の蔵書やピアノやバイオリンといった友に囲まれて、ほぼ常に穏やかな気分でいられるはずの静かな書斎にいながら、満たされぬ心を高熱同様に掻き乱す焦燥感による絶え間ない内面の責め苦が始まった。まったく集中できず、何も手につかず、私生活の楽しみとしていつもやり慣れていること、つまり読書と音楽が、気を紛らせてくれないばかりか、体をじっとさせる役目すら果たさないのに驚いて、この新たな混乱を鎮めるにはどうすればいいのかと考えた。外へ出たい、歩きたい、動きたいという、説明できない肉体的な欲求に取り憑かれた気がしたが、運動を求めるこの発作とは、思考が体に注入したもの、つまりは単に、ある人を迎えに行って再会したいという、本能的で癒しがたい欲望の現れなのだ。

彼は外套を着て、帽子を取り、扉を開き、階段を下りながら自問した。「どこへ行こう?」すると、いままで思いつかなかった考えがふと閃いた。――二人が会うときのために、人目につかない瀟洒な隠れ家が要る。

狭い通りから並木通りへ、さらに大通りへと探して歩き、へつらう笑みを浮かべた管理人たちや、見た目の怪しげな貸し主の女たち、薄汚い布地を張った部屋の数々を不安な思いで見てまわり、夜になってから落胆しつつ家に帰ってきた。翌日は九時早々から家探しを再開し、日が落ちたころにようやく、オートゥイユ（パリ十六区、ブーローニュの森に接する地区。但し後出の三つの通りの名は架空）の路地に、三方に出入口を備えた庭の奥に建つ一戸建てを見つけ出し、室内は近所の内装屋が二日で設えると請け合った。マリオルは生地を選び、ごく簡素なニス塗り松材の家具と、うんと厚手の絨毯を希望した。庭は、戸の近くに住むパン屋が管理していた。このパン屋の妻と交渉して、家の世話に関してはすべて任せることで話がついた。また界隈の園芸屋が花壇に花を植えることを引き受けてくれた。

ひととおりの手筈を整えるのに八時までかかり、へとへとになって帰宅したとき、机に電報が置いてあるのを見て、胸が高鳴った。開いてみると、

明晩帰宅。追って指示します。
ミーシュ

彼女はアヴランシュを発つことになっていたから、手紙を出してうまく届かないとまずいと思い、こちらからはまだ連絡していなかった。夕食を終えると、すぐに机に向かって、いま胸に感じていることを彼女に宛てて書き綴ろうとした。長くかかり、骨が折れた、なぜならどんな表現も、文も、着想そのものも、これほど濃やかで熱烈な感謝の祈りを言葉にするには力が足りず、凡庸でくだらないものに思われたから。

朝起きたとき彼女から届いた手紙には、予告どおり今夜戻ること、そして、人々に旅行中だと信じこませるため、あと数日は誰にも姿を見せないでほしい旨が書いてあった。また、明日の午前十時ごろ、テュイルリー庭園のセーヌ河に面した高台の遊歩道を散歩しましょうとあった。

彼は一時間も早く着いて、大きな庭園をうろついたが、通りすぎるのは左岸の省庁へ向かう遅刻した官僚や、会社員や、あらゆる職種の働き者からなる早起き連中ばかりだった。こうして日々のパンのために重労働にいそしむことを強いられる人々が急ぎ足でゆくのを見るにつけ、つくづく嬉しい気分になり、彼らに比べると、社交界の女王の一人である愛人を待っている現在の自分が、実に幸運で、特権に恵まれ、闘争を免れていると感じられて、青空に礼を言いたくなった、というのも彼にとって神とは、月日と人間の腹黒い主《あるじ》たる〈偶然〉のせいで起こる蒼天と雨との入れ替わりに過ぎなかったのだ。

十時数分前になると、彼は高台へのぼって、相手の到着をうかがった。「きっと遅刻だろう」と彼は思った。近くにある建造物の時計が十時の鐘を鳴らすのが聞こえて間もなく、ずっと遠くから彼女らしき影が、勤め先の店へ慌てて向かう労働者の女のように早足で庭園を横切るのが見えた。「彼女か?」歩き方は確かに彼女だったが、身なりがまったく違って、暗い色の地味な装いがあまりに控えめなので驚いた。彼女はその間に高台へのぼる階段のほうへ向かってきたが、まっすぐに歩いてくるところは、昔から来慣れているように見えた。

「おや」と彼は思った、「きっとこの場所が好きで、時々散歩しに来るんだな」。ドレスの裾をたくしあげて最初の石段に足をかけ、それからさっさとのぼってくるのを見て、早く会いたくなって勢いよく進んでいくと、近づくなり彼女は、愛想よくほほえみながらも一抹の懸念を抱いている顔で言った。

「危ないことをするわね。そんなふうに姿を見せては駄目よ! リヴォリ通りからもあなたの姿が見えるくらいだったわ。さあいらして、向こうのオレンジ温室の裏手にあるベンチに腰かけましょう。次からはそこで待つようにしてくださいね」

彼は訊かずにいられなくなった。

「よくいらっしゃるんですか？」

「ええ、この場所が大好きなんです。朝に散歩したいほうだから、ここへ来て運動しながら景色を眺めるの、だってとってもきれいな景色でしょ。それにここなら絶対誰にも会わないで済むのよ、ブーローニュの森じゃまず無理だわ。でもこのことは内緒よ」

彼は笑った。

「そりゃ人には言いませんよ！」

洋服の襞のあいだに隠れている彼女の可愛い手を、こっそりと握り、溜め息をついた。

「好きでたまりません！　あなたを待ちすぎて頭が変になってしまった。私の手紙は届きましたか」

「ええ、ありがとう、胸に響きました」

「それじゃもう怒っていないんですね」

「まさか。怒るわけないわ。あなたは本当に優しいもの」

彼は感謝と激情が直接伝わるような熱い言葉を探した。けれども見つからず、第一あまりに感激して言葉を選ぶだけの余裕もなかったので、もう一度言った。

「好きでたまりません」

彼女は言った。

「ここへ来ていただいたのは、水と船もあるからなの。あちらとは全然違うけれど、それでも悪くはないでしょう」

二人は河沿いにつづく石の欄干《らんかん》の傍のベンチに座ったが、周りにほとんど人はおらず、どこからも見られずに済んだ。この時間、細長い高台にいる人間は、庭師が二人と子守女が三人だけだった。

足許の河岸《かし》を馬車が走っていったが、姿は見えない。すぐ下にある歩道をゆく足音が、遊歩道を擁する壁に反響してこちらまで聞こえ、まだ何を話せばよいのかわからない二人は、サン＝ルイ島やノートルダム大聖堂の塔からムードンの丘にいたる美しいパリの風景をともに眺めていた。彼女はまた言った。

「やっぱり、ここはとてもきれいだわ」

だが彼は突如として、修道院の塔の天辺で二人して空中散歩をした心震える思い出に捕らわれ、あの昂揚が過ぎ去ってしまったのを悔いる気持ちに駆られて言った。

「ああ！　狂人の小径で空を飛んだこと、覚えていますか」

「ええ。でもいまこうして距離を置いて考えると、ちょっと怖くなります。なんてことでしょう！　もう一度やらなければならないとしたら、ひどい眩暈《めまい》を起こすかもしれないわ。あのときは大気と太陽と海に完全に酔っぱらってたのね。ごらんなさいよ、目の前のこの景色だって実にすばらしいじゃないの。私、パリが大好き」

彼はぎょっとしつつ、向こうにいたとき彼女のうちに芽生えたはずの何かが、もうなくなってしまったらしいという漠然とした予感を抱いた。そしてつぶやいた。

「土地はどこだってかまいません、あなたの傍にいられるなら！」

それには答えず、彼女はぎゅっと手を握ってきた。すると、この軽く押しつける手の感触によって、おそらく優しい言葉をかけられた場合よりも深い幸福感に満たされた彼は、いままで胸を締めつけてきた気詰まりな思いから解放されて、やっと話せるようになった。

彼はほとんど厳粛と言っていいくらいの言葉遣いで、自分が永久に人生を彼女に捧げたこと、好きなように扱ってくれればいいということを、ゆっくりと述べた。

そう言われれば嬉しくはあるものの、現代ならではの疑り深い娘であり、心を蝕《むしば》む皮肉から逃れられない囚われの女でもあるから、彼女はほほえみながらこう返した。

「そこまで深入りしなくたって！」

彼は相手の正面へ向き直り、目で触れるかのようなじわじわと迫るまなざしで彼女の目の奥を見つめながら、いましがた告げたことをもう一度、もっと長く、熱烈に、詩的な言葉で言い直した。熱狂に満ちた手紙の数々に書いてきたことのすべてを、燃えるような確信をこめて表現したので、相手は香の煙につつまれる気持ちになって聴いていた。この崇拝者の語り口によって、いままで誰にされたよりもたくさん、誰よりも上手に、女の琴線をひとつ残らず撫でられている感じがした。

彼が話し止むと、彼女は簡単にこう答えた。

「私もあなたのこと、とっても好きよ」

二人は田舎道を並んで歩く若者たちのように手を握り合い、いまやぼうっとした目つきで、河の上を観光汽船が進んでいくのを見ていた。彼らはパリに二人きり、頭上に漂う雑然とした、広大な、近づいたり遠のいたりするざわめきのなか、社交界の生活のすべてがぎゅう詰めに詰まった町のなかにいながら、空中の塔の頂に二人だけでいたときよりも、もっと二人きりだった。そして何秒かのあいだ、二人は自分たち以外のものが地上に存在することを完璧に忘れきった。

彼女のほうが先に、現実感覚を取り戻し、同時に過ぎてゆく時間の感覚も取り戻した。

「明日もここでお会いしましょうか?」と彼女は言った。

彼はちょっと考えこんでから、自分が提案しようとしていることにどぎまぎしつつ述べた。

「ええ、ええ、それはもう……ただ、ほかの場所ではお会いできないものでしょうか？　この場所は人通りはありませんけれど……でも、誰でも来られる場所ですし……」

彼女は迷った。

「確かにそうね……でも、あなたはこれからまだ少なくとも二週間は誰にも顔を見せないで、旅行中と思わせなくてはいけないんですもの。パリで誰にも知られずにお目にかかれたなら、うんと素敵ですし秘密めいていますけど。かといって、いま私のところへお呼びするわけにはいかないし。さあ……どうすればいいかしら」

彼は顔が赤らむのを感じながら、先をつづけた。

「私も自分の家にはあなたを招待できません。別の方法があればいいのではないでしょうか、つまり別の場所が……」

彼女は驚きもせず憤慨もしなかった、なにしろ実際的な理性の女、論理に長けた女で、貞淑ぶるふりなどはしなかったから。

「そりゃそうね」と彼女は言った。「それにしても、考えるのに時間が要るわ」

「私はもう考えたんです」

「もう?」

「ええ」

「それで?」

「オートゥイユのヴュ゠シャン通りはご存じですか」

「いいえ」

「トゥルヌミーヌ通りとジャン゠ド゠ソルジュ通りに接してるんですが」

「それで」

「その通りに、いやむしろ路地と言ったほうがいいんですが、そこに庭があります。その庭のなかに、小さな一戸建てがあって、その家からはいま挙げた二つの通りにも出られます」

「それで」

「その家があなたを待っています」

彼女はじっと考えて、それから、やはり困惑することもなく、女性らしい用心から二つ三つ質問した。彼が説明すると、満足がいったらしく、立ちあがりながらつぶやいた。

「それじゃ、明日参ります」

「何時に？」

「三時」

「七番地の戸の内側で待ちます。忘れないで。通りすがりに、ただ戸を叩くだけでかまいません」

「ええ、ではさようなら、また明日」

「また明日。さようなら。ありがとう。愛してます！」

二人とも立ちあがっていた。

「送らないでください」と彼女は言った。「あと十分ここにいて、それから河岸のほうを通っていらして」

「さようなら」

「さようなら」

彼女はとても素早く、実に目立たず、慎ましく、急いで去ったので、まったく細身で働き者のパリ娘が、まっとうな職場へ行くために朝の通りをトコトコと駆けていく姿にそっくりだった。

彼は家が明日までに整っていなかったらと不安で居たたまれず、オートゥイユへ馬車を走らせた。

しかし着いてみると職人がたくさんいた。壁は布で覆われ、床板には絨毯が敷いてある。あちこちで叩いたり、釘を打ったり、洗ったりしていた。庭はかつて公園だったところなので、かなり広くて洒落ており、古い大木が何本かあるほか、林を模して密に植えた木立がいくつかと、植物棚が二つ、芝生が二面、そして植えこみのあいだを曲がっていく数本の小径があって、近所の園芸屋がすでに薔薇、カーネーション、ゼラニウム、木犀草、その他二十種もの草花の植えつけを終えていたが、こうした植物は手間暇をかけて開花を早めたり遅らせたりすることで、荒地をたった一日で華やかな花壇に仕立てられるように育ててあるのだ。

マリオルは好きな女相手にまたひとつ勝利を収めたかのように心躍らせ、明日の昼前には家具をすべて揃えるという内装業者の確約を得ると、そこを出て、あちこちの店に寄っては、住居の内部に華を添える小物を買った。壁用には近ごろ制作されている有名絵画の見事な写真複製を選び、暖炉やテーブル用にはデック（仏十九世紀の作陶家。トルコや日本など各地の技法や意匠を解釈。青色の磁器で有名）作の陶器類のほか、女たちが常に手許に置いておきたがる定番の小物を選んだ。

その日一日で収入二か月分を使い果たした彼は、倹約が好きだからではなく単に使う用がないせいで十年も前から休みなく貯金してきたおかげで、いま大尽気取りで散財できるのだと考え、深い満足に浸った。

次の日は、朝からこの別宅に来て、家具の搬入と配置を仕切り、自分で額縁を飾り、梯子にのぼり、香を焚き、香水を布類に吹きかけ、絨毯にも撒いた。頭がのぼせて、身も心も興奮して有頂天になっていたので、これまでで一番面白く気持ちのいい仕事をしている気がした。一分ごとに時刻を確かめ、彼女が入ってくるまでにあとどれくらい時間があるのか計算しては、職人たちを急かし、さらに部屋をよくしよう、これ以上ない絶妙のバランスで小物を組み合わせ、飾りつけようと奮闘した。

慎重を期して、二時前には全員帰らせ、それからは、時計の針が文字盤の上をゆっくりと最後に一周するあいだ、この家の静寂のなかで、望みうる最大の幸福を待ちながら、彼は一人きりで夢想に浸り、寝室と客間を行ったり来たりしつつ、声高に独り言を述べ、空想し、うわごとを言って、人生で最大となるだろう狂おしい恋愛の快楽をじっくりと噛みしめた。

次いで、庭に出た。日射しが木洩れ日となって草の上に降り、とりわけ薔薇の円形花壇を可愛らしく照らしていた。天もまたこの逢い引きを飾るのに応じてくれたのだ。それから彼は扉に身を寄せて待ち伏せ、時おり相手が間違えはしないかと細めに開けてみた。

三時が鳴ると、修道院や工場にある十台もの大時計があとにつづいた。彼は懐中時計を手にして待っていたが、片耳をくっつけている戸板が二度叩かれる音がすると、驚いてびくりとした、というのも路地からは何の足音も聞こえなかったので。

戸を開けた。彼女だった。びっくりした顔で見ていた。まず心配そうな目で隣近所の家を盗み見たが、この辺に住むのは質素なブルジョワだから知り合いなど一人もいるはずはないと確かめて安心した。次に、庭を見まわしながら嬉しげな好奇心を示した。それからようやく、手袋を外したばかりの両手の甲を愛人の口に当てて、その腕を取った。

彼女は一歩歩くごとに言った。

「まあ、なんてきれいなんでしょう！　予想外だわ。魅力的だわ」

薔薇の花壇に、木の枝で斑になった日光がきらめいているのを目に留めると、彼女は声をあげた。

「あら、おとぎ話みたいじゃない、ねえあなた！」

彼女は一輪摘み、花に口づけて、胸に挿した。それから二人は家に入った。すると彼女があまりに満足そうにしたので、彼は足許に跪《ひざまず》きたい気持ちになったが、ただ心の底では、もう少し場所よりも自分のことをかまってくれてもいいのではないかという気もした。周りを見渡す彼女は、新しいおもちゃを見つけて弄ぶ小さな女の子と同様の喜びに興奮し、女の貞節を自ら葬るこの愛らしい墓場で何ら慌てることなく、方々から趣味のよさを賞賛されてきた玄人として納得がいった様子を見せつつ、洗練された内装を褒めた。来る途中は、色褪せて過去の逢瀬に汚れた布が張られた、つまらない部屋ではないかと怖れていたのだ。ところが反対に、ここにあるものは何もかも新しく、思いがけず、洒落ている上に、この自分のために調えられたものばかりで、ひどく高くついたに違いない。この男は、本当に文句なしだ。

相手のほうへ振り向いた彼女は両腕を伸ばして、うっとりさせるような誘いのしぐさを見せ、そこで二人は抱き合い、幸福と虚無とが二重になる奇妙な感覚を起こす類の、目を閉じたままの口づけをした。

破られることのないこの隠れ家の静けさにつつまれ、二人は三時間のあいだ、顔と顔、体と体、口と口を向き合わせ、アンドレ・マリオルはようやく体の陶酔と魂の陶酔とをひとつに混ぜ合わせることができた。

別れる前に、二人は庭をひとめぐりし、どこからも見られることのない緑に囲まれた一画に腰をおろした。アンドレは陽気になって、まるで聖なる台座から彼のために下りてきた偶像に話しかけるかのように喋り、彼女は聞きながら、疲れにぐったりしていたが、そういうときに目に宿る倦怠感は、客の訪問が長すぎて相手の人物に飽きたときによくそうなるので彼にも見覚えがあった。それでも彼女は愛情深い態度を変えず、少しだけ無理をした優しい微笑に顔を照らし、彼の手をずっと同じ強さで握っていたが、ただしそれは意図してというよりは機械的なものだったのかもしれない。

相手の言うことを聞いていなかったと見え、彼女は文の途中で相手の言葉を遮ってこう言った。

「もうどうしても行かなくてはいけないわ。六時にブラティアヌ侯爵夫人のお宅にお邪魔する約束なのに、ずいぶん遅れてしまう」

来たときに開けた戸まで、彼はそっと送っていった。口づけて、それから彼女は通りをこっそり見まわすと、壁伝いに去っていった。

一人になった途端、抱擁のあと消えた女が胸に残す突然の空白を感じ、また遠ざかり逃げていく足音が心を妙なふうに引き裂くのを感じて、彼は自分がまるで彼女から何ひとつ手に入れなかったかのごとく打ち捨てられ、孤独でいる気がした。そして砂を敷いた小径を歩き出しながら、こうした期待と現実とのあいだの永遠の矛盾について考えた。

夜中までそこにいるうちに、少しずつ愁いは晴れて、彼は相手が自分の腕のなかで身を任せているときにも増して確実に、遠くから女に身を捧げた。それから自宅に戻り、何を食べているのかもわからないままに夕食をとってから、彼女に手紙を書きはじめた。

次の日は日中が長く感じられ、夜はいつまでもつづいた。また手紙を書いた。どうして返事をくれず、伝言も託してくれないのだろう？　二日目の朝に短い電報が届き、翌日の同じ時刻にまた待ち合わせようと言ってきた。この小さな青い電報用紙のおかげで、辛くなってきていた待機の苦しみから不意に解放された。

彼女は最初のときと同じく時間どおりにやってきて、愛情にあふれ、にこやかだった。オートゥイユの小さな家での逢い引きは前回とまったく一緒だった。アンドレ・マリオルは、もうすぐだと予想していた恍惚の恋が二人のあいだに花開く気配がないのに驚き、漠然とした動揺を覚えたが、官能のレベルで夢中になっていくと同時に、得たいと望んでいたものへの夢をゆっくりと忘れて、実際に得たもののもたらす少し異なる喜びのなかに埋もれていった。彼は愛撫という綱で彼女と繋がっていたが、これは何よりも強力な、恐るべき綱で、きつく巻きついて人間の肉を血が出るほど締めあげたが最後、決して逃れられない唯一の束縛なのだ。

甘く、浮き立つような二十日間が過ぎた。この日々には終わりがないように彼には思われ、こうして永久に、人々にとっては消えたまま、彼女のためだけに生きていられる気がして、いつでも期待に苛まれてきた不毛の芸術家らしく影響を受けやすい頭のなかに、慎ましく、幸福で、人目に立たない生活という不可能な希望が芽生えていた。

彼女は抵抗することなく三日ごとに来て、どうやら待ち合わせの楽しみや、珍しい花の宝庫となった小さな家の魅力、それに、誰にもあとをつけられる謂れがない以上ほとんど危険はないのに秘密の匂いには事欠かないという、この恋愛生活の目新しさに惹きつけられているらしく、また同時にひたすらに尽くしては愛情を募らせていく愛人に魅惑を感じている模様だった。

そしてある日、彼女は言った。

「ねえ、あなた、もう人前に出なくてはいけないころだわ。明日の午後うちへいらしてください。帰ってらしたとみんなに言っておきましたから」

彼は悲嘆に暮れた。

「またどうして、こんなに早く」と彼は言った。

「だって、もし誰かが偶然あなたがパリにいると知ったなら、どうしているのか説明がつかなくて、疑惑が生まれることになるでしょ」

そのとおりだと彼は認めて、明日家に行くことを約束した。つづけて尋ねてみた。

「それじゃ明日は人を呼ぶんですね」

「そうよ」と彼女は言った。「それだけじゃなくて、うちはちょっとしたお祝いなのよ」

彼にとっては不快な報せだった。

「どういったお祝いですか」

彼女はご満悦らしく、声を立てて笑った。

「マシヴァルにさんざん胡麻を擂《す》ってね、彼の《ディドー》（ディドーはギリシア神話におけるカルタゴの建国者。ウェルギリウス『アエネーイス』ではアエネーアースに失恋、自殺する）という作品をうちで弾いていただけることになったの、まだ誰も聴いたことがないのよ。古代の恋の詩なんです。ブラティアヌ夫人なんて、マシヴァルのことを自分だけの持ち物だと思っている方ですから、ぷんぷん怒ってらっしゃるわ。彼女も明日いらっしゃいますけどね、お歌いになるので。私、すごいでしょ？」

「たくさん人が来るんですか」

「そんな！　少人数で親しい方ばかりよ。あなたはほとんど全員ご存じですわ」

「その催しに出ないで済ますことはできないものでしょうか？　こうして一人きり

でいるのが実に幸せなんですが」

「あら、駄目よ、あなたったら。あなたが誰よりも大事なんですもの、おわかりでしょ」

彼の心臓がドキンと鳴った。

「ありがとう」と言った。「伺います」

第三章

「こんにちは、マリオルさん」

マリオルはもはや自分の呼び名がオートゥイユでの「あなた」ではなくなっているのに気がついた。そして握手は短く、社交という職務の真っ只中で忙しく動きまわる女にふさわしく、きゅっと慌ただしく握っただけだった。彼は客間へ入っていき、その間にビュルヌ夫人は見目麗しいル・プリウール夫人のほうへ進んでいったが、この女性は胸元の開きが大胆なのと、自分の体は彫刻に匹敵すると自慢しているのとで、やや皮肉をこめて「女神」と綽名されていた。学士院の碑文・文芸アカデミー（国立フランス学士院が擁する五つのアカデミーのひとつ。歴史学、考古学、文献学等の研究を推進する）会員の妻である。

「おや、マリオル」とラマルトが声をあげた。「どこから出てきたんです？　死んだと思われていましたよ」

「フィニステール県のほうを旅行してきたんです」

彼が旅の印象を語っていると、小説家は遮った。

「フレミーヌ男爵夫人をご存じですか」

「いいえ、お顔だけ。しかしずいぶん話題になってますね。かなり好奇心旺盛なんだとか」

「いかれた連中の大公妃さまですよ、ただ何とも言えない現代風の滋味というか、かぐわしさがあってね。いらっしゃい、紹介しますよ」

マリオルの腕を取ると、常に人形にたとえられる若い女性のもとへ連れていったが、青白い肌をした抜群に美しい金髪のお人形で、髭を生やした大きな子どもたちを地獄に落とす目的で悪魔が自ら考案し拵えたといったところだった。目は切れこみを入れたように細長く、少し額のほうへ吊りあがっている感じが中国人の目を思わせる。青い七宝に似た瞳がまぶたのあいだをすうっと動き、このまぶたは完全に見開かれることの滅多にない、ゆっくりと動くまぶたで、この女の秘めたる部分を覆い、幕を下ろして見えなくするためにあるのだった。

髪の毛は非常に薄い色で、絹のような銀色の光沢を放ち、唇の薄い繊細な形の口は、まるで細密画家によって描かれたのち、彫金師の滑らかな手つきで彫られたかに見える。そこから出てくる声はクリスタルの響きがあり、発する言葉は予想外で、辛辣で、意地悪なのに笑いを誘う独特の芸に加えて破壊的な魅力も備えており、かくして退廃的な冷たい色気をもち、涼しい顔をして厄介なこの神経症気味の小娘は、周りの人々を激しい情熱と興奮の渦に巻きこんでいた。彼女は正統社交界におけるもっとも風変わりな社交家としてパリ中に知られ、もっとも才気にあふれているとも言われていた。けれども誰一人として、彼女が正確には何なのか、何を考えていて、何をしているのか知る者はない。抗いがたい力を発して大抵の男を支配してしまう女だった。夫というのも、謎の存在である。おっとりした大貴族なのだが、何も目に入っていないように見えるのだ。わかっていないのか、無関心なのか、それとも大目に見ているのか？もしかすると、ひたすら奇抜なものを見ていたい質で、そうすることで自身も楽しんでいるのかもしれない。何にせよ、この人物についてはあらゆる意見が飛び交っていた。相当に意地の悪い噂も囁かれていた。妻のおこなう秘密の悪徳の恩恵に浴しているのだなどと仄めかす者までいた。

ビュルヌ夫人とフレミーヌ夫人とのあいだには、性質上惹かれ合う部分と、嫉妬で牙を剝き合う部分とがあって、いっとき仲がよかったかと思うと、猛烈な友情の危機に見舞われた。互いに気に入り、怖れ、追いかけているところは、認め合いながら相手を殺そうと欲するプロの決闘家同士さながらだった。

最近は、フレミーヌ男爵夫人が優勢だった。ちょうどひとつの勝利、大きな勝利を収めたところだった。ラマルトを落としたのだ。ライバルから奪い、引き離し、手に入れて、認定済みのお付きの者たちの一人に加え、これ見よがしに手なずけた。小説家はどうやらこの現実離れした女のうちに見出されるすべてに心奪われ、好奇心をそそられ、魅入られ、茫然とした模様で、誰が相手でも彼女のことを喋らずにはいられず、早くも噂の種になっていた。

そのラマルトがマリオルを紹介している最中、客間の反対の隅からビュルヌ夫人の視線がこちらに留まると、ラマルトはにやりとしながら、マリオルの耳に囁いた。

「ごらんなさい、ここの女王さまがご機嫌斜めですよ」

アンドレ・マリオルは目をあげた。けれどもビュルヌ夫人は扉のカーテンがあがって現れたマシヴァルのほうへ顔を向けていた。

ほとんど直後にブラティアヌ侯爵夫人が入ってきた。そこでラマルトの発した一言は、

「おやおや！　われわれは《ディドー》の二度目の演奏を聴かされるのかな。一度目は侯爵夫人の箱馬車《クーペ》のなかで演奏済みでしょうからね」

フレミーヌ夫人は言い添えた。

「私たちと仲良しのビュルヌさんは、お手持ちの宝石の一番いいのを、本当にどんどん失ってるわね」

この女に対する怒りが、一種の憎しみが、いきなりマリオルの胸に兆し、同時に突然の苛立ちがここにいる人間たちに対して、つまり彼らの生活、考え方、趣味、浮ついた性向、無定見な娯楽に対して湧き起こった。そこで、ラマルトが若きフレミーヌ夫人に体を寄せて小声で話しはじめたのを機に、くるりと背を向けて遠ざかった。

麗しのル・プリウール夫人が数歩先に一人でいた。彼は挨拶しに行った。ラマルトによれば、彼女はこの前衛的な界隈における旧式の代表格だった。若く、大柄で、美人で、非常に整った顔だちと、炎の色合いが混じる栗色の髪をもち、物柔らかな上に、落ち着きと思いやりのある艶っぽさ、淑やかかつ巧みな誘惑の手管、それに気に入られたいという強い欲望を裏に秘めた一見素直で他意のない愛情によって人を魅了する女で、彼女には決まった支持者たちがいるのだが、それらの男たちを危険な競争関係にさらさないよう、彼女は充分に気をつけていた。家はごく親密な集まりで通っており、しかも常連はみなそこの魅力のひとつとして、夫の人格を褒めるのだった。

　夫人とマリオルは話しはじめた。この知性があって控えめな男を、彼女は高く評価していて、ほとんど話題にのぼらないけれど実はほかの人々より優れているのかもしれないと思っていた。

　一番遅れてきた招待客たちが入ってきた。太っちょのフレネルは、息を切らし、いつも生温かくてらてら光っている額にハンカチで最後のひと拭きを加えているところで、そのあとは社交界の哲学者ジョルジュ・ド・マルトリ、さらにグラヴィル男爵とマランタン伯爵が揃って到着した。この昼の会では、ビュルヌ夫人とともに父親のプラドン氏も、客の応対に当たっていた。父親はマリオルにとても親切にしてくれた。けれどもマリオルは、胸を締めつけられる思いで、ビュルヌ夫人が行ったり来たりしては、自分のことよりもここにいる大勢の人々にかまっているのを見ていた。二度にわたり、遠くから「あなたのことを思っています」と言いたげな一瞥をこちらへよこしてみせたのは確かだが、その含意もこちらの勘違いかもしれないと思えるほど、あまりに短い一瞥だった。それに、もはやラマルトが見せつけるようにしてフレミーヌ夫人に付きまとっているせいで、ビュルヌ夫人が苛立っているのが目について仕方なかった。「あれは色女として悔しいだけだ、貴重な工芸品を盗まれたサロン屋の嫉妬にすぎない」と彼は思った。それでも、すでに辛い気持ちになってきていた。何よりも、彼女が件の二人を、人目につかぬようこっそりと、ひっきりなしにちらちら見るのに、ル・プリウール夫人の隣に座る自分のほうを気にかけようとはまるでしていないという事実が苦しかった。要するに、彼女からすればマリオルはすでに間違いなく手に入れているのに対し、もう一人のほうの男は逃げようとしている、というわけだ。それならば、彼女にとってこの恋愛、まだ生まれて間もない二人の恋愛とはいったい何なのだろう、彼にあってはこの恋がほかのいっさいの思考を駆逐してしまったというのに?

プラドン氏がお静かにと告げ、マシヴァルがピアノの蓋を開けて、ディドーの熱情を歌う予定のブラティアヌ夫人は手袋を外しながらピアノのほうへ近づいていったが、そのとき、またも扉が開いて一人の若い男が現れ、全員の目を釘づけにした。背が高く、すらりとして、縮れ毛の頰髭をたくわえ、髪は短い巻き毛の金髪で、どこから見ても貴族らしい雰囲気だ。ル・プリウール夫人その人ですら、感銘を受けた様子だった。

「どなたです?」とマリオルは彼女に尋ねた。

「あら、ご存じありませんの?」

「ええ」

「ロドルフ・ド・ベルンハウス伯爵ですわ」

「ああ！　シジスモン・ファーブルと決闘したという、例の」

「そうよ」

それは世間を大いに騒がせた一件だった。オーストリア大使館参事官で、将来を嘱望される外交官であり、優雅なビスマルク派と言われているベルンハウス伯爵は、公式のレセプションで自国の皇后にまつわる耳障りな言葉を聞いて、それを口にした高名な剣士と翌々日に闘い、殺してしまった。世論を席巻したこの決闘ののち、ベルンハウス伯爵は瞬く間にサラ・ベルナール（仏十九世紀末を代表する女優）ばりの有名人となったが、ただし違いはと言えば、彼の名が発される場合には騎士道的な詩の薫りという後光がついて回るのだった。おまけに魅力のある、気持ちのいい人物で、話がうまく、飛び抜けて上品でもある。ラマルトは彼のことをこんなふうに評していた。「われわれの美しき猛獣娘たちの調教師ですな」

伯爵はきわめて女扱いに長けた様子でビュルヌ夫人の傍らに腰かけ、マシヴァルは鍵盤に向かって、しばらく指馴らしをした。

ほぼすべての客が席を変え、よく音が聞こえると同時に歌い手がよく見えるようにと近寄った。ラマルトは成りゆきでマリオルと肩を並べて座ることになった。

期待と注目と敬意に満ちた、深い沈黙が訪れた。そこへ、音楽家がきわめてゆっくりした音を連ね、音で物語を語るかのように演奏を始めた。休符、軽やかな繰り返し、短いフレーズの組み合わせがつづいていったが、それらはときに物憂く、ときに神経質で、不安げに聞こえつつも、予想を超える独創性があった。マリオルは夢見心地になった。一人の女、すなわちカルタゴの女王が、妙齢の娘らしい力強さと、いまが盛りの美しさとに彩られ、潮の寄せる海岸をしずしずと歩いている姿が目に浮かんだ。この女は悩んでおり、胸に大きな不幸を秘めているものと察せられた。そこでマリオルはブラティアヌ夫人をじっと見た。

身動きせず、夜の闇に浸したかのような重い黒髪に、青白い顔をして、イタリア女はまっすぐに前を見ながら、待っていた。精力的で、やや険しく、目と眉毛が墨跡を思わせるほど目立つ容貌、それに力と情熱みなぎる浅黒い全身に、何かはっとさせるもの、暗い空に感じとる嵐の前触れのようなものがあった。

マシヴァルは長髪の頭を少し揺らしながら、音色豊かな象牙の鍵盤で、悲痛な物語を語りつづけている。

突然、歌手の体に震えが走った。彼女が口を薄く開くと、そこから終わりのない、胸をえぐる苦悶の嘆きが洩れてきた。それは舞台に立つ歌手たちがよく劇的な身ぶりを加えつつ発する悲壮な絶望の叫びとはまったく違ったし、また客席からの喝采を引き起こす裏切られた恋人の見事な呻《うめ》き声とも異なるもので、言葉に表現しがたい叫び、心ではなく肉体から出てきたもの、轢《ひ》かれた獣の絶叫のように放たれたもの、欺かれた雌の動物の叫び声だった。次いで彼女は口を閉ざした。そしてマシヴァルがふたたび、気持ちをこめて、最初よりも激しく、痛々しく、愛する男に捨てられた哀れな女王の物語を弾きはじめた。

すると、新たに、女の声が立ちのぼった。彼女はいまや語り出し、孤独の耐えがたい責め苦を、逃げ去った愛撫への癒しえない飢えを、そして彼《か》の人が永遠に行ってしまったと知ることとの苦痛を述べていた。

熱く胸に響く彼女の声は人々の心を震わせた。暗黒の髪をしたこの昏《くら》いイタリア女は、語っていることのすべてに実際に耐えており、激烈な恋をしているか、少なくともそうする素質があると感じさせた。歌いやんだとき、彼女は目に涙を溜めていて、ゆっくりと拭った。ラマルトはマリオルのほうへ体を傾げ、芸術家としての感激におののきつつ言った。

「いやはや！　いまの彼女の美しいことと言ったら。女ですね、ここにいる唯一の女だ」

それから、少し考えて、こうつけ加えた。

「まあ実際のところは、音楽が見せる蜃気楼にすぎないかもしれませんがね、なにしろ存在するものはすべて幻なんですから！　しかしこれだけの幻影を見せる彼の技倆は実に大したものです、これほど自在な幻を見せるとはね」

ここで音楽詩の第一部と第二部のあいだの休憩が入り、人々は作曲家と歌手を熱く褒め称えた。とりわけラマルトは熱烈な賛辞を送ったが、その言葉に嘘はなく、ものを感じ、理解する才のある男、また美を表現するあらゆる形式に対し平等に興味をもつ男としての反応だった。聴いていて感じたことを彼がブラティアヌ夫人に語ると、その語り方があまりにべた褒めなので夫人はちょっと赤くなった。聞いていた女たちは多少気を悪くした。どうやら本人も、自分の発言のもたらす効果を意識していないわけではなかったようだ。さて、自分の席に戻ろうと振り返ったとき、ロドルフ・ド・ベルンハウス伯爵がフレミーヌ夫人の隣に腰かけようとするのが彼の目に留まった。フレミーヌ夫人はすぐに打ち明け話をしているといった様子になり、二人して、このひそひそ話が楽しくて夢中になってしまったかのようにほほえんでいる。マリオルは、ますます冴えない顔で、扉を背にして立っていた。小説家はそちらへ向かっていった。太っちょのフレネル、ジョルジュ・ド・マルトリ、グラヴィル男爵にマランタン伯爵が、立ってお茶を配るビュルヌ夫人を取り囲んでいた。彼女は崇拝者たちでできた冠のなかに閉じこめられた恰好だ。ラマルトは皮肉めいた口調でマリオルに向かってそう評し、さらに言い添えた。

「ただし宝石の欠けた冠ですよ。彼女としては、足りない逸品を手に入れるためなら、間違いなく、あんな安手の水晶などまとめて差し出したいところでしょうね」

「逸品というのは？」とマリオルは訊いた。

「無論ベルンハウスですよ、あの美男子で、抗しがたい、比類なきベルンハウスです、このパーティーを開催したのは彼のためですし、マシヴァル作のフィレンツェ版《ディドー》をここで歌わせることを作曲家本人に決意させる、などという奇跡を起こしたのも、ベルンハウスのためですからね」

アンドレ・マリオルは半信半疑だったが、それでも胸を刺すような悲しみに襲われるのを感じた。

「彼女はずっと前からあの男と知り合いなんですか？」と彼は尋ねた。

「いや、全然！　せいぜい十日ですよ。しかし短い運動期間にしては相当がんばりましたし、男殺しの戦術もまた見事でね。もしあなたがここにいたら、ずいぶん笑ったでしょうよ」

「そりゃまた、どうして?」

「彼女はフレミーヌ夫人のところで初めてあの男に会ったんです。私はその夜そちらへ夕食に行っていたんでね。いまの様子を見ればベルンハウスはあの家で非常に居心地よくしてるんですよ、おわかりでしょう。ところがね、挨拶を交わした次の瞬間、われらの美女ビュルヌ様は唯一無二のオーストリア人を獲得すべく戦闘開始したわけです。そして成功しつつありますし、成功するでしょう、たとえ可愛いフレミーヌのほうが、意地悪や、本物の無頓着や、ひょっとすると退廃ぶりにかけても、遥かに上を行っているとしてもです。なにしろわれらがビュルヌのほうは、色仕掛けの手管を知っていて、フレミーヌよりも女っぷりがいい、といっても私が言うのは現代の女らしいということです、つまり昔風の自然な魅力の代わりに、作りこんだ誘惑の技巧で落とすということ。いや、技巧という言葉も違うな、美学ですね、女の美学の計り知れないセンスがある。彼女の強みはまさにそこですよ。自分のことが何よりも好きなだけに、自分のことなら感心するほど知りつくしていて、だから男を征服しよう、われわれを捕まえるために自分を売りこもうというとき、決して間違いを犯さず、必ず最良の方法を選ぶんですな」

マリオルは反論した。

「それは言い過ぎではありませんか。私に対してはいつも、まったく気取らない感じですよ」

「そりゃ、気取らないのがあなたに合ってるからでしょう。第一、私はそれが悪いと言ってるわけじゃないんですよ。彼女はほとんどの女より上物だと私は思ってます。ただ、ああいうのは女じゃない」

マシヴァルがいくつか和音を奏でたので、二人は黙り、ブラティアヌ夫人は詩の第二部を歌ったが、肉体の激情と官能的な絶望を表して、実に最高のディドーとなった。だが、ラマルトはフレミーヌ夫人とベルンハウス伯爵が一対一でいるところから目を離さなかった。

ピアノの最後の響きが拍手に掻き消されるや、彼はまるで議論の最中のように、あるいは論敵に答えるかのようにいきり立ちつつ、口を割った。

「そう、女じゃないんです。一番ましなところで、自覚のない性悪女ですね。ああいう類の女を知るにつけ、彼女たちには本物の女がわれわれにくれるはずの優しい陶酔感が足りないと感じる一方です。酔わせはするんですが、神経にこたえるんですよ、混ぜものをしてあるから。いや、まあちょっと試してみるにはうまいもんですよ、ただ昔ながらの正しいワインにはかないません。おわかりでしょう、いいですか、女が創造され、この世に生まれたのは二つのことのためでしてね、この二つだけが女の真正の、偉大な、目覚ましい美質を開花させる。恋と、子どもですよ。われながらプリユドム氏（作家・諷刺画家のアンリ・モニエが創造した人物。凡庸でもったいぶったブルジョワの典型）みたいな言いぐさですがね。ところが例の女たちときたら、恋はできない、子どもは欲しくない。しくじって出来てしまった場合は、不運と見なし、次いで重荷と見なす。実のところ、ありゃ怪物ですよ」

作家が示す激しい口調と、目にぎらぎら光る怒りに驚いて、マリオルは尋ねた。

「それならあなたは、なぜ生活時間の半分をそういう女たちのスカートのなかで過ごすんです？」

ラマルトは激しい剣幕で答えた。

「なぜ？　なぜですって？　そりゃ興味があるからに決まってますよ！　それに……それに……医者に向かって、病院へ行って患者を診るのをやめろと言いますか？　私の臨床実習なんですよ、あの女たちは」

この考察が彼の気を鎮めたようだった。彼はつけ加えた。

「それと、私が彼女たちに惚れてるのは、実に今日らしいからなんです。要するに、彼女たちがもはや女でないのと同じように、私も、もはや男ではないんですよ。彼女たちの一人にほぼ愛着を抱いた時点で、どこに私が反撥するのかを自分で発見したり観察したりするのが面白いんだな、毒物の実験のために自分に毒を盛る化学者と似たような好奇心のあり方です」

しばし口をつぐんでから、また話し出した。

「こういうふうにしていれば、彼女たちに本当に引っかかってしまうことは絶対にないわけです。向こうのゲームに乗っかって、相手と同じくらいか、場合によっては相手よりうまくやっていく、そうすると私にとっては本を書くのに役立つ一方、向こうとしては、やってることが何の役にも立たない。馬鹿な女たちですよ！　みんな出来損ない、美しき出来損ないたちです、結局老いぼれて悲嘆のうちにくたばるだけでしょう、彼女たちなりに感受性というものがあればの話ですが」

ラマルトの言を聞きながら、マリオルは一種の寂しさが自分の上に降ってくるのを感じたが、それはじっとりとした憂鬱《おや》が小止みなく雨を降らせて地面を暗く染めるのに似ていた。文士の言うことが大体において間違っていないのは理解しつつも、完全に正しいと認めるわけにはいかなかった。

そこで、少し苛立って異議を唱えたが、ただし女性を擁護するというよりは、彼女たちの醒めた無節操ぶりの原因を現代文学に見る方向で論じた。

「小説家や詩人が女たちをうっとりさせたり、夢見させたりしていた時代には」と彼は言った、「彼女たちは先に本を読んで感じたのと同等のものを人生に求めて、実際に見つけたと信じたわけでしょう。今日、あなたがた作家は詩的な、あるいは魅力的な装いを取り払って、幻滅する現実ばかりを見せようと躍起になっていらっしゃる。ところがですよ、書物から恋がなくなれば、人生からも恋はなくなります。あなたがたはかつて理想を発明する仕事をしていた、そして女たちはあなたがたの発明品を信じた。いまは現実を正確に描き出すだけじゃありませんか、だから後ろについてくる女たちはあらゆるものが俗っぽいんだと信じはじめたんですよ」

文学談義ならいつでも歓迎のラマルトは一席ぶちはじめたが、そこへビュルヌ夫人が近づいてきた。

今日の彼女は実にとびきりの美しさで、目も眩むばかりの衣装をまとい、闘っている気持ちが、毅然とした挑発的な雰囲気となって現れていた。彼女は腰かけた。

「私、こういうの好きよ」と彼女は言った、「私相手に話してるわけじゃない男の人の会話に飛び入りするのが。それに、面白いお話をされる方と言ったら、ここではあなたがたお二人しかいらっしゃらないんだから、なおさらですわ。何について話してらしたの？」

ラマルトは臆することなく、女をもてなすためにからかうときの調子で、議題を彼女に明かした。それから持論のつづきを述べたが、先ほどより一段と意気軒昂になったのは、あらゆる功名心の持ち主の例に洩れず、女の前でいい恰好をしようと発奮したためだ。

彼女はすぐさまこの論戦の主題を愉快がり、自分も乗り気になって議論に参加し、きわめて賢く、鋭く、当意即妙に現代女性を弁護した。いくつかの発言では、ひどくいかがわしいと思われている女がいかに貞節や愛情を示す能力があるかを語って、これは小説家には理解されなかったのだが、マリオルの心臓は高鳴り、そして彼女が、ベルンハウスをしつこく傍に留めているフレミーヌ夫人の隣に腰かけるために離れていったとき、ラマルトとマリオルは、彼女が惜しげもなく見せてくれた女の知恵と艶やかさに参って、やはり異論の余地なく最上の女だと言い合った。

「向こうをごらんなさい！」と作家は言った。

大いなる決闘が始まっていた。オーストリア人と二人の女は、いったいいま何を話しているのだろうか？　ビュルヌ夫人が合流したのは、二人の人間が面と向かい合う時間が長くなりすぎて、たとえ気の合う同士でもやりとりが単調になってくる、まさにその瞬間だった。そして彼女は割って入るなり、ラマルトの口から聞いたことを全部、いかにも憤慨した口調で語ったのだ。それらは確かにすべてフレミーヌ夫人に当てはまる話だったし、ビュルヌ夫人自身の最新の勝利がきっかけとなった話で、なおかつ聞いているのはこうした話を残らず呑みこめるだけの器量を備えた男だった。恋愛という永遠の話題に新たに火が点いた。そこで女主人はラマルトとマリオルに合流するよう合図を送った。さらに話が白熱してくると、みんなを呼んだ。

全員での明るく熱い議論となり、誰もが自分なりの一言を述べたが、ビュルヌ夫人はそのなかで、笑いを誘う意見の裏に、作りものかもしれない情を滲ませることで、もっとも鮮やかな盛りあげ役をやってのけ、本当にこの日の彼女は大成功で、いままでになく活き活きとして、頭が切れて、きれいだった。

第四章

アンドレ・マリオルがビュルヌ夫人宅を辞して、強烈な彼女の魅力が目の前からなくなると、途端に自分の内側と自分の周囲、つまり体、心、あたりの空気、世界全体から、ここしばらく自分を支え、動かしてきたあの生きる喜びが、いわば消え失せてしまった感じがした。

何があったというのか？　何も、ほとんど何も起こりはしなかった。集いが終わるころ彼女は可愛いところを見せて、一度か二度、目配せで「ここでは私にはあなたしかいない」と告げてくれた。なのに、自分が知らないままでいたかったことを彼女から見せつけられた気がした。それだって何でもない、ほとんど何でもないことだ。けれども、母親か父親の怪しげなおこないを目にしてしまった人間のごとく、驚愕から覚められずにいた、というのも彼は知ったのだ、この二十日間、彼女も自分も、花咲いたばかりの恋がもたらす初々しくも激しい感情に一分一秒、残らず捧げていると思いこんでいた二十日のあいだ、彼女のほうは元の日常を取り戻して、およばれや、根回しや、計画を次々とこなし、おぞましいお世辞の競り合いを再開し、ライバルを下し、男たちを追い、褒め言葉を嬉々として受けいれ、自分以外の人々に愛想という愛想を振りまいていたのだと。

こんなに早く、もうあれだけのことをしたのか！　もっとあとなら、驚きはしなかっただろう。世の中、女性、情愛がどんなものかは承知しているのだから、もっとあとならそれなりに物わかりのいい自分らしくすべてを悟って、行きすぎた要求を抱いたり、勘ぐっては不安になったりすることもなかったはずだ。彼女は美しくて、そもそも人に気に入られ、賞賛を浴び、お追従《ついしょう》を耳にするよう生まれついている。数多の男のなかから彼女はこの自分を選び、大胆に、潔く身を任せたのだった。それでもなお自分が彼女の気紛れにありがたく従うお付きの者であり、素敵な女性の生活ぶりを甘んじて見届ける観客であることにどうやら変わりはなく、これからもそうでありつづけるらしい。だが彼は胸のうちに何か苦しいものを感じていて、その感じは心の奥底にある一種の仄暗い洞穴、情の機微が隠れ住むその場所から来ていた。

たぶん自分は間違っているのだろう、自分について意識するようになって以来ずっと間違ってきたのだろう。世間と交わるとき自分はいつも情の触れ合いに慎重になりすぎる。あまりにも心がやわに出来ているのだ。だからこそ接触や摩擦が怖くて、周りから身を引くようにして生きてきた。これは間違っている、なぜならそうした摩擦が起こるのは大概、自分とのずれが大きい他人の性質を、こちらが許容せず、大目に見ようとしないせいなのだから。そうと気づくことは何度もあったので、自分でもわかっていた。しかし、だからといってわが身の過敏な反応を直すこともできなかった。

確かにビュルヌ夫人を責める謂れはない。彼女がサロンからこの自分を遠ざけ、手ずからあたえてくれたあの幸福な日々のあいだ自分を匿《かくま》ったのは、人目を逸らし、監視を欺き、その上でより確実に自分のものとなってくれるためだった。それなら、どうして心にこの痛みがやってきたのだろう。どうして？　要するに彼女がまるごと自分の女になったと信じていたのに、つい先ほど認識したから、察したからだ、あの女はみんなのもので、彼女の広大な領分をすべて掌握し、わがものとする日は決して来ないのだということを。

もとより人生が何もかもそこそこ程度で成り立っているのはよくわかっており、いままでは諦めて、充足すべきところでいつも物足りなさが残る不満を、わざと人付き合いを避けることで隠してきた。けれども今度こそは、絶えず望み、絶えず待っていた「完全」が手に入ると思ったのだ。「完全」はこの世のものではない。

彼は鬱々と夜を過ごし、自分のこうむった辛い印象にあれこれ理屈をつけて気持ちを慰めた。

寝床に就くと、この印象は薄れるどころかますます強まり、しかし考え残したことは何もなかったので、新たな胸騒ぎの原因を探せるかぎり探してまわった。胸騒ぎは冷たい風がふっと吹くように通りすぎ、去っては、また帰ってきて、すると恋情のうちに、まだ弱く仄かではあるものの不穏な苦痛が呼び覚まされたが、それは隙間風のせいで生じた微かな神経痛が、発作の激痛をひしひしと予感させるのに似ていた。

まず気づいたのは自分が嫉妬していることだった、もはや熱烈な恋人としてのみならず、所有する雄として。彼女がお付きの男たちに囲まれているのをふたたび目にするまでは、こんな気持ちは抱かなかったし、少しだけ予想していたとはいえ、実際とは違う、まるで違うかたちで考えていた。度重なる密会の日々、馴れそめの抱擁に二人きりで感激に浸っていたはずの時期、自分にかかりきりだと思っていた愛人が、以前と同じほど、いや以前にも増して公に身をさらし、かねての軽薄な媚態の数々、相手かまわずわが身を無駄に切り売りすることに上機嫌でかまけて、心身のほんの一部しか贔屓の男に残すつもりはなさそうな調子でいるのをあらためて見出したとき、彼が感じた嫉妬は、心よりも体に強く響くもので、たとえば熱が出る前兆といったぼんやりした感じ方ではなく、明確な体感だった。つまり彼は恋人を疑ったのだ。

最初は直感で疑いをかけたのだが、この警戒感は思考というよりも血流に忍びこんだもの、相手に確信を持てない男が肉体に覚える、ほとんど生理的と言っていいあの不快感だった。そうやって本能で疑ってから、彼は疑念をめぐらせた。

結局、自分はあの女の何なのだ？　一人目の愛人か、それとも十人目？　夫のビュルヌ氏の直接の跡継ぎなのか、あるいはラマルトの、マシヴァルの、ジョルジュ・ド・マルトリの後任、そしてもしやベルンハウス伯爵の前任か。彼女について自分は何を知っているのだろう？　虜になるほどきれいで、誰よりも粋で、頭がよくて、繊細で、機転が利く、ただし移り気で、すぐに飽きて、疲れて、いやになり、何よりも自分自身に惚れこんでいて、止めどもなく思わせぶりな女。自分より前に愛人が――もしかすると一人ならずいたのか？　そうでなければ、あんなに思いきりよく身を任せただろうか。夜中に、旅館で、男の部屋の扉を開けるような度胸をどこで身につけたというのだろう。そのあとオートゥイユの家にあれほど簡単に来たのも解せない。こ訪れる前、彼女は手慣れた用心深い女を思わせる質問をいくつかしただけだった。こちらはそうした待ち合わせに心得のある周到な男にふさわしく答えた。すると彼女はすぐに「いいわ」と言い、任せられそう、安心したといった様子になったが、それはきっといままでの浮気で事情に通じていたからなのだ。

あの戸の叩き方は、目立たぬながらいかにも堂に入った叩き方ではなかったか、内側にいる自分は気も失わんばかりに、心臓を高鳴らせて待っていたのに！　入ってきたとき彼女はこれといって動揺するでもなく、ただ隣近所に姿を見られていないか確かめることしか気にかけなかったではないか。そうしてほどなく自宅同然にくつろいだではないか、あの胡乱《うろん》な住まい、彼女が体を委ねる場として借りられ設えられた家で。いくら強気で、道徳を見下し、固定観念に頓着しない女でも、もし一度も経験がなければ、何ひとつわからない初めての待ち合わせにあそこまで落ち着き払って踏みこんでいけるものだろうか？

気持ちの乱れ、体のためらい、行く先を知らないときに足が示す本能的な怯え、そうしたものを彼女が感じなかったとすれば、それはこのような恋の遠出に少しばかり熟達していたから、実践を積んだために生来の恥じらいをすでに使い果たしていたからではないのか。

暖まった寝床のなかで心の悩みが引き起こす、あの苛立たしく耐えがたい熱に浮かされて、マリオルは身悶えし、下り坂を滑り落ちる男のように、憶測の連鎖に引きずられていった。時おり思考の歩みを止めて続きを断とうと試みた。励みになる正論を探し求め、見つけては、大事に味わった。けれども彼の内部に芽生えた危惧が育っていくのを食い止めることはできなかった。

とはいえ彼女の何を責められるというのだろう？　何も言えることはない、ただ自分とは違う部分があり、生き方の理解が自分とは異なり、心の琴線が自分のものと完全には音が合わない、それだけなのだ。

翌日、目覚めるとすぐに、彼女に会いたい、傍へ行って彼女への信頼を揺るぎないものにしたいという飢えにも似た欲求が高まり、失礼にならない時刻が来るのを待って、その日最初の公式の訪問客として出向いた。

奥の客間に彼が入ってくるのを見ると、一人で何か手紙を書いていたビュルヌ夫人は、両手を差しのべて近づいてきた。「まあ、あなた！　こんにちは」と言う、その顔があまりに生気にあふれ、素直な喜びを表しているので、彼の考えてきた数々の忌まわしいことは、まだ頭のなかに名残が漂っていたものの、この応対を前にすべて煙と消えた。

夫人の傍らに腰をおろすと、さっそくマリオルはいま自分がどのような形で彼女を愛しているのか、以前とどう変わったのかを語った。恋する男はこの世に二種類いる、そう彼は優しく説いた。狂ったように欲望を募らせておいて、勝ちとった途端に熱が醒めてしまう人種もいるけれど、手に入れることでかえって束縛され、虜になる人種もいて、こうした人間の場合、官能の愛は、男の心が女に対して時に抱く言葉に表しがたい精神的な希求と混ざり合い、そこから惜しみない、完全な、苦痛に満ちた恋の隷従が生まれるのだ。

苦痛なのは確かで、どれほど幸せだろうと男にとって苦しみは常に残る、というのもこの上なく親密な時を過ごしている最中ですら、内に抱える永遠の女への欲望が満足させられることはないのだから。

ビュルヌ夫人は彼の話に魅せられ、ありがたく思い、耳に入ってくる言葉に感激したけれど、その感激とは、劇場で俳優が力いっぱい役柄を演じるのを見て、こちらの人生と響き合うものを感じて心を動かされるのに似ていた。そう、それは反響だった、まことの情熱に打たれての心乱れる反響だった。だが、彼女の内側から燃えあがった情熱というわけではなかった。とはいえ、男をここまでの気にさせたこと、しかもこのような言葉で思いの丈を表現できる相手であることが嬉しくて仕方なく、いまやすっかり彼のことが好きになり、本当に愛着が湧いて、自分に必要な人だという気持ち、それも体のため、肌のためではなく、優しさを、賛辞を、服従を飽かず求めるという、女ならではの謎めいた性分のために必要だという気持ちがどんどん強くなって、嬉しさのあまり、口づけをしたい、唇を捧げたい、すべてを捧げたい気分に駆られた、そうすることでこの人が自分のことをずっとこんなふうに崇めてくれるのなら。

隠し立てせず、貞淑ぶることもなく、彼女はある種の女に備わったきわめて巧みな言葉さばきで答えながら、自分の心のなかでも彼の存在がとても重みを増したのだということを示した。そして、たまたまその日は、日暮れまで客間には誰も来なかったので、二人は差し向かいで同じことを話し合い、言葉で互いを愛撫したが、それらの言葉のもつ意味合いは各々の魂にとってまるで異なっていた。

ランプが来る時分になってブラティアヌ夫人が現れた。マリオルは暇《いとま》を告げ、ビュルヌ夫人が一番目の客間まで送ってくれたので、尋ねた。

「いつまた向こうで会えますか」

「金曜はいかが」

「もちろんけっこうです。何時に？」

「同じ時間。三時」

「では金曜に。さようなら。愛しています！」

約束の日がやってくるまでの二日間、彼はいままでに感じたことのない虚ろな気分をつくづくと味わった。一人の女が恋しくて、彼女以外にはもはや何ひとつ存在しなかった。そして、その女が遠くにいるわけではなく、居場所もわかっているのに、ただ単に社交上のしきたりが邪魔をして、好きなときに会いに行くことも、傍で生活することもできないため、彼はこうした場合には極端に遅くなり延々とつづく時の流れのなかを孤独に過ごしつつ、いとも簡単なことが絶対に不可能なこの状況をもどかしがった。

金曜の待ち合わせには、三時間も早く着いた。それでも彼女が来るはずの場所で待つのは快く、鬱憤は和らいだ、彼女が来るわけのないところにいながら心のなかで待ちつづける苦しみをさんざん舐めたあとだったから。

待ち望む三時の鐘よりも遥か前から戸の近くに腰を据え、鐘の音が耳に入るや、じりじりして体が震え出した。三時十五分が鳴った。戸の隙間から、こっそりと顔を覗かせ、通りをうかがった。どこにも人影はない。いまや一分一分の長さが拷問に等しく感じられる。ひっきりなしに懐中時計を取り出し、針が三時半に達したときには、計り知れないほど長時間この位置に立ちつづけている気持ちになった。突然、石畳に微かな足音を聞きつけ、ついで手袋をはめた指がそっと戸板を打つのが耳に入り、すると苦悶は消え去って、相手に恩を感じて胸が熱くなった。

軽く息を切らして、彼女は訊いた。

「ずいぶん遅れたでしょう」

「いや、それほどでも」

「実は危うく伺えなくなるところでした。来客が大勢で、どうすればうまく全員追い払えるのか困ってしまって。ね、ここはあなたの名前で借りてらっしゃるのかしら」

「いいえ。なぜでしょうか」

「どうしても来られない事情ができた場合に電報を打てるようにと思って」

「ニコル氏ということになっています」

「承知しました。覚えておきます。まあ、気持ちのいい庭だこと!」

花々は、高額でも渋らず払う客だと見てとった庭師が手を入れ、植えかえ、数を増やして、大きく鮮やかな、香りたつ五つの輪となって芝生を彩っていた。

ヘリオトロープの円形花壇に接するベンチの前で立ち止まると、

「ちょっとここに座りましょう」と彼女は言った。「とっても面白いお話があるの」

そして興奮醒めやらぬ口ぶりで、最新のゴシップを語り出した。マシヴァル夫人、つまり作曲家マシヴァルの元愛人で妻になった人が、嫉妬に怒り狂って、夜会の真っ最中にブラティアヌ侯爵夫人邸に乱入したらしい、それも侯爵夫人がちょうどマシヴァルの伴奏で歌っているところへ入ってきて、ひどい醜態を演じたのだそうだ。イタリア出の侯爵夫人は激怒、招待客は仰天しつつ楽しんだという。

マシヴァルは大慌てで、妻を無理やり連れ帰ろうとしたのだが、妻は夫の顔をひっぱたき、髭や髪の毛をむしり、嚙みついたり服を引き裂いたりする。必死にしがみつくので、マシヴァルは身動き取れず、ラマルトおよび騒ぎを聞いて駆けつけた召使い二人が、荒れ狂う女の爪と歯から彼を引きはがすべく奮闘した。

夫妻が去ってようやく場は落ち着いた。このとき以来、マシヴァルは姿を見せず、他方、現場に立ち会った小説家ラマルトは、実に気の利いた愉快な尾ひれをつけて方々でこの一件を話してまわっている。

ビュルヌ夫人はすっかりのぼせて、夢中なあまりこの話題がどうしても頭から離れなかった。マシヴァルやラマルトの名を何度も何度も口に出すので、マリオルは苛立った。

「それはつい先ほど聞いた話ですか」と尋ねた。

「もちろんよ、一時間も経たないくらい」

彼は苦い気持ちで思った。「なるほど、そのせいで遅れたわけか」

それから言った。

「入りましょうか」

従順に、上の空で、彼女は再度つぶやいた。

「もちろんよ」

一時間後、たいへん急いでいるとのことで彼女が帰っていくと、マリオルは一人きりで寂しい小さな家に戻り、二人の寝室にある背の低い椅子に腰かけた。初めから彼女が来なかったのと変わらないくらい、独り占めできなかったという印象が、体にも心にも満ち、黒い穴のようなものを残していて、彼はその穴の底を見つめた。何も見えない。わからない。わからなくなってしまった。彼女は口づけを避けはしなかったけれど、相手に身を捧げる意志がどういうわけか欠けているために、少なくとも口づけにこもる情愛からは逃れた。拒むわけでも、かわすわけでもない。けれども心が置き去りになっているようだった。彼女の心は、どこかずっと遠くで、些細なことに気を取られて、ふらふら歩きまわっていたのだ。

このとき彼は、自分がもはや心と同じくらい体で彼女を慕っていること、いやひょっとすると心以上に五感で恋していることにはっきりと気づいた。愛撫しても甲斐のなかった失望感が、追いかけたい、連れ戻したい、もう一度抱きたいという狂おしい欲求に火を点けた。でも何の意味があるというのだ？　今日、あのせわしない頭の中身は他のことでいっぱいなのだから。要するにこちらは待つしかないわけだ、あの捉えがたい愛人が、いつもどおりの気紛れで、ある日、ある時、恋に落ちてみたい気分になることを。

彼はのろのろと家に帰ったが、疲れはて、足どりは重く、歩道に目を据えたきりで、生きていくのも億劫に感じた。ふと、次に会う約束を、彼女の家とも、別の場所とも、何も決めなかったことに思いいたった。

第五章

初冬まで、彼女はおおむね待ち合わせを守った。守ったことは守ったが、時間どおりというわけではない。

最初の三か月は、四十五分から二時間遅れて着いた。秋の驟雨《しゅうう》のせいでマリオルは傘を差して、庭の戸の内側で、ぬかるみに足を突っこんでガタガタ震えながら待つことを強いられたため、木造の小さな四阿《あずまや》のようなもの、屋根も壁もある一種の玄関の間を戸の内側に建てさせ、逢瀬のたびに風邪を引かずに済むようにした。木々はもはや緑の葉をつけてはいない。薔薇その他の植物に代わっていま並んでいるのは、丈が高く幅の広い、白や桃色や紫や深紅や黄色の菊の花壇で、枯れ葉の上に降った雨の物悲しい匂いを含む湿った大気のなかに、少しつんときて、芳しくて、やや寂しい、晩秋の高貴な大輪の花の香を散らしていた。小さな家の扉の前にはさまざまな色調を組み合わせた稀少な植物の一群が、手業により巨大化したかのように、繊細で多彩な色合いの大きなマルタ十字（四つのV字からなる正十字形）を描いており、これは庭師の新作だったが、マリオルは驚くべき新種が花咲くこの花壇の前を通るたび、この花の十字架が墓を表していると考えずにいられなくなり、いつも胸を締めつけられた。

もはやいまとなっては、戸の内側の四阿で長い時を過ごすのにも慣れた。雨はあつらえた藁葺《わらぶ》き屋根の上に降り、板でできた壁を伝っていった。そして、この待機用の礼拝堂に留まるごとに、彼は毎回同じことを考え、同じ理屈を頭から繰り返し、同じ希望、同じ心配、そして同じ失望を順々に抱くのだった。

彼にとっては予測不可能の絶え間ない格闘、ひどく疲れる熾烈な精神の闘いであり、その闘いの相手は何とも摑みがたいもの、もしかすると存在しないかもしれないもの、すなわちあの女の恋する心だった。二人はなんという奇妙な逢い引きを重ねていたことだろう！

時に彼女は笑い上戸でやってきて、お喋りしたい気持ちでうきうきし、帽子もとらず、手袋も外さず、ヴェールもあげず、それどころか彼に口づけもせずに腰かけてしまう。最近は、口づけに思いいたらないことがままあるのだ。頭のなかに気になって仕方ない心配事が山ほどあり、あまりに気になるので、絶望的な情火に苛まれる恋人への口づけのために唇を差し出そうという欲望が霞んでしまう。彼は隣に座っているが、心と口に溜めこんでいる炎のような言葉を外へ出すことができない。彼女の言うことを聞き、反応を返し、彼女の話すことに非常に興味があるそぶりをしながら、時々手を取ろうとするのだが、実際彼女は何も考えず、友人相手の気分で気楽に片手を投げ出している。

時には、より優しくなり、より彼のほうを向いているように見えた。けれども彼女のことを、不安な目、洞察力に長けた目、まるごと相手を征服することができない愛人のまなざしで見ている彼には、この相対的な愛情の発露が、ここ数日のあいだ彼女の思考を刺激し振り向かせるような人や物事が見当たらなかったことによるのだと勘でわかった。

そもそも常に遅刻してくるのが、マリオルにとっては、この逢い引きに彼女がどれほど乗り気でないかを証明するものとなっていた。好きなこと、嬉しいこと、惹かれることに対してなら、人は急ぐものだ。他方、魅惑を感じないことに関しては、いつも早く来すぎてしまった気分になる。そうなると、何でもいいから口実を見つけ、歩みを緩めたり止めたりして、漠とした居心地の悪さを感じる時間が来るのを遅らせようとする。自分自身の場合の妙な例がいつも彼の頭に浮かんだ。夏場は、冷たい水を浴びたいという欲求から、毎朝の準備を早く済ませて公共浴場に出かけるのに、大寒波がやってくると、家を出る前にしておかなければならない細かいことがいくらでも見つかって、普段より一時間も遅く浴場に到着するのだ。オートゥイユでの待ち合わせは彼女にとって、さしずめ冬のシャワーに当たるのだろう。

おまけに、しばらく前から、彼女は会う約束の間隔を空けることが多くなり、翌日に延期したり、直前に電報を送ってきたり、どうも来られない理由を探しているようで、彼女にとっては致し方ない理由ばかりなのだが、彼のほうは耐えがたい心の動揺と肉体的な苛立ちに襲われるのだった。

もしも彼女が多少の冷たさを見せたなら、もしも目の前の熱烈な愛情を眺め、それが激しさを増すばかりなのを感じて、いささかうんざりしたところを表に出したなら、ひょっとすると彼は怒り、傷ついたのち、落胆して、しまいには気が済んだかもしれない。ところが彼女は逆に、いままでになく彼に愛着を示し、慕われていることを喜び、彼の愛情を自分のもとに留めておきたいと望み、にもかかわらず友人として贔屓するという方法によってしかその愛情に応えなかったため、ほかの崇拝者たちはこぞって彼に嫉妬しはじめていた。

彼女は自宅でなら彼にいくら会っても会い足りないらしく、オートゥイユへ行けなくなったとアンドレに告げる電報にはいつも、ぜひ夕食に来てほしいとか、夜会に一時間でも参加してほしいなどと、懇願調で書き加えてあった。初め彼はこれらの招待を償いと受け取っていたが、そのうちに、むしろ誰よりも自分に会うことが彼女にとっては嬉しくてたまらないのだ、彼の存在、恋慕の言葉や、恋い焦がれるまなざし、傍近くつつみこんでくれる愛情、そこにいることで密かに撫でてくれているような感覚を彼女が本当に必要としているのだと得心せざるをえなくなった。偶像が本物の神になるために崇敬と信心を必要とするのと同様、彼女にもそうしたものが必要だった。礼拝堂に誰もいなければ、彼女は木でできた彫像でしかない。しかし神殿に一人の信者が入ってきて、崇め、祈り、跪き、信仰に酔い、昂揚のあまり呻くならば、彼女はブラフマー（ヒンドゥー教における宇宙創造神）やアラーやイエスに匹敵するのだ、なぜなら愛される存在は常に一種の神なのだから。

　ビュルヌ夫人は自分がどんな女よりも物神の役目を担うよう生まれついている、崇拝され追いかけられ、美しさと優雅さ、愛らしさ、色っぽさによって男たちを打ち負かすという、自然が女に授けた使命にふさわしいと思っていた。

　彼女は間違いなく例の人間にして女神といった存在、気難しく、尊大で、要求が高く、つんと澄ましていて、男たちの捧げる愛の礼拝を香のごとくまとうことでますます傲慢になり神がかっていく存在だった。

　それにしても、マリオルに対する愛情や、彼のことをむやみに選り好みする態度を、彼女はほとんど公然と示し、人が何と言おうとかまわないといったふうで、そこにはひょっとするとほかの男たちを怒らせ燃え立たせようという密かな欲望もあるのかもしれなかった。もはや彼女の家へ来れば必ずマリオルがいて、大抵は「臨時司祭専用席」とラマルトが名づけた大きな肘掛け椅子に座っていた。そしてビュルヌ夫人は心から喜びを感じながら、夜会のあいだじゅう彼と二人きりで、お喋りしたり、彼の話を聞いたりしていた。

彼の内面の吐露に触れたり、感じがよくて知識も教養もある彼と絶えずやりとりしたりするのが面白くなってきたし、しかもこの男は自分のもの、テーブルに散らばる小物類と同じくらい自分に属するものなのだ。こちらからも少しずつ、自分自身のこと、考えていること、他人の知らない側面などをずいぶん打ち明けるようになったが、こうした親密な告白は言うほうにとっても聞くほうにとっても甘やかなものだ。彼と一緒にいると、ほかの人といるよりも自由で、素直で、開けっぴろげで、心置きなくいられる気がして、それでますます好きになった。また、本当に何かをあたえている、自分の手の内にあるすべてを誰かに預けているといった女性に馴染みの感覚を覚えたのだが、これは彼女にとっては初めてのことだった。

彼女からすれば相当なものだったが、彼からすれば取るに足りなかった。彼のほうは、人が愛撫において心まで委ねるにいたる最後の解氷を願い、待っていた。

愛撫は、どうも彼女にとっては無駄な、煩わしい、どちらかというといやなものと見なされているらしかった。おとなしく従うし、何も感じないわけではないのだが、すぐに飽きてしまう。そしておそらく、飽き飽きした気持ちが嫌悪感を生むものと思われた。

ほんの少しの、何でもないような愛撫ですら、彼女を疲れさせ、苛立たせるように見える。たとえば、話している最中に、彼女の手を握って指に口づけ、一本一本を少しのあいだ口に含んで、飴を吸うように軽く吸い寄せたりすると、彼女はいつもそこから指を離したがっている感じになり、腕をこっそり引こうとする力が伝わってきた。

帰り際に、彼女の首筋、ドレスの襟とうなじの金髪のあいだに長いキスをして、肌にくっついた布地の襞の奥にある体の香りを突き止めようとすると、彼女は必ずちょっと身を引く動きを見せ、さらに気づかれないくらいほんの少し、よそ者の口から肌を離そうとする。

彼はこうしたことに気づくたびにナイフで刺された思いになり、血の止まらない傷を負ったまま、片恋の孤独のなかへ去っていった。どういうわけで、利害によらず自らの意志で身を任せた女なら大概はその後しばらく示すはずの耽溺の期間すら、彼女には欠けているのだろう？　そういう期間は長くはつづかないし、じきに倦んで嫌気がさしてくる。だとしても、夢中な時期がまったく存在しない、たった一日、一時間すらないというのは不思議じゃないか！　この女主人は、彼を愛人にしたのではなく、生活上の知的な協力者といったものにしたのだ。

何を嘆くことがあるだろう？　全身全霊を捧げる女たちだって、これほどのものをあたえてくれることはないかもしれないじゃないか？

彼は嘆いているのではない。怖れているのだった。ある日いきなりやってくる誰か、明日にでも明後日にでも彼女と出会う誰かが怖かった、芸術家、社交家、士官、大根役者、誰だかはわからないが、その男は、彼女の女としての目にかなうよう生まれついて、好かれるのにいちいち理由は必要とせず、ただ「彼しかいない」と、両腕を広げて受け入れずにいられない気持ちを初めて彼女の胸に抱かせることができるのだ。

マリオルは、かつて時々自分の知らぬ過去に嫉妬したのと同じ具合に、いまは将来起きるはずのことに早くも嫉妬していた。その一方で、若きビュルヌ夫人の取り巻きはみんな、彼をやっかみはじめていた。彼らは内輪であることないことを言い合い、ビュルヌ夫人に向かってごく控えめにぼかしながら仄めかすことさえあった。ある者は、マリオルは彼女の愛人なのだと言った。別の者は、ラマルトの意見にしたがい、彼女はいつものように、マリオルを振りまわすことでほかの全員を苛々させたり憤慨させたりして面白がっているだけで、それ以上のことはないと主張した。父親は心配して、彼女に注意をしたが、彼女は高慢な態度で応じた。そして、周りの噂がやかましくなってきたのを意識すればするほど、彼女は依怙地《いこじ》になってマリオルへの贔屓を見せつけたが、それは彼女が普段の暮らしできわめて慎重であることを考えると、いかにも奇妙な矛盾だった。

しかしマリオルにはこうした疑惑の声が気になった。それで彼女に話してみた。

「かまうもんですか！」と彼女は言った。

「せめてあなたが私のことを恋愛の相手として慕ってくれていればいいんですが」

「私があなたのことを慕っていないと仰るの？」

「そうだとも、そうでないとも言えます。あなたは自宅では私のことを好きでいてくれる、けれども他所《よそ》ではそうじゃない。逆のほうが私にとってはありがたいし、実はあなたにとってもそのほうがいいと思ってます」

彼女は笑い出し、小声でこう言った。

「人それぞれ、できることしかできませんもの」

そこで彼はさらに言った。

「あなたの気持ちを盛り立てようとして、私がどれほどたいへんな思いで努力しているか、あなたは知らないんです。何か摑みどころのないものを腕に抱いている気がするときもあるし、腕のなかで溶けていく冷たい氷を抱きしめている気になるときもある」

彼女は答えず、そもそもこの話題が嫌いだったから、ぼんやりした顔つきになったが、これはオートゥイユで彼女がよく見せる顔だった。

彼は追及するのを諦めた。そして、愛好家たちの垂涎《すいぜん》の的ながら家へ持ち帰ることはできない博物館の貴重品を眺める目で、彼女を眺めた。

昼も、夜も、彼にとっては苦悶の時間がつづくばかりだった、というのも常にひとつの強迫観念を、頭よりも心に抱きながら生きていたからで、それはすなわち、彼女は自分のものでありつつも自分のものではない、支配されているのに自由であり、捕まっているのに捕まっていない、という考えだった。彼女の周り、彼女のすぐ傍に暮らしてはいても、彼女に到達することはできず、満たされない欲望の数々を心にも体にも抱えながら彼女を愛していた。関係が始まったころにしていたように、ふたたび彼女宛てに手紙を書くようになった。貞節を守ろうとする最初の防衛を、一度はインクの力で破ったのだ。ならば心の奥に秘められた最後の抵抗にも、インクで勝つことができるかもしれない。少し訪問を間遠にして、代わりにほぼ毎日、自分の虚しい恋の苦労について手紙で述べた。折に触れて、手紙がとても雄弁だったり、情熱や苦痛にあふれていたりすると、返事が来た。彼女のほうの手紙は、気取って夜中の十二時とか、午前一時、二時、三時などと日付に記してあり、くっきりと明快で、よく考えられた、誠実なもので、励まされるとともに悲しくさせられた。彼女の書くものは理路整然としていて、機知も織りこまれ、遊びを感じさせることもあった。ところが何度読み返してみても、的確で、知性があって、言いまわしが上手で、風流で、男の虚栄心を満たすには充分なのだが、心がこもっていないのだ。オートゥイユの家で差し出す口づけと同じくらい、心のこもっていない手紙だった。

彼はそのわけを探った。そして、届いた手紙を暗記するうちに、すっかり内容を呑みこんで、原因を見つけるにいたった、というのも人間の中身をもっともよく透かし見せてくれるのは、常に書きものなのだ。話し言葉は目を眩まし、人を欺く、というのも顔の演技を伴うし、言葉を繰り出す唇が見えて、唇は魅力的だし、目は誘惑するから。けれども、白い紙に書かれた黒い言葉は、剝き出しの心そのものだ。

男は修辞の技巧や、仕事で身につけた手際のよさを持ち合わせていたり、実生活上の問題を扱うのに筆を執る習慣が身についていたりすることから、しばしば自分の人格を、没個性的、実利的ないし文学的な散文の裏に隠しおおせる。ところが女は、自分のことを語るためにしか書きものをしないので、単語のひとつひとつに自分らしさをこめてしまう。文体でごまかすということを知らないので、無邪気な表現のうちに自身をまるごとさらけ出してしまうのだ。マリオルは以前読んだ有名な女性の書簡集や回想録を思い起こした。気取り屋、才女、情にもろい女、彼女たちの姿は実に明瞭に浮かびあがってきたものだ！　ビュルヌ夫人の手紙を読んで何よりも驚かされたのは、いかなる情も決して現れないということだった。この女は、ものを考えはするが、感じはしない。彼はほかの女の手紙を思い出してみた。相当な数の手紙を受け取ってきた。旅先で出会って、三か月のあいだ彼に恋した中流婦人は、なかなか思いつかない、予想を上回る表現を盛りこんだ、香り高く心に響く手紙を書いてきた。その文章のしなやかさ、色彩豊かな優雅さ、変化の多様さは、意外の感に打たれたほどだった。この才能はどこから来たのか？　彼女が非常に濃やかな感覚を持っていたからであり、それ以外の理由はない。女は言葉を捏《こ》ねくりまわさない。感情が直接、言葉を精神に送りこむのだ。辞書に頼ったりはしない。きわめて強く感じたことなら、女はその分正確に表現するのであって、それは型に嵌まらない生来の誠意から来るものだから、骨を折ったり探しまわったりすることとは無縁なのだ。

彼女が書いてくる文章の行間から、生来の誠意を見てとろうと彼は奮闘した。感じがよくて洗練された手紙だ。しかしそれ以外のものをこちらのために用意してくれないのは、どういうわけだろう？　自分のほうは彼女のためにと、石炭なみに熱い本物の言葉をあれほどたくさん見つけたのに！

召使いが郵便を持ってくると、彼は一瞥して、待ちかねた筆跡のある封筒を探すのだが、それが目に留まると、意図せず強い感情が押し寄せ、次いで動悸が激しくなる。手を伸ばして手紙を取る。再度宛名を見つめてから、封を破る。何を言ってくるのだろう？「好き」の一言は入っているのか？　彼女はこの言葉を書いたり、発音したりするとき、必ず「とっても」という言葉を加えてくる——「とっても好き」——「大好きですわ」——「まさか好きじゃないなんて」。耳に馴染んだこれらの言いまわしは、つけ加えた言葉のせいで何の意味もなさない。恋に悩んでいるときに、程度の問題などあるだろうか？　とっても好きかいまひとつか、判断できるものだろうか？大好きというのは、要するに、大して好きではないわけだ！　恋することに、足すべきものも引くべきものもない。補足できるものではない。その先に言えること、思いつくことなどない。短くて、それで全部なのだ。それが体となり、心となり、生活となり、人間そのものとなる。それは血の温もりを感じるようにして感じるもの、空気のように吸いこむもの、そして思考のように内面に抱えるものとなる、なにしろそれが唯一の思考になってしまうのだから。それ以上確かに存在するものなどない。それは言葉ではなく、言葉に表せないひとつの状態を、いくつかの文字で指し示したものだ。何をしていようと、何ひとつ以前のようにはできなくなり、見えなくなり、感じられなくなり、何の味も、何の苦しみも前と同じようには感じられなくなる。マリオルはこの短い単語の餌食となっていた。だから、その目は文面の上を走り、自分自身が抱いているのと同等の愛情の発現を探し求めた。そこには、「ぼくのことがとても好きなんだな」と思うのに足るだけの文句は見つかるけれど、「ぼくのことが好きなんだ！」と叫ぶだけのものはあった試しがなかった。彼女が書簡に書いているのは、モン＝サン＝ミシェルで始まった詩情あふれる素敵な物語の続きなのだ。それは恋愛文学であって、恋愛ではなかった。

何度も何度も読み返したのち、彼はこれらの大切ではあるが絶望をもたらす数枚の紙を引き出しにしまって、肘掛け椅子に腰をおろした。そこは彼がすでに辛い時間を長いこと過ごしてきた場所だった。

そのうちに彼女からの返事が減ったのは、おそらく文章を組み立てて同じことを何度も言うのに少し飽きてきたのだろう。それに彼女は社交において波乱の時期を迎えていたのだが、その事態がやってくるのを感じたとき、アンドレは心に悲嘆を抱える者が、ほんのちょっとの不快な出来事によって感じる一層の苦しみを味わった。

パーティーの多い冬だった。快楽の酔いがパリに広がり、町を揺さぶり、辻馬車や箱馬車《クーペ》が一晩中走っては、通りから通りへ、開けた窓の奥に白っぽく浮かびあがる着飾った女たちを運んでいった。人々は楽しんだ。演劇や舞踏会、昼の会や夜の会のことばかり話していた。その伝染病は、娯楽を求める流行病《はやりやまい》のごとく、突如として社会の全階層を席巻し、ビュルヌ夫人もまた感染した。

きっかけは、オーストリア大使館でバレエが演じられた際、彼女の美しさが成功を収めたことだった。ベルンハウス伯爵はその前からビュルヌ夫人を大使夫人であるマルテン皇女に引き合わせておいたのだが、ビュルヌ夫人は皇女を一瞬にして完全に魅了していた。そんなわけで間もなく夫人は皇女の親友となり、そこから急速に外交界および最上流の貴族界に人脈を広げていった。淑やかさ、色気、垢抜けたところ、聡明さ、稀に見る才気によって彼女はあっという間に勝利をものにし、押しも押されぬ時の人となって、フランスでもっとも立派な肩書きをもった婦人方が彼女の家へあがることとなった。

毎週月曜日、紋章つきの箱馬車がずらりとフォワ将軍通りの歩道沿いに駐車し、使用人たちは慌てふためいて、客間の入口で耳をくすぐる旧家の家名を告げるときに公爵夫人と侯爵夫人を、伯爵夫人と男爵夫人を取り違えた。

ビュルヌ夫人は有頂天だった。お世辞や招待や賛辞の数々、気に入られ選ばれた人物となった以上は勢いがつづくかぎりパリ中に喝采され、ちやほやされ、可愛がられるのだという気持ち、方々で大事にされ、感心され、呼ばれ、引き寄せられ、追いまわされる喜び、こうしたことから彼女の内面は急性スノビズムの発作に襲われた。

芸術家組は抵抗しようとした。そしてこの革命を通じて、古くからの彼女の友人たちのあいだに固い同盟が結ばれた。フレネルですら彼らに認められ、加入して連盟の一翼を担い、マリオルは頭領となった、というのも彼がビュルヌ夫人に対してもつ影響力も、彼女がいかに彼に親しんでいるかも、知らぬ者はなかったからだ。

けれども彼は、社交界でこのようにおだてられ、人気を得た彼女が彼方へ飛んでいってしまうのを、紐を手放した赤い風船が消えていくのを見る子どものように眺めていた。

あれほど願った密やかな幸福から遥か遠く、粋でけばけばしく踊り好きの群衆のなかへ彼女が逃げていく気がして、誰もかも、何もかもが恨めしかった、男だろうと女だろうと物事だろうと。彼女の送る生活のすべて、彼女が会う人々すべて、彼女が赴くあらゆるパーティー、舞踏会、音楽会、劇場を忌み嫌った、なぜならそれらは彼女をひとかけらずつ奪い、昼や夜を乗っ取ったから。二人きりの時間はたまにしかない空き時間だけになってしまった。猛烈な恨みに苦しむあまり、危うく病気になりかけて、ひどい憔悴ぶりで彼女の家を訪れたので、彼女はこう尋ねた。

「どうなさったの？　最近感じが違うし、ずいぶん痩せてしまって」

「あなたに恋しすぎているせいです」と彼は言った。

彼女は感謝をこめて相手を見た。

「いくら恋したって、しすぎることはありませんわ」

「それがあなたの台詞ですか」

「もちろんよ」

「なのに、私があなたに虚しく恋するあまり死にそうなのがわからないんですね」

「第一に、あなたは虚しく恋してなんかないわ。第二に、そんなことでは死にません。第三に、お友だちはみんなあなたに嫉妬してるわけだから、結局のところ、私はそんなにあなたをひどく扱ってはいないことになるはずよ」

彼は相手の手を取った。

「あなたは私の気持ちがわかってないんです！」

「いいえ、よくわかってますとも」

「私は絶えずあなたの心に必死で呼びかけているけれど、届いているんでしょうか」

「ええ、届いてますわ」

「それで?」

「それで……とても辛い気持ちになります、だって私はあなたのことがものすごく好きなんですもの」

「つまり?」

「つまりね、あなたは私に「自分と同じになってくれ、自分と同じように考え、感じ、表現してくれ」と、こう叫ぶでしょう。でも無理なのよ、可愛いあなた。私は私でしかないの。神さまがお造りになったとおりの私を受け入れてくださらないといけないわ、なぜって私は私自身のままであなたに身を捧げたんだし、そのことを後悔していないし、撤回したくもないし、知っている人間のなかで誰よりもあなたが一番大切な人なんですから」

「あなたは私のことが好きではないんだ」

「私のなかにある精いっぱいの力で慕ってます。やり方が違うとか足りないとかいうことがあるとして、それが私のせいかしら?」

「もしそうだと確信できるなら、納得できるのかもしれないけれど」

「どういう意味ですの?」

「私の見たところ、あなたには違うふうに恋愛する能力がある、ただあなたのなかに真の恋心を芽生えさせる能力は私にはない、ということです」

「いいえ、あなたは間違ってるわ。あなたは私にとって、いままで一度もいなかったし、これからも絶対いない、そういう人なんです、少なくとも私は完全にそう思ってます。あなたといるとき、私は嘘をついたり、あなたの望みに強いて合わせたりしません、これは私のとてもいいところだと思うの、大抵の女はそういうふうにはしないでしょ。だからありがたく思って、どうか動揺したり苛々したりしないで、私の愛情を信頼してください、まるごと、心から、あなたに差しあげた愛情なんです」

彼はお互いがどれほど隔たっているか理解して、小声で言った。

「ああ、恋というものをそういうふうに受けとめたり語ったりするなんて、おかしなことです。実際、あなたにとって私とは、頻繁に隣の席に座っていてほしい人間なんでしょう。ところが私にとってはあなただけが世界なんです。私はあなたしか知らないし、あなたしか感じないし、あなたしか要らない」

彼女は優しく見守るように微笑してから、答えた。

「それは知っています、感じとっています、わかります。嬉しいんです、そしてあなたにはこう言いたくなります。もしできれば、ずっと私のことをいまと同じくらい好きでいてほしい、それは私にとって本当に幸せなことだから。ただ、私にとって心苦しいお芝居、私たちにふさわしくないお芝居をするよう私に強制するのはやめてほしいの。しばらく前からこういう難局が来そうな予感がしてました。私にはとても酷なんです、だって私はあなたを心底から大事にしていて、でも自分の性格をねじ曲げてあなたと同じにすることはできないもの。いまのままの私を受け入れてちょうだい」

彼は唐突に尋ねてみた。

「一日だけでも、一時間だけでも、私のことを別なふうに愛せると思ったり感じたりした時期はありますか？　こうなる以前でも、以降でも」

彼女は答えにつまり、しばらく考えこんだ。

彼は不安げに待っていたが、口を割った。

「ほらごらんなさい、あなた自身、別の何かを夢見たことがあったんです」

相手はのろのろとつぶやいた。

「一瞬、自分を見誤ったかもしれませんけど」

彼は声を荒らげた。

「凝った物言いや心理分析はたくさんです！　恋心はそうやって理屈をつけるものじゃない」

ビュルヌ夫人は自分自身がどう考えているのかという、この探求あるいは自己反省に興味を抱いたらしく、さらに思考をめぐらせてから、言い足した。

「いまのような仕方であなたを好きになる前、確かに、いっときあったかもしれませんわ、あなたに対してもっと……もっと……熱くなったような気でいたことが……だけど、もしそれが本当だっだとしたら、そのあと私はいまほど素直でも正直でもいられなかったと思うし、誠実でもいられなかったはずだわ」

「いまほど誠実でいられなかったはず、というのはどういうこと？」

「あなたは恋愛を「すべてか無か」の形式に押しこめるわけですけど、その「すべてか無か」というのは、私の理解では「初めに〈すべて〉が来て、そのあと〈無〉が来る」ということになるんです。そして〈無〉がやってきたとき、女は嘘をつきはじめる」

彼はひどく苛立って答えた。

「あなたに違うふうに慕ってもらえる可能性があったと思うだけで、私がどれほど惨めで切なくなるか、あなたにはわからないんですか？　いっとき感じたと仰いましたね。ということは、いずれ別の男にそういうふうに惚れるんでしょう」

彼女は躊躇《ちゅうちょ》なく返した。

「そうは思わないわ」

「なぜ？　どうして？　恋愛の兆しを感じたわけでしょう、自分と別の人間の生命も魂も肉体も混ぜ合わせたい、その人のなかに溶け入りたい、その人を自分のなかに取りこみたい、そういう実現しえない痛切な願いにほんの少しながら触れたんでしょう、言葉にしがたい熱情が存在しうると感じたんでしょう、それならいつかは波がやってきますよ」

「いいえ。私は自分の想像力にだまされたの、私にふさわしい想像ではなかったのよ。私は差し出せるかぎりのものをあなたに差し出しています。あなたの愛人になって以来、ずいぶん考えましたの。わかってくださるかしら、私には怖いものはありませんし、怖くて言えないことだってありませんわ。本当に私、いまよりも深く上手に恋することは自分にはできないとしか思えないんです。ほら、私はこうして、自分に話しかけるのと変わらない言葉であなたに話しているでしょう。私がそうするのは、あなたがとても頭が切れて、物わかりがよくて、何でも見抜く人だからなの。あなたに何も隠し立てしないでおくことが、私たちが強い、長い関係をつづけるのに一番いい方法なの、それしかないのよ。ね、これが私の望みです」

彼は喉の渇きに死にかけた者が水を飲むように相手の言葉に聴き入り、それから膝をついて、ドレスに額を伏せた。可愛い両手を口許につけたまま、「ありがとう」と何度も言った。頭をあげて彼女の顔を見つめると、その目には涙が一粒ずつ滲んでいた。そして彼女は、今度は自分のほうからアンドレの首に両腕を絡めると、そっと引き寄せ、かがみこんで、まぶたに口づけた。

「お座りになって」と彼女は言った、「そうやって私の前で跪いているのはちょっと不用心だわ」

彼が腰かけて、しばらく二人で見つめ合う沈黙の時間が過ぎたのち、彼女は世間で大評判の彫刻家プレドドレの展覧会へ近いうちに連れていってもらえないかと頼んだ。この作家の作品としては、キューピッドの銅像、つまり浴槽に水を入れてくれる愛らしい小像を化粧室に置いているのだが、この得も言われぬ芸術家の全作品がヴァラン画廊に集められて、一週間前からパリを沸かせているので、観に行きたいのだ。

二人は日を決め、次いでマリオルは帰ろうと立ちあがった。

「明日オートゥイユにいらっしゃる?」と彼女はごく小さな声で言った。

「ええ、行くでしょうね」

そして彼は喜びにくらくらしながら退出した、恋に囚われた心にあっては決して死に絶えることのない、あの「もしかしたら」の思いに酔わされて。

第六章

ビュルヌ夫人の箱馬車は、伸長速歩で進む二頭の馬に引かれてグルネル通りの石畳を走っていた。いまは四月初頭、今年最後の春先の霰《あられ》が車窓にバラバラと打ちつけ、すでに白い粒に覆われた道に跳ね返っている。道行く者は傘を差し、外套の襟を立てて首筋を守りつつ先を急いでいる。晴天が二週間つづいたあと、冬の終わりの不愉快きわまる寒気がぶり返して、あたりを凍らせ、肌にあかぎれを拵えていた。

熱湯を入れた湯たんぽに足を載せ、体をつつみこむ毛皮がふわりと濃やかに、じっと優しくいたわるようにドレスの上から体を温めるのを、接触を怖れがちな肌にきわめて心地よく感じながら、ビュルヌ夫人は辛い気分で、遅くとも一時間以内には辻馬車に乗ってマリオルに会いにオートゥイユへ行かなければいけないことを思っていた。

電報を送ってしまいたいという激しい欲求に取り憑かれていたが、彼に対しては出来るかぎりそういうふるまいは止めておこうと二か月以上前から心に決めていて、自分が慕われているのと同じやり方で彼を慕うために多大な努力を払ってきたのだった。

あれほど苦しんでいるのを見て、かわいそうになり、話し合ううちに本当に感情が高まって彼のまぶたに口づけをしたその日以来、彼への素直な愛情は実際、しばらくのあいだは以前よりも熱を帯び、表に出てもいた。

それまで自分が無意識に醒めた様子を見せていたことに驚いた彼女は、大抵の女たちが恋人を愛するのと同じように彼を愛してみてもいいのではないかと思ったのだ、なにしろ彼には深い愛着を抱いているし、ほかのどんな男よりも気に入っているのだから。

情愛の示し方が投げやりになってしまうのは、心が怠けているせいに違いなく、怠け癖は普通は克服できるものだから、この場合も同じようにして乗り越えられるかもしれない。

彼女は試してみた。彼のことを考えて胸をときめかせようとしたり、待ち合わせの日に心浮き立たせようとしたりした。要は夜中に泥棒や幽霊のことを考えて自分で自分を怖い気持ちにさせるようなもので、時には実際にうまくいった。

この情熱ゲームに少し身が入ってくると、彼女はさらに無理をして、愛撫したり抱きしめたりを頻繁にするよう努めた。初めはかなり上手にやってのけて、相手を気が狂うほど陶酔させた。

　すると、自分のなかで、彼の胸を焼いているらしい熱と多少似た感じの熱が生まれつつある気がしてきた。恋をしたいという、昔から折につけ抱いてきた思いは、モン＝サン＝ミシェルの入江を前に、夜更けの乳色の霧のもとで夢想に耽った末に体を捧げようと決めたあの晩、実現できそうな感じがちらりとしたのだったが、そのときに比べれば魅惑に乏しく、詩的妄想や理想の霞《かすみ》に覆われてもいない代わりに、より明確で、人間的で、また肉体関係の試練を経ることで幻想から解き放たれたかたちで、同じ希望がふたたび芽生えたのだ。

　そこで、昂ぶる心によって引き寄せられた体と体が一つになったとき生じると人の言う、全身全霊で相手を求める恋の衝動を、彼女は乞い、待ち構えたが、無駄だった。衝動はやってこなかった。

　それでも彼女は頑なに惹かれているふりをし、待ち合わせを次々と重ね、「あなたのことがどんどん好きになる」などと彼に言いつづけた。けれども疲れが溜まってきて、もうこれ以上長くは自分を欺くことも相手を欺くこともできないという無力感に見舞われた。彼から受ける口づけに何も感じないわけでは全然ないのに、長引くとうるさくなってくる自分に気づいていわれながら驚いた。そのことを自覚したのは、彼に会うことになっている日が来ると、朝からなんとなく億劫な感じがするからだった。多くの女たちは逆に、そういう朝には、抱擁を待ち焦がれる狂おしい気持ちに肌がぞくぞくするはずなのに、どうしてそうならないのだろう？　彼女にとって抱擁は耐え忍ぶもの、優しげにしたがう姿勢で受け入れるもので、そうするうちに打ち負かされ、容赦なく征服されて、意志とは無関係に身を震わせはするものの、釣りこまれるようなことは決してなかった。これはつまり、この実に滑らかで繊細で、稀に見るほど高貴な洗練された肉体が、われ知らず一種の慎みを保っているということなのだろうか、位の高い神聖な動物に特有の慎みがありながら、本人の魂のほうはあまりに現代風なためにまだ気づかずにいるということなのか？

マリオルは次第に勘づいた。まがいものの情熱が醒めていくのが見えた。相手が必死に試みているのを悟った。そして、やりきれない、慰めようのない悲しみが彼の魂に忍びこんだ。

いまや女のほうも、男と同様、試練が終わったこと、希望がすべて無に帰したことを自覚していた。そして今日、暖かな毛皮にしっかりとくるまり、足を湯たんぽの上に置き、心地よさに身震いしつつ箱馬車の窓に霰が打ちつけるのを眺めている彼女には、わざわざこのぬるま湯から出て冷えきった辻馬車に乗りこみ、哀れな彼に会いに行くだけの気力がもはや残っていなかった。

　とはいえ、身柄を取り戻そう、関係を断とう、触れてくる手から身をかわそうといった考えは、一瞬たりとも頭をよぎらなかった。自分に惚れた男を完全に捕らえ、競合する女たちの只中で占有しておきたいのであれば、男に体をあたえること、体と体を結びつける鎖によって繋いでおくことが不可欠なのはよくわかっている。それは避けがたく、理にかなった、議論の余地のないことだから、よく知っている。そのようにふるまうのは誠実さの証ですらあって、彼女は愛人として偽らないことをもって、相手に対し誠実でありつづけようと思っていた。だから、今後とも身を任せていい、いつまでも身を任せてかまわない。でも、こんなにしょっちゅうでなくてはいけないのだろうか？　逢い引きが間遠になり、女のほうから授けられるこの上なく貴重な、無駄にできない幸運といったものになれば、会う約束自体が彼にとって魅力を増し、生き返るような気持ちへ誘うものとなるのではないか？

　オートゥイユへ馬車を走らせるたびに、自分がかけがえのない捧げもの、果てしなく高価な贈りものを運んでいる気がした。こんな捧げ方をするとなれば、捧げる喜びは一種の犠牲の感覚と切り離せない。相手の虜であることに酔うのではなく、むしろ物惜しみをしない自分に対する誇り、そして人を幸せにしているという満足感がそこにはあるのだ。

もう少し求めを拒んだほうが、アンドレの愛情は長続きする公算が強まるだろうとまで彼女は推測した、というのも空腹は常に絶食によって強まるのだし、肉欲は一種の食欲にすぎないのだから。このように気持ちを固めるとすぐに、今日はオートゥイユへ行くことは行って、そのあと気分が悪くなったふりをしようと決めた。途端に、一分前はあれほど苦痛だったこの冷たい霰のなかの移動が、ふっと楽になった。そして、唐突な心の変化に自然と笑みを浮かべつつ、ごく普通のはずのことが自分にとってここまで耐えがたいわけに思いあたった。先ほどはいやだったのに、いまは別にいやじゃない。先ほどいやだったのはなぜかと言えば、逢い引きに伴う無数の苛立たしい細部を前もってひととおり想像していたからだ。鋼《はがね》のピンがうまく扱えなくて指を刺す自分。慌ただしく脱ぎ捨てて寝室の方々に散らばっているものをちっとも見つけられずに探しながら、このあと一人きりで着直すのにさんざん苦労することを早くも心配している自分。

こう考えたところで彼女は立ち止まり、初めてこの思いを掘り下げ、よく見つめてみた。どうも少々俗悪というか、おぞましくすらあるのではないか、仕事の打ち合わせか診察の予約みたいに前日や前々日に予定を立てて、定刻に会う恋愛なんて。思いがけず二人きりで、縛られるものもなく酔い心地で長い時間を過ごした上でこそ、当然の成りゆきとして二人の唇は口づけへと突き動かされ、それまで惹かれ合い、呼び合い、優しく熱い言葉で誘い合ってきたふたつの口がひとつに合わさる。そういった口づけは、あの予告済みで何の驚きもなく、懐中時計を手に週一回受ける口づけとは似ても似つかない。まさにそういうわけで、たまにアンドレに会えない日がつづくと、なんとなく会いたいような気分が芽生えてくるのに、実際に彼のもとへ向かうとなると、そうした欲望をほとんど感じないまま、追われる泥棒なみの策略、怪しげな迂回、不潔な辻馬車を使い、彼以外のあれやこれやに気移りしながら出向くのだった。

ああ、オートゥイユ行きの時刻！　あらゆる女友だちの家のあらゆる掛け時計で、その時間を見積もってきた。一分一分と近づいてくるのを、フレミーヌ夫人宅で、ブラティアヌ侯爵夫人宅で、麗しきル・プリウール夫人宅で見てきたが、そうやってパリのあちこちで午後の待ち時間を潰すのは、自宅にいれば不意の来客や思わぬ障害で外出できなくなるかもしれないからだ。

突然、彼女は思った――「今日はお休みにする」。あまり彼を怒らせないよう、うんと遅くなってから一応行こう」。そこで、箱馬車の前方に設えられた小さな隠し戸棚の一種、若い女性の小部屋そっくりに車内に張りめぐらされた黒い絹のキルティングの裏に仕込んである戸棚を開けた。秘密の棚の愛らしい二枚の扉が両脇に畳まれると、蝶番のついた鏡が現れ、彼女はそれを引き出して自分の顔の高さに合わせた。鏡の後ろにはサテン張りの小物入れがあり、銀製の細々した道具類が並んでいる。パウダー入れ、リップペンシル、香水瓶ふたつ、インク壺、ペン軸、鋏、本のページを切るための可愛いペーパーナイフ、道中で読む新刊小説。大きさも丸みも金の胡桃《くるみ》に似た繊細きわまる掛け時計が、壁の絹地に嵌めてある。四時を指していた。

ビュルヌ夫人は「まだ少なくとも一時間は使える」と思った。そして、ばね仕掛けに手を触れると、御者の隣に座った従僕は合図を受け取り、命令を聞くための伝声管を取った。

夫人は壁布に隠された伝声管のもう片方の端を引き寄せて、水晶彫りの小さな送話器に唇を近づけつつ、

「オーストリア大使館へ」と言った。

次いで鏡に顔を映した。自分の顔を見るときはいつもそうするように、最愛の人に出会った際にこみあげる嬉しさを感じながら眺め、それから毛皮の合わせ目を少し開けて、もう一度ドレスの上身頃を点検した。冬の終わりの、薄手の装いだった。首まわりにはごく細かい白い羽根でできた縁《ふち》飾りがあしらわれ、あまりに純白なので光っ

て見える。羽根は肩のほうへ少し広がる形についていて、先端にかけて淡いグレーへと色合いが変わるのが、翼のようだ。胴まわりも同じふわふわした羽毛の縁取りがぐるりと取り巻いて、若い女に野鳥のような奇妙な雰囲気をあたえていた。帽子は縁なし帽《トック》の一種で、やはり羽根が立っているが、こちらはより派手な色合いの思いきった羽根飾りとなっており、いかにも愛らしい金髪の顔だちがこのように飾られているると、小鴨に交ざって霰降る灰色の空へ飛び立っていきそうに見えた。

まだ自分の姿に見入っているうちに、馬車は急旋回して大使館の大きな門をくぐった。そこで、毛皮の合わせ目を閉じ、鏡を引き下げ、戸棚の小さな両扉を閉め、そして箱馬車が停まると、まず御者に告げた。

「家に戻ってちょうだい。もう今日は用はないから」

次に玄関の階段を下りてきた従僕に尋ねた。

「皇女さまはおいでかしら」

「はい、ご在宅です」

家へあがり、階段をのぼって、こぢんまりした客間に入っていくと、マルテン皇女は手紙を書いているところだった。

お友だちを目に留めると、大使夫人は嬉しくて仕方ない様子で、目を輝かせて立ちあがった。二人は互いの頬、唇の端に、二度つづけてキスをした。

それから暖炉の前の小ぶりな二脚の椅子に隣り合って腰かけた。お互いに大好きで、どこまでも気に入っていて、あらゆる点で気が合うのだが、それはなぜかといえば、マルテン夫人がオーストリア人に嫁いだスウェーデン人であるという違いはあれど、二人がほとんど瓜二つ、女として同じ種類に属し、同じ空気のなかで花開き、同じ感覚に長けているからだった。謎めいた特異な魅力で互いを惹きつけているために、一緒にいると本物の心地よさと深い満足感が生まれる。お喋りは半日ずっとひっきりなしにつづき、たわいないけれど面白いと二人とも感じるのは、趣味の一致が次々と明らかになるのが単純に楽しいからだ。

「どんなにあなたのことが好きかわかってしまうわね」とビュルヌ夫人は言う。「今晩食事にいらっしゃるのに、伺わずにいられなかったの。夢中なのよ」

「お互いさまよ」とにっこりしながらマルテン夫人は答えた。

そして、二人は職業上の癖で互いのご機嫌を取るのだが、これは男の前にいるときのしなの作り方とは似て非なるもので、試合の相手ではなくライバルに面と向かった場合の闘いが展開されるのだ。

ビュルヌ夫人は、会話しながら、時々掛け時計に目をやっていた。もうすぐ五時が鳴る。あの人は一時間前からあそこにいることになる。「もういいころね」と思いつつ、立ちあがった。

「あら、もう?」と皇女は言った。

相手は大胆にもこう返事した。

「そう、急いでるの、待ってる人がいるものですから。私はこのままあなたといるほうがよっぽどいいんですけど」

ふたたび挨拶のキスを交わすと、ビュルヌ夫人は辻馬車を呼ぶよう頼んで、去った。

馬は脚が悪く、とてつもなく難儀して、古びた馬車を引いていった。この脚の引きずり方、この動物の疲労と同じものを、夫人は胸のうちに感じていた。息を切らした馬と同様、この道のりが長く厳しいものに思えた。次いでアンドレに会う喜びを思って気分が和らいだが、じきに自分がおこなおうとしていることが引っかかり、心が沈んだ。

戸の向こうで、男は凍えていた。木の間《こま》で激しい霰が風に舞う。山荘風の家へ向かうあいだ、二人の傘に霰はバラバラと音を立てた。足はぬかるみにめりこんだ。

庭は寂しく、みすぼらしく、死に絶えて、泥にまみれている。アンドレは蒼白だった。ひどく辛そうだ。

中へ入ると、

「まあ、寒い」と女は言った。

とはいえ、二間からなる室内には大きな火が燃やしてあった。ただ、点けたのが昼だったので、湿気を含んだ壁を乾かすにはいたらなかった。寒気に肌が震えた。彼女は言い足した。

「しばらく毛皮は着たままにしたいわ」

合わせ目だけ少し開けると、そこに現れたのは羽根飾りの上身頃で寒がっている姿で、まるで同じ場所に決して留まらない渡り鳥のようだった。

男は隣に腰かけた。

女はさらに言葉を継いだ。

「今晩はうちで素敵な夕食会よ、いまから楽しみ」

「誰が来るんですか」

「誰って……まずあなたでしょ。それからプレドレ、とってもお近づきになりたかったの」

「へえ、プレドレですか」

「そうよ、ラマルトが連れてきてくれるの」

「いや、しかしプレドレはまったくあなた向きの男じゃありませんよ。彫刻家というのは一般に美女のお気に召すようにはできていないものですが、彼はその中でも最悪です」

「あら、そんなわけないわ。大ファンなんですもの」

二か月前のヴァラン画廊での個展以来、彫刻家プレドレはパリを制し、手なずけてしまった。以前からすでに評価は高く、賞賛を受けていたし、「得も言われぬ小像を拵える」と言われてはいた。だが、芸術家や芸術通からなる観衆が、ヴァラン通りの展示室に集められた彼の全作品に対して価値判断を下す段になったそのとき、爆発的な熱狂が巻き起こった。

そこにはこれまで予想もしなかった魅力が開示されているように思われ、気品と優美さを表現するその才能があまりに独自のものなので、まるでかたちのもたらす新たな誘惑の誕生に立ち会っている気がした。

十八番は薄着の、いや裸同然の小像で、その薄衣をまとった繊細な立体表現は想像を絶する完成度だった。とりわけ踊り子については習作を重ねており、それらの身ぶりやポーズは、姿勢および動作の醸し出す調和を通じて、女体というものの秘めるしなやかで稀有な美しさを余すところなく示していた。

一か月前からビュルヌ夫人は彼を自宅に引き寄せようと、たゆまぬ努力をつづけていた。けれども問題の芸術家は付き合いが悪く、それどころか少々人嫌いなのだと言う者もいた。ラマルトの仲介でようやく今回成功したのは、真摯で熱のこもった宣伝記事を書いてくれたラマルトに、彫刻家が恩義を感じていたためだった。

マリオルは尋ねた。

「ほかには誰が?」

「マルテン皇女」

彼は気分を害した。あの女は気に入らない。

「あとは?」

「マシヴァル、ベルンハウス、ジョルジュ・ド・マルトリ。これで全員よ、精鋭限定ね。プレドレのことはご存じ?」

「ええ、少し」

「どんな方?」

「すばらしい男ですよ、いままでに会った人物のなかで誰よりも自分の芸術を愛しているし、誰よりも面白く芸術を語る」

彼女は大喜びして、何度も言った。

「素敵な会になるわ」

彼は毛皮に埋もれた手を取った。軽く握ってから、口づけた。そのとき彼女は、体調が悪いと言うのを忘れていたことにはっと気づき、急遽《きゅうきょ》、別の理由を探した末、こう囁いた。

「なんて寒いんでしょう」

「寒いですか」

「体の芯まで冷えてるわ」

マリオルが立っていって寒暖計を覗くと、確かにかなり室温が低かった。

そこで女の傍へふたたび腰をおろした。

いま彼女は「なんて寒いんでしょう」と言い、彼はその意味を把握できたつもりだった。ここ三週間、会うごとに、愛情を見せようという相手のやる気がどうしようもなく低下してきているのが見てとれた。相手がこうした恋の真似事に飽き飽きして、もはや続けられなくなりつつあることは察しており、また自分自身のふがいなさに腹が立って仕方ない上、この女を手に入れたいという虚しく狂おしい欲求から逃れることもできないため、ひとり絶望に沈んでいるときなどは「このままこんな生活を送るくらいなら別れたほうがましだ」と思うこともあった。

相手の思いをはっきりと知るために、尋ねてみた。

「今日は毛皮すら手放さないんですか」

「ええ、そうよ」と彼女は答えた、「今朝からちょっと咳が出るんですもの。ひどいお天気で喉をやられたのね。体調を崩すといけないから」

沈黙があってから、言い添えた。

「どうしてもあなたに会いたいと思う気持ちがなければ、来てませんわ」

悲しみに引き裂かれ、怒りに体をこわばらせたまま彼が答えずにいると、さらに言った。

「この二週間あんなに晴れの日がつづいたあとに、こう寒さが戻ってくるのはほんと危険ね」

彼女は庭へ目を向けていたが、雨になりかけた粉吹雪が枝間に渦を巻くなか、木々はすでにほぼ緑になりつつある。

だが彼のほうは、相手を見ていた。そしてこう考えていた――「ほら、ぼくに対するこのひとの愛情はこんなものなんだ」。初めて、落胆した男の抱く一種の憎悪が、彼女に向かって、この顔に向かって、この捉えがたい魂に向かって、追っても追っても逃げていくこの女の体に向かって燃えあがった。

「寒いふりをしてる」と彼は思った。寒いのはぼくがいるから、それだけだ。もしこれが遊びに行く予定や、この種の浮ついた人間の無益な毎日を彩るくだらない思いつきなら、万難を排して実行するだろうし、命の危険すら冒すだろうに。自分の着こなしを見せびらかすためなら、大寒波のなかでも屋根なし馬車で出かけるくせに！ああ、いまや女というのは、みんなこうなのだ。

自分に面と向かって落ち着き払っている彼女を見つめた。最愛のこの面影のなかに、ひとつの欲求が示されていることに気づいていたが、それはつまり、こうして差し向かいでいるのが耐えがたくなってきたから切りあげたい、そういう欲求だった。

情熱的な女というものがかつて存在し、いまも存在するというのは本当なのだろうか、感情に揺さぶられ、悩み、泣き、激情に駆られて身を任せ、抱きつき、抱きしめて呻く女、肉体で愛するのと同じくらい熱烈に魂で愛し、喋る口と、見つめる瞳と、高鳴る心臓と、撫でる手とで愛する女、好きならどんな障害にも立ち向かい、昼でも夜でも、見張られ脅されようと、勇気を振りしぼり、胸をときめかせて男のもとへ走っては、抱きとめられて幸福に狂い、気を失う、そんな女。

ああ、なんというおぞましい恋に縛りつけられてしまったのだろう。出口もなければ、終わりも、喜びも、勝利もない恋、苛立ちと憤懣が募り、不安に身を蝕まれるばかりの恋。甘くもなく酔わせてもくれず、ただ予感させ、悔やませ、苦しませて泣かせるだけで、たとえ愛撫を分かち合う恍惚のときが訪れるとしても、それは常に、枯木同様に冷たく不毛な乾いた唇に口づけを呼び起こすことがどうしてもできずに味わう堪えきれないほどの挫折感を伴わずにはいない。

彼は羽根のドレスに収まった可愛い女を見ていた。女自身にも増して、女のドレスこそ、打ち勝つべき手強い敵ではないだろうか、この艶っぽく高価な柵こそが恋人を囲いこみ、自分から隔てているのだから。

「見事な装いですね」と彼は言ったが、それは心を苛むものについて話したくないがゆえだった。

彼女はほほえみつつ答えた。

「今晩の衣装もお楽しみに」

それから立てつづけに咳をすると、さらに言った。

「完全に風邪ね。帰らせてくださるかしら。お日さまはじきに戻ってくるでしょうし、私もそうします」

彼は止めることもなく、ただ落胆して、もはやどんなに努力しようとも昂揚というものと縁のないこの人間の消極性を打ち破るのは無理なのだと得心し、この取り澄ました口からたどたどしい言葉が洩れたり、落ち着き払った目に光が宿ったりするのを期待して待ちつづけるのもこれきり、永遠におしまいなのだと悟った。そして突如、この拷問同様の支配から逃れてやるという猛然たる決意が胸に湧き起こるのを感じた。彼女に十字架に磔《はりつけ》にされて、釘を打たれた四肢から血を流しているのに、瀕死の男を眺めながら彼女には相手の苦しみがわからず、それどころか自分のしたことに満足している。けれどもこの処刑の柱から自分は身を引きはがそう、この体の切れ端、この肉の断片、引き裂かれたこの心臓まるごとを柱に残していくことになるとしても。狩人に殺されかけた獣のように逃げ出し、たった一人で隠れていれば、いずれ傷は癒えて、手足を失った者に一生付きまとってびくりとさせるあの鈍い痛み程度しか感じなくなるかもしれない。

「じゃ、さようなら」と彼は告げた。

相手はその声の寂しさにぎょっとして、それから答えた。

「また晩にね、あなた」

彼は同じ言葉を返した。

「また晩に……さようなら」

そして庭の戸まで送り、戻ってきて、暖炉の前に一人きりで腰かけた。

一人きり！　確かに、たまらなく寒い。そして、たまらなく悲しかった。これでおしまいだ。考えるのも恐ろしい。彼女を望み、待ち、夢見て心を燃やすことで、闇夜に灯る喜びの明かりのように、この暗い地上において折に触れ生きている実感を味わう、そうしたことはもうおしまいなのだ。さようなら、彼女のことを思いながら、ほぼ夜明けまで寝室を歩きまわった孤独な胸騒ぎの夜よ、そして目を覚ますや「もうすぐ二人の小さな家で会える」とつぶやいた起床の時間よ。

恋しい、恋しい！　癒えるにはどれほど辛く長い時間がかかるだろう。寒いからという理由で、女は出ていった。こちらをじっと見つめて惑わせる、先ほどの姿が目に浮かんだが、彼女はそうして惑わせることで一層深くこの心臓を潰すのだ。そう、実際、見事に潰した。とどめの一撃で、貫通だ。穴が開いているのを感じる。前々からの傷、かつて開いたのを彼女が手当てしてくれた傷だが、たったいま当の彼女が、死をもたらす無関心をナイフ同然に突き刺し、もはや快復不可能にした。張り裂けた心臓から何かが流れ出して体を満たし、喉元まであがってきて、そのせいで窒息しそうな気すらした。そこで、両手で目許を覆い、まるでこんな弱さを見せているところを自分自身から隠すかのようにして、泣き出した。寒いからといって出ていくとは！　自分なら会うためとなればどこへだろうと、裸で雪のなかを歩いてでも行ったはずだ。

彼女の足許に落ちる、それだけのために屋根から飛び降りることだってしたに違いない。伝説となっている昔の話を思い出した。ルーアンへ行く途中にある「恋人が丘」の物語だ。ある娘が、父親の酷《むご》い気紛れにしたがい、切り立つ山の頂上まで恋人を一人で運びあげなければ結婚を許さないとの命令どおりに男を引きあげ、両手両膝をついて歩きつづけて、山頂に着くや死んでしまったという（この丘はノルマンディ地方ウール県に実在。但し、マリー・ド・フランス『十二の恋の物語』に収められた元の伝説では、男が女を山頂まで担ぐ）。要するに恋愛とはもはや伝説にすぎず、詩になって歌われたり、見かけ倒しの小説のなかで語られたりするためにあるだけなのだ。

そもそも自分の愛人も、話すようになって間もないころにこんなことを言っていたじゃないか、頭から離れない台詞だ――「最近の男の人というのは、本当に傷だらけになるほど最近の女の人を好きになったりはしませんのよ。信じてちょうだい、私はどちらの例もよく知ってます」。こちらに関して言えば彼女は見誤ったわけだが、本人に関してはそのとおりだった、というのも彼女はつづけてこう言ったのだ。「とにかく、先に申しておきますけれど、私は誰が相手でも本当に虜になるってことはないんです……」

誰が相手でも？　確かなのか。この自分では無理だということは、もはや確信が持てる。けれども、ほかの男は？

この自分では……愛してくれないというのだ。どうして？　たちまち、人生において何もかもやり損ねたという感覚、もう久しく前から取り憑いている感覚に打ちのめされ、茫然となった。自分は何ひとつやり遂げなかった、何ひとつ乗り越えなかった、何ひとつ手に入れなかった、何ひとつ勝ちとらなかった。いろんな芸術分野に惹かれたものの、どれかに全霊で打ちこむのに必要なだけの熱意も、大勝利を収めるにはなくてはならない粘り強い執着心も、自分のなかに見出すことができなかった。成功に胸はずませることもまったくなければ、美しいものに対する感受性の昂ぶりを通じて高貴さや偉大さを身につけることもまったくなかった。たった一度、一人の女の心を勝ちとろうとがむしゃらに努力したのだが、これまで同様、やはり実を結ばなかった。結局、ただの落伍者なのだ。

両手で目を塞いで、泣きつづけた。涙が肌を伝い、口髭を濡らし、唇に塩気を運ぶ。口に入ったその苦みに、わが身の惨めさと絶望がいや増した。

顔をあげたとき、日が暮れていることに気づいた。自宅へ戻って着替え、彼女の夕食会へ行くのにぎりぎりの時間だった。

第七章

アンドレ・マリオルは一番乗りでミシェル・ド・ビュルヌ夫人宅へあがった。腰をおろすと、周りにある壁、装飾品、掛け布、小物、家具、あの女のものだからこそ愛おしんできたもの、親しんできた住居のすべてをじっと見つめたが、まさにここで自分は彼女に出会い、幾度となく再会し、恋い慕うことを知り、胸のなかで日に日に熱情が高まっていくのを感じたあげく、虚しい勝利を収めたのだった。どんなに熱烈な思いを抱いて何度も待ったことだろう、彼女のために設えられたこの瀟洒な場、妙《たえ》なる人を取り巻く魅惑的な舞台で。どれほど知りつくしていることだろう、この客間や布類の匂い、気高くかつさっぱりしたアイリスの匂いを！　ここで待たされるたびに震え、期待を寄せてはおののき、あらゆる感慨を潜り抜けて、しまいにはあらゆる悲嘆を味わった。これから見放す友人に握手するかのように、幅の広い肘掛け椅子の肘掛けをぐっと握った、ここで彼女がほほえみ、話すのを眺めながら幾度となく語り合ったから。彼女が来なければいい、誰も来なければいい、ここに一人きりで一晩中、死者の傍らで通夜を過ごすのと同じように、自分の恋のことを思い起こしていたいと思った。次いで夜が明ければすぐに出ていく、そしてそれきり長いこと、ひょっとすると永遠に、戻らないのだ。

寝室の扉が開いた。彼女が現れ、片手を差し出しながら近づいてきた。彼は自制して、顔には出さなかった。そこにいるのは女ではなくて、生きた花束、想像の域を超える花束だった。

カーネーションのベルトが胴まわりに巻きつけられ、滝のごとく足許まで流れている。剝き出しの腕と肩の周囲を忘れな草と鈴蘭を混ぜた花綵がぐるりと取り巻く一方、おとぎの国を思わせる蘭が三輪、胸元から生えるようにして、赤やピンクの現実離れした花びらで乳房の白い肌を撫でる。金髪にちりばめた七宝の菫《すみれ》に、極小のダイヤモンドがきらめく。光るものはまた金の針で衣装にも留められてチラチラと震え、香りを放つ上身頃の装飾の合間で水滴さながらに瞬いた。

「あとで頭痛になるわね」と彼女は言った、「でも仕方ないわ、似合うんですもの」

庭に訪れる春のように、いい匂いがした。着けている花飾りよりもなお瑞々しい。アンドレは目の眩む思いで見つめながら、いまこの女を抱きしめたなら、それは満開の花壇を踏みつけるのと同じくらい乱暴で野蛮な行為ということになるのだろうと思った。つまり、女たちの体は、もはや装うための口実、飾り立てるための物体にすぎない。もはや恋する対象ではないのだ。花に似ることもあれば、鳥に似ることもあり、その他、女に似るのと同じように無数のものに似ることができる。彼女たちの母親、過ぎ去った世代の母親たちはみな、やはり美しさを補う色気の技を活用してきたとはいえ、何よりもまず自らの肉体そのものがもつ魅惑、たおやかさが放つ自然な力、女体というものが男の心に働きかける抗しがたい引力によって相手を誘おうとしたものだ。しかし今日は、色仕掛けがすべて、作りこむのが主たる手段にして目的になってしまった、というのも彼女たちにとっては、愛嬌を見せつけることでライバルを苛立たせ、いたずらに嫉妬心を掻き立てることが、男を征服することよりもなお優先されるのだから。

この装いは誰に向けたものなのだろうか、愛人である自分に向けたもの、それともマルテン皇女を辱めるためのもの？

扉が開いた。皇女の到着が告げられた。

ビュルヌ夫人は飛んでいった。蘭に気をつけながら、口を軽く開き、少し拗ねたような愛情たっぷりの表情でキスをした。双方の心がこもった、素敵な、羨ましくなる口づけだった。

マリオルは苦悶に身震いした。彼女があんなに喜び勇んで自分に駆け寄ってきたことは一度もない。あんなふうに口づけてくれたこともない。そこで考えの方向が急に変わり、「この女たちは、もうぼくら向けではないんだ」、憤然としつつそう思った。

マシヴァルが着いて、その後ろにプラドン氏、ベルンハウス伯爵、さらに英国趣味をきわめて輝くばかりのジョルジュ・ド・マルトリもやってきた。

残るはラマルトとプレドレだけだ。彫刻家プレドレの話題になり、みな口を揃えて褒め称えた。

「この彫刻家は優美なるものを復活させ、ルネサンスの伝統を再発見して、しかも、現代ならではの率直さをそこに加えた。ジョルジュ・ド・マルトリ氏の言によれば、人体の伸びやかさを見事なかたちで露わにしてみせるのだ」――こうした言葉が、二か月来、方々のサロンで飛び交い、口から耳へと伝わっていた。

ようやく本人が登場した。一同は驚いた。年齢不詳のずんぐりした男で、農民のような肩つきをして、濃い目鼻立ちの大きな頭部は灰色がかった髪の毛と髭に覆われ、鼻はぬっと突き出て、唇は分厚く、おどおどと困惑した様子だった。下ろした両腕を少し胴体から離しているのが、ぎこちなく見えたが、それはおそらく袖から覗く巨大な両手のせいなのだろう。幅の広い、厚みのある手で、指は毛むくじゃらでたくましく、怪力芸人か肉屋の手を思わせる。不器用でのろまに見えるその両手は、隠れることもできず、居たたまれないといった様子だった。

けれども澄んだ灰色をした射抜くようなまなざしが顔を照らし、尋常ならざる生気を発していた。両目だけが、この鈍重な男にあって、命を宿しているようだった。見つめ、見据え、睨《にら》み、鋭い眼光を四方へ素早く小止みなく放つさまは、ある活気に満ちた偉大な知性こそが、すべてを見つくそうとするこの視線を動かしているのだと感じさせた。

ビュルヌ夫人が少々がっかりしつつ、丁重に座席を示すと、芸術家は腰かけた。そして、それきり動かず、この家に来たことに恥じ入っているらしかった。

ラマルトは巧みな紹介者として、この凍りついた場を破ろうと、友に近づいた。

「さあ、いまいるこの場所を案内しましょう。まず最初に目にされたのが、われらの神々しき女主人です。次は、この方の周りにあるものをごらんなさい」

暖炉に置かれたウードン（仏十八世紀の彫刻家。精緻な肖像で知られる）の本物の胸像を見せ、次いで、ブール（仏十七世紀の高級家具師。宮廷用の豪奢な装飾を施した家具を制作し人気を博す）作の抱き合って踊る二人の女性像が、さらに飾り棚にほぼ完全なもののなかから選り抜いたタナグラ人形（ギリシアで前五世紀頃制作された素焼きの彩色小像。一八七〇年代にタナグラより多数出土）が四体あるのを見せた。

するとプレドレの顔がぱっと輝いた、あたかも砂漠でわが子らに再会したかのように。立ちあがると、テラコッタでできた四つの古代の小像へ歩み寄った。そして、雄牛を殺すのにふさわしく思える恐ろしげな両手で二体を同時に摑んだとき、ビュルヌ夫人は像がどうなるかと怖くなった。ところが、触れた途端、彼が像をそっと撫でているかのように見えてきた、というのも、驚くほどしなやかかつ器用な手つきで扱うからで、くるりと小像を回す太い指は、曲芸師の指のごとく敏捷になっている。こうしてじっと眺めては触る様子を見ていると、この太った男は魂と手先に並外れた優しさをもっていて、それはあらゆる洗練された小品をつくるのに理想的な、濃やかな優しさなのだと感じられた。

「きれいでしょう?」とラマルトが訊いた。

そこで彫刻家は、祝福するかのような調子でそれらを褒めてから、いままで出会ったタナグラ人形のなかでもっともすばらしいものだといったことを二言三言述べたが、その声はくぐもり気味ではあるもののしっかりと落ち着いていて、言葉の価値をよく承知した明晰な思考を伝えるものだった。

それから、作家に導かれて、プレドレはビュルヌ夫人が友人たちの助言のおかげで集めたほかの稀少な装飾小物を検分した。このような場所にあることに驚いたり喜んだりしながら賞賛し、必ず手に取って軽く上下左右に返すのが、まるで情愛をこめて触れ合っているかのようだった。一体の小さな銅像が暗い片隅に隠れていたが、これは砲弾同様の重さがある。なのにプレドレは片手でひょいと持ちあげ、ランプの近くへ運び、長々と鑑賞したのち、重そうなそぶりも見せず、元の位置へ戻した。

「大理石や岩石と取っ組み合うのにうってつけの強者《つわもの》だな！」

周りは好感をこめて、その姿を見ていた。

召使いが告げに来た。

「奥さま、お食事のご用意が整いました」

家の女主人は、彫刻家の腕を取って食堂へ入り、自分の右隣に着席させると、慇懃にもてなすため、旧家の末裔に名字の正確な由来を問うのと似た調子で尋ねた。

「あなたが携わっておいでの芸術は、あらゆる芸術のうちもっとも古くからあるという点でも、称えられるべきものではないでしょうか？」

相手は持ち前の穏やかな声で答えた。

「さて、どうでしょう。聖書の羊飼いは横笛を吹いておりました。ですから音楽のほうが古いように思われます、ただ私たちの考える本物の音楽は、それほど歴史が長いわけではありません。しかし本物の彫刻には、とても長い歴史があります」

そこで彼女は言った。

「音楽はお好きですか」

彼は真剣に、重々しく答えた。

「私はすべての芸術を愛しています」

夫人はさらに訊いた。

「あなたの芸術分野は誰が始めたものなのか、わかっているのでしょうか」

彫刻家はじっと考えに耽ったあと、何か感動的な物語を語るかのような響きをこめて言った。

「ギリシアの伝統によるならば、アテネのダイダロス（ギリシア神話における名工。クレタの迷宮を作り、そこから脱出するための翼も作った）です。けれども、伝説として一番素敵なのは、ブタデスというシキュオンの陶工が彫刻を発明したとするものでしょう。娘のコラが婚約者の横顔の影を線でなぞって描いたのち、父であるブタデスはそのシルエットに粘土を詰めて、形づくったのです。こうして私の芸術は生まれました（この伝説はプリニウス『博物誌』による。シキュオンは古代ギリシア芸術の中心地の一つ）」

ラマルトが「いい話ですね」とつぶやいた。そして、ひとときの沈黙ののち、言葉を継いだ。

「ああ、プレドレ、君さえその気になってくれたなら！」

次いでビュルヌ夫人に向けて言った。

「ご想像つかないでしょうけれど、この男は自分の好きなものについて語るとなると実に面白いんです、実にうまく表現し、説明し、こちらも当のものが大好きになってしまうんですよ」

しかし彫刻家はいいところを見せる気も、べらべらと喋る気もなさそうだった。シャツと首のあいだにナプキンの端を差しこんでチョッキを汚さないようにした上で、かしこまってポタージュを口に運んでいたが、そこには農民がスープに対して払う一種の敬意が見てとれた。

つづけてワインを一杯飲むと、しゃんと座り直し、馴れてきて、くつろいだ様子になった。

時おり、後ろを振り向こうとするしぐさを見せた、というのも鏡に映った背後の暖炉の上に、非常に現代風の群像が置いてあるのに気づいたのだ。見たことのない作品だったので、作者を当てようと考えをめぐらせていた。

とうとう我慢できなくなり、尋ねた。

「あれはファルギエール（仏十九世紀の彫刻家・画家）の作品でしょう？」

ビュルヌ夫人は笑い出した。

「そう、ファルギエールですわ。鏡のなかなのにどうしておわかりになったのかしら？」

相手のほうもほほえんだ。

「それはもう、どんな条件だろうとひと目でわかるのですよ、絵画もやる人間がつくる彫刻と、彫刻もやる人間が描く絵画はね。ひとつの芸術分野に専心する者の作品とはまったく違うのです」

ラマルトは友人を引き立てようと解説を求め、プレドレは応じた。

彫刻家の絵画と画家の彫刻とを定義し、語り、特徴づけたが、その方法はきわめて明瞭で独創的かつ目新しく、話す口調はゆっくりとして正確だったため、一同は耳を貸すばかりでなくじっと見つめて彼の言葉を聞きとろうとした。美術史を遡りつつ論証を進め、各時代の例を挙げながら、画家兼彫刻家の先駆けとなったイタリアの巨匠たちに話は及んだ——ニコラおよびジョヴァンニのピサーノ父子（ともに伊十三世紀の彫刻家・建築家）、ドナテッロ（伊十五世紀を代表する彫刻家）、ロレンツォ・ギベルティ（伊十五世紀の金銀細工師・建築家・彫刻家）。ディドロがこの主題に関して興味深い意見を述べていることも指摘したのち、結論として、ギベルティによるフィレンツェのサン・ジョヴァンニ洗礼堂の扉を挙げたが、その扉に施された薄浮彫はあまりに躍動感があり劇的であるために、カンヴァスに描いた油彩のように見えるのだ。

無骨な手を、まるで成形すべき素材をいっぱいに抱えているかのように目の前で動かすと、その動きによって手は惚れ惚れするほど柔らかく軽やかになり、彼はそのように両手を使って物語の対象となっている作品を説得力豊かに再現するので、一同は興味深げに彼の指の動きを追っては、それらの指が皿やグラスの上に、彼が口で言い表したイメージを出現させていくのを見ていた。

次いで、彼の好物がいろいろと出されたので、彼は黙って食べはじめた。

その後、夕食が済むまで彼はあまり話さず、ほとんど会話を追ってもいなかったが、その間に話題はある演劇の反響から政治方面の噂へ、舞踏会から結婚式へ、『両世界評論』の記事から最近開催された馬術競技会へと移っていった。彼はよく食べ、どんどん飲んだが、冷静な様子を崩すことはなく、それほど彼の思考は明快で、健全なため、滅多なことでは揺るがないし、おいしいワインのせいで煽られるようなこともほぼないのだった。

客間へ戻ると、ラマルトは、まだ彫刻家に期待しているものを十全には引き出せていなかったため、ガラス扉の飾り棚のほうへ彼を引き寄せ、途方もなく貴重な品を見せたのだが、それは銀のインク壺で、世評の高い、歴史に残る逸品、ベンヴェヌート・チェリーニ（伊十六世紀の金銀細工師・彫刻家）の手によって彫られたものだった。

一種の陶酔が彫刻家を捕らえた。愛人の顔を眺めるかのように見入りながら、感動にわれを忘れ、チェリーニの作品について、当の輝かしい彫金師の技を思わせるほど優雅かつ繊細な評言を口にした。次いで、聞かれていることに気づくと、もはや遠慮せず胸のうちをさらし、大きな肘掛け椅子に座って、差し出された名品を手にもって絶え間なく目をやりながら、いままでに出会ったすばらしい芸術品の数々にまつわる印象を語り、彼ならではの感性を剝き出しにし、かたちのもつ魅力が目を通じて彼の魂に及ぼす不思議な酩酊状態を露わにした。十年ものあいだ、彼は世界中をめぐり、大理石、石、ブロンズ、木材が天才の手で彫刻されたもの、あるいは金、銀、象牙、銅などの漠然とした素材が彫金師の魔法の指によって傑作へと変身したものを、ひたすら見てきたのだ。

そして彼自身もいま、話すことを通じて彫刻を作っていた――つまり、はっとするような浮彫や、得も言われぬ立体を、的確な言葉遣いによって生み出していた。

男たちは彼の周りに立ったまま、興味津々の様子で聴き入り、他方、女二人はやや退屈して時々小声で喋りつつ、たかが物の輪郭にここまで入れあげることができるなんてと面喰らっていた。

プレドレが口をつぐんだとき、ラマルトは大興奮で嬉々として彼の手を握り、同好の士を得た感激のこもる友情に満ちた声で言った。

「いやもう、抱きしめたい気分です。あなたは唯一無二の芸術家であり、情熱家であり、現代に生きるたった一人の偉人です、自分の仕事を本当に愛していて、その仕事に幸福を感じ、決して飽きたりいやになったりしない唯一の人物です。永遠の芸術を、もっとも純粋で、簡素で、高度な、手の届かないレベルで扱っている。たった一本の曲線の曲がり具合によって美を生み、そしてそのことだけを気にかけているのです。あなたの健康を祝して、ブランデーを一杯飲みましょう」

それからふたたびあちこちで会話が始まったが、盛りあがりには欠けた、というのも貴重品の並ぶこの洒落た客間の空気にいましがた流れこんださまざまな考察が、会話を圧迫したためだった。

プレドレは、毎朝、日が昇る時刻には仕事にかかるからという理由で、早々に去った。

彼が行ってしまうと、ラマルトは熱っぽくビュルヌ夫人に訊いた。

「さて、彼についてどう思われましたか？」

夫人は不満げな、ほぼ何の魅力も感じなかったという表情で、ためらいがちに言った。

「そこそこ面白いけど、話がくどくて」

ラマルトは微笑しつつ、思った、「そりゃそうだろう、衣装を褒めてくれなかったし、お手持ちの装飾品のうち、あなた自身にだけは目もくれなかったのだから」。そしていくつかお愛想を述べたのち、マルテン皇女の傍へ行って腰かけ、ご機嫌を取りにかかった。ベルンハウス伯爵がビュルヌ夫人に近づき、小型のスツールに座ったが、傍目《はため》には足許にくずおれるように見えた。マリオル、マシヴァル、マルトリ、それにプラドン氏は、それぞれの胸に強い印象を刻みつけた彫刻家のことを話しつづけた。マルトリ氏はプレドレを古代の巨匠たちと比較し、かの巨匠たちの全生涯が、いかに美の顕現に対するひたむきな、身を焦がすほどの愛情によって美しく輝かしいものとなっているかを語った。さらにこの点にまつわる哲学的知見を説いたが、その言葉は緻密で、的を射ていて、しかし聞いていていて疲れるものではあった。

マシヴァルが自分の領分ではない芸術分野の話題に飽きて、マルテン夫人のほうへ近寄り、ラマルトの隣に腰かけると、ラマルトはじきにマシヴァルに席を譲って男たちの輪に合流した。

「もう出ませんか?」とラマルトはマリオルに言った。

「そうですね、ぜひ」

小説家ラマルトは、夜中に人を送りがてら、歩道で話をするのが好きだった。その声は素っ気なく、甲高く、鋭く、家々の壁に爪を立ててのぼっていくかのようだ。こうして夜中に一対一で話していると、自分が雄弁で、勘が冴えて、気が利いて、一筋縄ではいかない人物に思えてくるのだが、実際は会話というよりは独白に近い。話すことで得られるものは玄人筋のあいだでの評判のみだが、本人にとってはそれで充分だったし、こうして肺と脚に軽い負担をあたえることは快眠の準備にもなった。

マリオルのほうは、もう力を使い果たしていた。あの家の敷居をまたいだときから、自分の惨めさ、不幸、悲しみ、決定的な絶望のすべてが胸のなかで煮えたぎっていた。もう耐えられない、もうたくさんだ。ここから発とう、そして二度と戻るまい。

ビュルヌ夫人に暇を告げたとき、彼女は上の空でさよならと言った。

通りには彼ら二人のほか誰もいない。風向きが変わったので、日中の寒さは和らいでいた。暖かく過ごしやすいのは、霰の二時間後には暖気が戻る春の天気ならではだ。空には満天の星が瞬き、まるでこの広大な空間に訪れた夏の息吹が星々のきらめきを勢いづけたかのようだった。

歩道はすでに灰色に乾いている一方、車道ではまだ水溜まりがガス灯の明かりを受けて光っていた。

ラマルトは言った。

「あのプレドレという男はつくづく幸せ者です。自分の手がける芸術ただひとつを愛して、そのことだけを考え、そのことのためにだけ生きていて、そのおかげで人生が満たされ、癒され、明るく幸福で快いものになっている。まったく、昔ながらの大芸術家の種族ですね。女のことなんかかまっちゃいない、アクセサリーやレースや凝った衣装で着飾ったわれわれの側の女はね。ごらんになったでしょう、二人のご婦人方にほとんど見向きもしなかったじゃありませんか、ずいぶんと魅力的だったはずですが。しかし彼に必要なのは純粋な造形であって、人工的な作りものではないわけですね。確かにわれらの神々しき女主人は彼のことを我慢ならない馬鹿者だと判断しました。彼女にとっては、ウードンの胸像や、タナグラ人形や、ベンヴェヌートのインク壺なんてものは、至高の名品に豪奢な縁取りを施すために当然必要な細々した飾りつけにすぎなくて、その名品とはつまり、彼女自身なんですな。彼女とそのドレス、と言ってもいい、まあドレスは彼女の一部ですからね。ドレスで毎日、自分の美しさに新たな雰囲気をつけ加えるわけです。まったく女というのは、実にくだらない、自分勝手なものです」

立ち止まると、歩道の敷石を杖でぴしりと叩き、その音がしばらく通りにこだました。そして彼はつづけた。

「自分たちを引き立てるものなら何でも知ってるし、わかるし、味わいつくすんですよ、つまり十年ごとに流行が変わる化粧やら宝石やらといったものなら。ところが、時代に左右されない稀少な極上の品となるとまるでわからない、そういうものがわかるようになるには、まず芸術家特有の深く繊細な洞察力、それと利害を超えて純粋に美的なレベルで感覚を鍛える訓練が必要なんですがね。大体、彼女たちの感覚というのはごく初歩的なものにすぎません、所詮は雌の感覚ですから完成度の高めようもないでしょう、だって彼女たちにとっては何もかもが女の自己愛に回収されることになっていて、自己愛に直接関わりのないものは感じとれないんですから。感覚が鋭いと言ったって、野蛮で原始的な鋭さ、奪い合いやだまし合いの鋭さです。芸術どころか、それよりも位置づけが低い物質的な快楽ですら、ある程度の身体の鍛錬と特定の器官に対する濃やかな注意力を要求するもの、たとえば食道楽のようなものとなると、やはり味わう能力がほとんどないじゃありませんか。たまに優れた料理に敬意を表することのできる女が例外的にいるとしても、ワインの銘酒を理解するとなると結局歯が立たない、ワインは男の味覚にのみ語りかけるんです、実際ワインというのは語りかけてくるものなんです」

石畳をもう一度、杖で叩くことで、この締めの一言を強調し、台詞に句点を打った。それからさらに言葉を継いだ。

「そもそも彼女たちに多くを求めるのが間違いなんですがね。しかし美的な判断力や理解力の欠如というのは、高尚なものを見るときの知的な視界を曇らせるばかりか、われわれ男を見る場合になおさら目を利かなくさせるのが通例でしてね。彼女たちを惹きつけるには、魂とか、心とか、賢さとか、特別な資質や美点があっても意味はない、かつてはそんなふうに人徳や勇気を理由に男に惚れたものですが。今日びの女というのは揃って役者気取り、恋愛もの専門の大根役者です、ぶっつけ本番で定石どおりの芝居を打つのはいいが、芝居の中身はもはや信じちゃいません。欲しいのは、相手役の台詞を唱え、自分たちと同様に演技をでっちあげてくれる役者気取りの男なんです。この場合の男役とは要するに、社交界の内や外にいる道化者の謂《いい》ですが」

二人はしばらくのあいだ黙ったまま並んで歩いた。マリオルは相手の言うことを注意深く聴き、心のなかで同じ言葉を繰り返しては、苦しみに悶えつつ賛同した。それに、最近イタリアから一種の冒険家めいた男、エピラティ公という貴族剣士がパリに攻撃を仕掛けてきたのを聞き知っていたが、どこでもこの男の話題で持ちきりで、評判によれば容姿端麗、かつしなやかな力強さにあふれ、黒絹のタイツをまとってその男ぶりを上流社会や高級娼婦たちに見せつけていて、いまやその男がフレミーヌ男爵夫人の関心と色目を独り占めしているのだった。

ラマルトが相変わらず何も言わないので、マリオルは言ってみた。

「私たちのせいでしょう。こちらの選び方が悪いんです、そういうのとは違うタイプの女だっているんですから」

ラマルトは答えた。

「惚れるということができる女がまだ残っているとすれば、店員の女の子か、貧しくて夫運の悪い感傷的な中流家庭の女といったところです。そういう絶望に沈んだ女を助けてやったことが何度かありましてね。情に満ちあふれてはいるんですが、この情愛の俗悪なことときたら、施しのつもりでもなければわれわれの情とは交換できやしませんよ。ところが、発達しつつあるわれわれ富裕層の社会では、女は欲しいものも必要なものもなくて、ただ危険を冒すことなしにちょっと気晴らしが手に入ればと思うだけですし、男のほうはといえば快楽をあたかも仕事のごとくきっちり調整してしまっているわけですから、つまるところ古来の、ほほえましくも強力な、男女を互いに惹きつけ合う自然の磁力というものは、もう消滅したというのが私の持論です」

マリオルはつぶやいた。

「確かにそうですね」

逃げたい気持ちが高まった、この連中から逃げたい、退屈しのぎに昔の熱く美しく甘い生き方を真似はするものの、もはや肝心の風味は飛んでいるので何も味わえない、こんな操り人形たちから離れて遠くへ逃げたい。

「お休みなさい」とマリオルは言った、「もう寝ます」

帰宅すると、テーブルに向かって腰かけ、書き出した。

さようなら。私の最初の手紙を覚えていらっしゃいますか。あのときも私は、さようならと書きました。けれども去らなかったのです。それが大きな間違いでした。あなたがこの手紙を読むころ、私はパリを発っているでしょう。理由を説明する必要があるでしょうか。私のような男は、あなたのような女性とは絶対に出会うべきではないのです。もし私が芸術家で、自分の情念を表現することで楽になれるのであれば、あなたのおかげで才能を伸ばすこともできたかもしれません。しかるに私はただの哀れな独身男で、あなたへの恋とともに胸に宿ったのは、耐えがたく残酷きわまる煩悶でした。あなたに出会ったころは、自分がこのように感じたり苦しんだりできる人間だとは思いもよりませんでした。もしあなたでない誰かなら、私の心に生気をあたえ、天にものぼる歓喜を注いでくれたのかもしれない。しかしあなたは、私の心を苦しめることしかできませんでした。そんなつもりでなかったことは、わかっています。あなたを責める気はありませんし、恨んでもいません。こんな手紙を書く権利さえ私にはないのです。お許しください。あなたは生来、私が感じるように物事を感じることができません。私がお宅にあがるとき、あなたが話しかけてくれるとき、私があなたを見つめるときに、私のなかで何が起きるか、あなたには想像すらできないのです。確かにあなたは承諾して、私を受け入れてくれたばかりか、穏やかな一定の幸福をもたらしてくれたのですから、そのことについて私は一生、跪いて感謝しつづけねばならないところでしょう。でもそんなものは、私は要らない。ああ、なんとおぞましく身を苛む恋でしょう、熱い言葉や感極まっての愛撫といった施しを絶えず求めながら、それらを得ることは永久にないのですから。私の心は、手を差し出したままあなたのあとを追ってずっと駆けてきた物乞いの腹と同じように空っぽです。あなたはこの物乞いに結構なものをいくつも投げてやったけれど、パンはやらなかった。パンが、愛情が、必要だったのです。貧しく惨めな姿で私は去ります、あなたの情が得られぬゆえの貧しさです、パンくず程度でもいただけたなら救われたはずなのに。いまや私の持ち物は、体に結びつけられた辛い思いひとつしかなく、この思いは殺さねばなりません。できるかどうか、やってみます。

さようなら。ごめんなさい、ありがとう、ごめんなさい。今晩もまだ、魂のすべてをかけてあなたを愛しています。さようなら。

アンドレ・マリオル

第三部

第一章

眩しい朝が町を照らしていた。マリオルは玄関先で待つ馬車に、旅行鞄ひとつとトランクふたつを荷台に載せた上で、乗りこんだ。深夜のうちに、召使いに言いつけて長期の留守に必要な下着類や必需品を準備させてあった。発つときに告げた仮の住所は「フォンテーヌブロー局留」。誰も連れていかなかったのは、パリを思い出させる顔を見るのも、あれこれの考えに浸っている最中に耳馴染みのある声を聞くのもいやだったからだ。

御者に向かって「リヨン駅へ！」と声をあげた。辻馬車は走り出した。すると、去年の春にこうしてモン＝サン＝ミシェルへ出発したことが思い出された。あと三か月で一年になる。それから、こんなことは忘れようと、通りを眺めた。

馬車がシャンゼリゼ大通りに出ると、春の陽光が一面に降り注いでいた。青葉は、すでに先週までに何度か訪れていた早春の陽気で顔を出し、ここ二日の霰と寒気でほんのいっとき休止していたのが、今朝の日光を受けて一気に開いたせいで、新芽の匂いと、これから枝となるべきものを生み出す際に蒸発した樹液の匂いとを撒き散らしているように感じられた。

こんな芽吹きの朝には、パリ中あちこちの公園や並木通りで、まるい樹形のマロニエがもうじき、たった一日のうちにシャンデリアを灯したように咲きそろう予感がする。土壌はこのひと夏に向けて命を宿し、アスファルトの歩道を敷いた通りも、木の根に齧《かじ》られて微かに震えている。

がたつく馬車に揺さぶられながら、考えた。「やっとこれで少しは静けさを味わえる。まだ寂しい森に春が生まれるのを眺めることにしよう」

道のりを長く感じた。何時間も眠れずにわが身を嘆いたあとなので、瀕死の者に十夜つづけて付き添ったかのごとく疲れきっていた。フォンテーヌブローの町に着くと、公証人の事務所へ赴き、森の近くに家具つきの貸し別荘でも出ていないか尋ねてみた。いくつか候補を挙げてくれた。写真で一番気に入ったのは、つい最近空いたもので、若い男女がほとんど冬いっぱい住んでいたといい、モンティニー＝シュル＝ロワンの村（フォンテーヌブローの森の南端に接する。印象派の画家が多く住んだ一帯にあたる）にある。公証人は、真面目そうな男ではあったが、微笑していた。恋物語を嗅ぎとったのだろう。こう訊いてきた。

「お一人ですか」

「一人です」

「使用人もなしで？」

「使用人もなしです。パリに置いてきました。土地の者を雇いたいと思っています。完全に切り離された状態になって仕事をするために来たので」

「この季節なら、働き手はいますよ」

数分後には、幌をたたんだ幌つき馬車《ランドー》が、マリオルとトランク類をモンティニーへ運んでいた。

森は目覚めかけていた。頂のほうだけうっすらと葉に覆われた大木のもとで、低林はより旺盛に葉を茂らせている。すでに夏に向けて装いを整えているのは、銀色の腕を伸ばした早生の樺《かば》だけで、楢《なら》の巨木は枝先にひらひらとなびく淡い緑の斑点を見せているにすぎない。橅《ぶな》は、楢よりも早くからぴんと尖った芽を開きつつ、まだいくらか残る昨年の枯葉を落としつつあった。

街道沿いの草は、まだ木の梢がつくる厚い影に覆われていないので、密生し、光沢を放ち、新鮮な水分をたくわえて輝いている。そしてあの生まれつつある若枝の匂い、マリオルがシャンゼリゼ大通りにいるときから気づいていた匂いが、いまや全身をつつみ、今年最初の太陽のもとで芽吹く植物の活力を満たした広大な泉となって彼を浸していた。牢獄から解放された者のように深呼吸し、さらに、鎖を解かれたばかりの男の気分を味わいながら、両腕を広げて馬車の両側面にだらりと出したので、両手が左右の車輪の上に垂れさがる恰好になった。

外の自由な澄んだ空気を吸うのは気持ちがいい。しかしこの先、どれだけ長いことこの空気を飲んで飲んで飲みつづければ、すっかり体内に染みこんで、少しは苦痛が和らいでくれるのだろう。どれだけ飲めば、肺を経由して爽やかな息吹が心の生傷をも撫で、痛みが治まるのを実感できるのだろう。

マルロットを通るとき、御者がコロー・ホテル（画家コローはマルロットに住んだ）を指し示したが、ここは開業したばかりで、独自のサービスが評判らしい。その先の街道は、左手は森、右手はところどころに木立のある広々とした平野で、遥か遠くになだらかな丘が連なる。次いで村のなかの長い通りへ入っていくと、その通りは目が眩むほど白く見える、というのも瓦屋根の小さな家の列が左右に延々とつづくのだ。あちこちで花盛りの巨大なリラが塀からあふれ出ている。

通りはさらに狭い谷に沿って走っていき、谷底には小川が流れていた。マリオルは川を目にして有頂天になった。幅が狭く流れの速い川で、渦を巻いて勢いよく流れており、片岸では家屋自体の下部や庭の塀が流れに洗われ、対岸では牧草地が水に浸かって、その草原にはほっそりした木々が、まだ開ききらない弱々しい葉を並べている。

マリオルは申し合わせた住居をすぐに見つけ、魅入られた。古い家で、ある画家が修復して五年暮らしたのち、飽きて、貸しに出した。水辺すれすれに建っていて、家と流れを隔てるものは、川沿いに菩提樹の植わったテラスがある瀟洒な庭だけ。ロワン川は、堰《せき》から一ピエか二ピエ（一ピエは約三〇センチメートル）の滝になって落ちてきて、大きな渦を巻きながらこのテラスに沿って流れる。正面向きの窓からは、川の対岸にある牧草地が望める。

「ここでなら癒えるだろう」とマリオルは思った。

家が気に入った場合の処理は、すべて公証人とのあいだで話をつけてあった。御者が返事を持っていった。次にすべきは生活の手筈を整えることだが、これは手早く済んだ、なぜなら村役場の職員が二人の女性を手配してくれたのだ。一人は料理担当、もう一人は部屋の掃除と洗い物をすることになっていた。

一階は客間、食堂、台所に、小部屋がふたつある。二階には立派な寝室と、一種の書斎のような広い部屋があったが、家主の芸術家はこれをアトリエとして設えていた。すべてが愛情をこめて、ある土地と住みかに惚れこんだときの手つきで調えられていた。ただ、いまとなっては少し古びて乱れた感じになっていて、いかにも主人の去ってしまった住宅らしい、打ち捨てられたやもめの雰囲気があった。

とはいえ、この小さな家に最近まで人が住んでいたことは感じられた。バーベナの甘い匂いがまだ漂っている。マリオルは思った。「おや、バーベナだ、素朴な香り。ぼくの前にここにいた女は、厄介な女ではなかったんだろう。相手の男は幸せ者だ」

こうした作業に一日はいつの間にか過ぎて、気づけばそろそろ夜だった。開け放った窓辺に座って、濡れた牧草の甘く湿った爽やかな匂いを吸いこみ、夕日が牧場《まきば》に長い影を落とすのを眺めた。

二人の召使いが夕食を作りながら話していて、農家の女たちらしい話し声が階段からぼそぼそと聞こえてくる一方、窓からは雌牛の鳴き声、犬の吠え声、家畜を連れ帰ったり川向こうの仲間と喋ったりしている男たちの呼び声が入ってきた。

実に穏やかで、気持ちが安らいだ。

マリオルは今朝から千回目となる同じ質問を、またも自分に向けた。「ぼくの手紙を受け取ってどう思っただろう……どうするだろう?」

それから思った。「いま、あの人は何をしているのだろう」

懐中時計で時刻を見る。六時半。「もう帰宅して、客が来ているな」

彼女が客間でマルテン皇女、フレミーヌ夫人、マシヴァル、ベルンハウス伯爵と会話している幻が浮かんだ。

急に一種の怒りが湧いて、心に震えが走った。あの場にいたかった。ちょうど、ほぼ毎日、彼女の家に入っていった時刻だ。気分が悪くなってきた。決心が揺らいだわけではないのだから、この不快感は後悔とは違うもので、むしろ、病人がいつも同じ時間に注射していたモルヒネを打ってもらえないときに感じる身体的苦痛と似たものだった。

もう牧草地も見ず、地平線に連なる丘の向こうへ沈む太陽も見ていなかった。彼女が友人たちに囲まれている姿、自分から彼女を奪ったあの社交界の関心事に囚われている姿しか目に映らない。「もう考えるのをよそう」と思った。

立ちあがり、庭へ下りて、テラスまで歩いていった。堰によって掻き回された水の涼気が、川から霧となってのぼってくる。ひやりとするその感覚が、すでに悲しみに満ちた心を凍りつかせる気がして、きびすを返した。食堂には彼のための食器類が用意されていた。すぐに食べ終えた。そのあとはすることもなく、先ほど襲われた不快感が体のなかにも心のなかにも広がってくる感じがするので、横になり、目を閉じて眠ろうとした。駄目だった。頭のなかにあの女が見え、付きまとい、そこから離れることができない。

いま彼女は誰のものなのだろう。ベルンハウス伯爵に違いない。まさにあの派手な女に必要な男だ、お洒落で、引っ張りだこの、目立つ男。気に入ったのだろう、なにしろ籠絡《ろうらく》するためにあらゆる武器を使っていたのだ、別の男の愛人でありながら。

こうした心を蝕む考えに取り憑かれつつも、次第に意識が朦朧《もうろう》として、思考の本筋はうとうとするにつれ横道へ逸れていき、しかしその中でも、彼女とあの男の二人の姿が絶えず、何度も現れた。真の眠りはやってこなかった。そして一晩中、二人は彼の周囲をうろつき、彼を小馬鹿にしたり苛立たせたりしてから、ようやく寝入るのを許してくれるかのごとく姿を消すのだが、彼が忘却につつまれた瞬間、またも出現して、そのたびに嫉妬が心臓をぎゅっと締めつける苦しさで起きてしまう。

夜明けとともに寝床から出て、前の住人が置き忘れた太い杖が新居にあったのを手にして、森へ出かけた。

昇った朝日が、まだほとんど葉のない楢の梢を通して射しこみ、照らされた地面はところどころ青い草が敷きつめられていて、遠くには枯葉の絨毯、その向こうには冬のあいだに赤らんだヒースの絨毯がある。道路沿いに黄色い蝶が何匹かひらひらと、小さな炎が踊るように飛んでいた。

松林と青みがかった岩に覆われた丘、というよりもちょっとした山が、道の右手に現れた。マリオルはゆっくりと登っていき、頂上へ着くと、すでに息切れしていたので大きな石に腰をおろした。もう脚が体重を支えられず、力が抜けてぐったりしている。動悸がする。体中が途方もない疲労感に痛めつけられている感じがした。

この困憊《こんぱい》が、疲れから来ているものでないことはわかっていた。原因はあの女、耐えがたい重荷のごとくこの身にのしかかるあの恋のせいなのだ。そこで彼はつぶやいた。「惨めなものだ！　なぜ彼女はぼくをこんなふうに捕まえて離さないんだろう、これまでの人生で、ぼくはいつも、味見はしても悩みの種にはならない程度にしか物事に関わらずに過ごしてきたのに」

いま感じている痛みの克服がきわめて困難かもしれないという怖れのせいで集中力が異様に高まり、研ぎ澄まされて、彼は自分自身をじっと見つめ、魂を念入りに調べ、隠れた内面まで下りていき、そうすることで自分の内面をこれまでよりもよく知り、よく理解し、このわけのわからない発作的な辛さの理由を、自分の目で見て解き明かそうとした。

彼は考えた。「ぼくはいままで訓練というものをしてこなかった。何かに熱狂するほうでもなく、情熱家でもない。直感よりは判断力、欲望よりは好奇心、粘り強さよりは気紛れのほうが勝つ質だ。結局のところ、繊細で賢くて気難しい享楽主義者でしかない。いままで生きてきてさまざまなものに親しんだけれど、固執するようなことは一度もなかったし、専門家の見識をもって接するから、味わいはしても酔うことはなく、理解しすぎるから狂いはしない。何でも理詰めで考えるから、自分の好みについても常日ごろ分析に余念がない、だから圧倒されてわれを忘れるということはない。むしろこれが自分に大きく欠けているもの、ぼくの弱さの原因はこれに尽きるんだ。ところがあの女が有無を言わせずやってきた、こちらの意志にも、懸念にも、彼女について聞き知っていた内容にもかかわらず。そして、これまでぼくがいろいろなものに対して抱いていた憧れを、ひとつひとつ、残らず摘みとるようにして、ぼくを支配下に収めてしまった。そう、たぶんそういうことなんだろう。ぼくはそれまで自分の憧憬を、生物以外のものに向けて分散させていた、たとえば自然には魅了され心動かされるし、音楽は理想的な愛撫の一種、思想は精神のご馳走、その他、地上にあって心地よく美しいすべてのものにぼくは憧れていた。

そこへ出会った一人の女性が、ためらいがちだったり不安定だったりするぼくのいろんな欲望を掻き集めて、自分のほうに向け、そこから恋をつくった。粋で可愛いところが、ぼくの目には気に入り、頭がよくて抜け目のないところが、ぼくの精神には気に入った、そしてぼくの心に気に入ったのは、彼女が近くにいて触れ合っているときの謎めいた嬉しさ、全身から立ちのぼる密かな、抗しがたい何かで、ある種の花の香りに痺れるように、ぼくはそれらに負けたのだ。

ぼくにとって、あらゆるものが彼女へと入れ替わってしまって、いまはもう望むものもなければ、必要なものも、欲しいものも、気になるものもない。

かつてなら、再生しつつあるこの森のなかで、どんなに反応し、打ち震えただろう。今日のぼくにはもはやこの森が見えない、感じられない、ここにいないも同然だ。相変わらずあの女の傍らにいる、もう好きでいたくないのに。

さあ、こんな考えが浮かばなくなるくらい、疲れなくては。さもないと、いつまでも治らない」

立ちあがり、岩だらけの丘を下りると、大股で歩き出した。しかし妄念は、背に負っているかのごとく彼を押し潰した。

どんどん足を速めて歩きながら、時々、葉叢越しに射す太陽を目にしたり、樅《もみ》の木立から吹いてくる樹脂の匂いのそよ風に行き合わせたりすると、一瞬ながらほっとする感覚に出会えて、それは遥か彼方にある慰めの予感のように思えた。

はたと彼は止まった。「これは散歩じゃない」と思った、「逃げてるんだ」。実際、前へ前へと、行き先もかまわず逃げていた。破れた恋の苦悶に追われて、逃げていた。あらためて、落ち着いた足どりで歩きはじめた。森は様相を変えつつあり、これまでよりも芽吹きが進んで、よく茂っていた、というのも、この地の見事な樵林のなかでもっとも気温の高い一帯に足を踏み入れようとしていたのだ。冬の感じはどこにも残っていない。すばらしい春、この一晩で生まれたかと思うほど若く瑞々しい春がそこにあった。

マリオルが鬱蒼とした林のなかへ入っていくと、周りの巨木はどんどん高さを増して、そのまま彼は長いこと、一時間か、二時間か、枝のあいだを、油かニスを塗ったように樹液でつやつやと光る無数の小さな葉のあいだを進んでいった。木々の梢がつくる円天井が空全体を覆い、その天井を支える長い柱は、まっすぐだったり折れ曲がっていたりして、白っぽいものもあれば、樹皮についた黒い苔のために暗い色をしているものもある。次から次へと、どれも果てしなく伸びていき、足許にもつれ合って生えた低林をしたがえ、その頭上に厚い雲をかぶせるのだが、それでも陽光の滝があちこちで雲を貫いて落ちてくる。炎の雨は葉という葉を伝って流れ、たっぷりと光を注がれた葉叢はもはや林ではなく、黄色い光線に照らされたまばゆい緑の霧に見えた。マリオルは表現しがたい驚きに揺り動かされて、立ち止まった。自分はどこにいるのか？　森のなか、それとも海の底、ひたすらに木の葉と光からなる海、緑のきらめきに彩られた金色の大洋？

気分がましになってきて、あの不幸からいくらかは遠ざかっていること、身を隠しおおせて穏やかな気持ちでいることを感じ、彼は赤茶色をした枯葉の絨毯、楡の木々が新たな装いに身をつつむときになって初めて落とす古い葉が敷きつめられた地面に寝ころんだ。

ひんやりした土の感触と、大気の澄みきった柔らかさを堪能するうちに、ほどなくひとつの欲求に満たされていった。最初は茫漠としていたが、次第にはっきりした形をなしてきたその欲求とは、この素敵な場所に一人でいたくないということで、彼は独りごちた。「ああ、彼女がここに一緒にいてくれたら」

突然、モン＝サン＝ミシェルが目に浮かび、あそこで彼女がどれほどパリにいるときと違ったか、沖の風に吹かれ、黄金の砂を前にして、愛情の芽生えを見せたかを思い出したとき、あの一日かぎり、彼女は自分のことを少しだけ、数時間だけ好きになったのだ、と思った。確かに、街道で波が引いていったとき、また回廊で「アンドレ」と名前だけを囁くことで「私はあなたのもの」と言おうとしているかに見えたとき、さらに狂人の小径で虚空に彼女を抱きあげる恰好になったとき、彼女はこちらへ引き寄せられるようなそぶりを示したのだが、その感じは色女たる彼女の足がパリの石畳をふたたび踏んで以来、二度と戻ってこなかった。

でも、ここでなら、この緑濃い水浴場、新鮮な樹液でできた海ならぬ海のなかで一緒にいられたなら、ノルマンディの海岸でめぐりあえた束の間の甘い感情が、彼女の心のなかに帰ってくるのではないか？

仰向けに寝そべったまま、浮かんでくる夢想に胸を痛め、梢に漂う日光の波をぼんやりと眺めていた。そして少しずつ、木々の大いなる静けさに頭の働きが鈍ってきて、目を閉じた。とうとう眠りこみ、起きてみるとすでに午後二時を過ぎていた。

立ちあがったとき、少しだけ悲しみが薄れ、少しだけ病が軽くなった気がして、彼はまた歩み出した。ようやく深い森を抜けると、その先は広い交差点で、まるで宝冠の放射状の飾りのように、六本の並木道がそこから伸びるのだが、それぞれの並木が信じがたいほど背が高く、頭上遥かに葉が生い茂って透明感をたたえ、エメラルド色に色づいた空気につつまれている。土地の名を示す柱があった――「王の木立《ブーケ・デュ・ロワ》」。まったく、ここは橅の王国の首都だった。

　馬車が一台通った。乗り手はなく、空いていた。マリオルは乗りこみ、マルロットまで走らせた。腹が減ったので宿で食事してから、徒歩でモンティニーに戻るつもりだ。

　前日に開業間もないこの宿を見たのを思い出していた。コロー・ホテル、中世風に装飾した芸術家好みのガンゲット（レストラン兼野外ダンスホール）で、パリのキャバレー「黒猫」（モンマルトルにあり、十九世紀末に芸術家が集まった）を手本にしている。そこで降ろしてもらい、開け放しの扉からだだっ広い室内に入ると、古めかしいテーブルと座り心地の悪い背凭れなしの腰掛けが、過ぎ去った世紀の酒飲みを待っているように見えた。部屋の奥に一人の女、おそらく若い女中が、低い脚立の最上段に立って古い皿を釘に引っかけているが、彼女には釘の位置が高すぎる。両足で爪先立ちになったり、片足で立ったりしながら、片手を壁につけ、片手で皿を持ってぐっと背伸びする動作が巧みできれいなのは、胴まわりがほっそりしているせいで、手首から足首までの波打つラインが、力を入れるたびに優雅な変化を見せる。後ろ向きなので、入ってくるマリオルに気づかず、マリオルのほうは立ち止まって彼女を眺めた。プレドレの思い出が甦った。「おや、可愛いな」と彼は思った。「ずいぶん体のしなやかな娘だ」

咳払いをした。女は驚いて落ちそうになった。けれどもバランスを取り戻すとすぐに、綱渡り師さながらの軽やかさで脚立から床へ飛び降り、にっこりしながら客に近づいてきた。そして尋ねた。

「ご注文は?」

「昼食を」

女は臆せず言った。

「夕食でもよさそうですわ、三時半ですもの」

マリオルは答えた。

「お望みなら夕食でもかまいません。森で迷子になりまして」

そこで彼女は旅行客用の品書きを述べた。彼は献立を決めて、席に着いた。

女は注文を伝えに行き、それから食器類を並べに戻ってきた。

目で追うにつけ、優しく、てきぱきとして、清潔感のある娘だと思った。仕事着姿なので、スカートをたくしあげ、袖をまくり、首は剝き出しで、くるくると立ち働くのが見ていて気持ちいい。コルセットが胴の輪郭にぴったりと沿っていて、その形のよさは本人にとってたいそう自慢に違いない。

顔は、外気にあたるせいで少し赤みがかり、まだふっくらと肉づきがよすぎる感じはするものの、まさに開こうとする花と同じ瑞々しさがあり、美しく光る黒い目は何を見ても輝いて見えるかのようで、口は大きく開いて端整な歯が隙間なく並び、また栗色の髪の毛の豊かさは、この若くたくましい体がもつ強靱なエネルギーを示していた。

ラディッシュとバターを運んできたので、女を見るのを止めて、食べはじめた。気を紛らせたかったので、シャンパーニュ産白ワインのボトルを頼んで一本空けてしまい、コーヒーのあとにはキュンメル酒（キャラウェイの香りのリキュール）を二杯飲んだ。出かける前に少しの冷肉とパンをとっただけで、ほとんど腹が空っぽだったので、強力な酔いに支配され、麻痺させられ、慰められたが、本人はそれを忘却と取り違えた。数々の想念や悲しみや苦痛が透明なワインに薄められ、沈められる感じがして、実際この酒はごく短時間に、苛まれる心を、ほぼ動きを止めた心へと変えたのだ。
のろのろとモンティニーへ戻り、帰宅すると、疲れきり、睡魔に勝てず、日が暮れるやいなや床に就き、たちまち眠りに落ちた。

しかし夜中に暗闇でふと目が覚めると、気分が落ち着かず、あたかも数時間のあいだ追い払っていた悪夢が、こっそりと舞い戻って眠りを遮ったかのような苦しさだった。あの女がいる、ビュルヌ夫人が戻ってきて、あたりをうろついているのだ、相変わらずベルンハウス氏を引き連れて。「おや」と彼は一人つぶやいた、「ぼくは嫉妬しているらしい。またどうして？」

なぜ自分が嫉妬しているのか。じきにわかった。いくら怖れたり不安に苛まれたりしているといっても、自分が恋人であるかぎり、彼女は忠実であってくれると感じてきた、それは熱狂も思いやりも伴わない忠実さではあるが、信義に基づく決意は伴っていた。ところが自分がすべてを壊し、彼女を自由の身にした。終わったのだ。こうなったいま、彼女は関係を持たずにいられるだろうか？　しばらくは一人だろう、きっと……でもそのあとは？　そもそも、いままで彼女がこちらから疑いを挟む余地もなく貞節を守ってくれていたのは、もしもこのマリオルに飽きて別れたなら、多少の休憩ののち別の恋人をつくらざるをえない、たとえこちらの執着に疲れて放り出したとしても、今度は一人でいることに疲れて、そう惹かれるわけでもない別の恋人をつくるだけだと、なんとなく本人がそう予感していたからではないだろうか。次にどうなるかを怖れるがゆえに、いまの愛人で我慢してずっと手放さずにおく場合もあるではないか。それに、相手を替えるというのは、彼女のような女にはだらしなく思えるだろう、きわめて知的である以上、過ちだとか不名誉だとかいった偏見に左右されることはないものの、その代わり本当に汚点になるようなことから自分を守ってくれる道徳的な羞恥心には恵まれているはずだから。貞淑ぶったブルジョワ女ならぬ、哲学者めいた社交家だからこそ、秘密の関係を結ぶことは怖れない一方、愛人を次々取り替えることに関しては、あれほど感覚の鈍い肌が、考えただけで嫌悪感に震えるのだ。

彼女を自由の身にした……ということは？　別の男をつくるに決まっている。そしてその男はベルンハウス伯爵だろう。絶対にそうだと確信したいま、想像しがたいほどの苦痛が襲ってきた。

なぜ手を切ってしまったのだろう。忠実で、気が置けなくて、魅力的だったのに、振ってしまった。どうして？　自分が官能に憑かれた粗暴な男で、体の誘惑のない恋を理解できなかったからか？

そうなのだろうか。そうだ……でもそれだけじゃない。何よりも、苦しむことに対する怖れがあった。自分が愛しているのと同じように愛してもらえない辛さ、交わした口づけの甘さに生じた不均衡という耐えがたい気持ちのずれ、深手を負って二度と癒えないかもしれない治療不可能な心の傷、そうしたものに直面して、自分は逃げたのだ。ひどく悶え苦しむことが怖かった、何か月かの予感ののち何週間かだけ体験した懊悩を、何年にもわたって抱えつづけるのが怖かった。もともと弱い人間だから、この苦悶を前にして後ずさったのだ、これまでの人生において本気で努力すべき状況を前にしたとき、常に後ずさってきたように。

つまりひとつのことをやり遂げる力がなく、かつて学問なり芸術なりに身を投じるべきだったのと同様、恋愛に身を投じることもできるはずができなかったのだが、それはひょっとすると、大いに愛するには、大いに苦しむことが不可欠だからなのかもしれない。

夜明けまで、犬のごとく咬みついてきて離れない同じ一連の考えをめぐらせた。それから起きあがると、川岸へ下りていった。

一人の漁師が例の低い堰の傍で投網《とあみ》を投げていた。水は陽光を受けて渦を巻き、漁師が円形の大きな網を引きあげて舳先《へさき》の甲板に広げると、網目の下で細い魚が、動く銀貨のようにぴちぴちと跳ねた。

マリオルは朝の温《ぬる》い空気と、ふんわりと虹が舞う滝の水煙につつまれて、気分が鎮まってきた。足許の水流が、絶えず速やかに流れながら、心痛を少しだけ運び去ってくれる気がした。

彼は思った。「ここへ来て本当によかった。さもなければあまりに不幸になっていただろうから」

玄関で見かけたハンモックを取りにいったん家へ戻ってから、二本の菩提樹のあいだに吊って、中に寝そべると、水の流れを眺めながら、努めて何も考えないようにした。

こうして昼食まで、穏やかな夢うつつの気分、体の安らぎが魂にまで沁みていく心持ちで過ごしたあとは、食事の時間をなるべく延ばして一日が過ぎるのを遅らせようとした。しかし待っていることがひとつあって、気が立った。郵便だ。パリに電報を打ち、フォンテーヌブローに書面で通知して、手紙類を転送してくれるよう頼んであった。何も届かないので、完全に打ち捨てられたという気持ちが募ってきた。どういうわけだろう。感じのよいもの、慰めになるもの、気分の晴れるものが郵便配達夫の横腹に提げられた小さな黒い箱のなかに入っていると期待できるはずもなく、来そうなものといえば無意味な招待状やつまらない事務連絡しかない。なのになぜ未知の書簡を欲しがるのか、まるで心の救いがそこにあるとでもいうように。

心の奥底に、彼女が手紙を書いてくれるかもしれないという虚しい望みを、こっそりと抱いているのではないか？

召使いの老女に訊いてみた。

「郵便は何時に来ますか」

「正午でございます」

まさにその時間だった。外の音に耳を澄ませるうちに、だんだん心配になってきた。門扉を叩く音がして、跳びあがった。徒歩の配達夫が持ってきたのは新聞類と、取るに足りない手紙三通だけだった。マリオルは新聞を読み、もう一度読み返し、退屈して、外へ出た。

何をしよう? ハンモックのあるところへ戻り、また横になった。ところが半時間も経つと、場所を変えたいという有無を言わせぬ欲求に捕らわれた。森へ行くか? 確かに森は快い、だが何らかの生活音が時おり聞こえてくる家の中や村にいるよりも、深い孤独が迫ってくる気がした。あの木々と葉叢のつくる静かな孤独に囲まれると、憂鬱と悔いに浸され、惨めさに沈んでしまう。頭のなかで昨日の散歩を辿り直してみて、コロー・ホテルの機敏な女中の姿が浮かんだとき、こう思った、「そうだ、あそこまで行って、夕食をとろう」。そう思いつくと、気分がよくなった。これで間が持つ、数時間は稼げる。すぐに出発した。

村の長い通りは一直線に谷のなかを走り、左右には瓦屋根を頂いた白く背の低い家々の列がつづいて、家は道に面して並んでいるものもあれば、小さな中庭の奥に家屋が建つものもあって、中庭にはリラが咲いていたり、温かな堆肥の上を雌鶏がうろついていたり、木製の欄干を備えた屋外階段が壁につけた扉へとのぼっていたりした。

農民たちが自宅の軒先でゆっくりと家事にいそしんでいる。腰が曲がり、高齢にもかかわらず灰色がかった黄色の髪をした老女が――田舎の人々は総白髪になることがきわめて少ないのだ――彼の傍らを通りすぎたが、破れた上衣《カラコ》に上半身をつつみ、痩せて節くれだった脚の輪郭を布越しに描いている毛織りのペチコートのようなものが、尻の出っ張りに合わせてふくらんでいる。前方を見つめる目には何の考えも見てとれず、つましい生活に役立ってくれるいくつかの簡素な品物しか見たことのない目つきをしていた。

もう一人、それほど年寄りでもない女が、玄関先で洗濯物を干していた。腕の動きにつれスカートの裾がめくれて、青いタイツを穿いた太い足首と、その上に伸びる肉のそげた骨ばかりの脚を覗かせる一方、胴体と胸は男の胸部のごとく平たく幅広で、めりはりも何もない、見るもおぞましい体つきであることが察せられた。

マリオルは「これも女、これが女なんだ」と思った。ビュルヌ夫人の体の線が目に浮かんだ。美と洗練をきわめた麗しさ、男に見られるために装いを凝らした艶やかな人体の精華。失って二度と取り戻せないものを思い、苦悩に震えた。

そこで、心と思考に揺さぶりをかけようと歩みを早めた。

マルロットの件のホテルに入ったとき、可愛い女中はすぐさま彼を認め、親しげと言っていいくらいの口調で言った。

「こんにちは」

「こんにちは、お嬢さん」

「何かお飲み物でも?」

「そうだな、まずは。そのあと、夕食をいただきます」

飲み物を何にするか、次いで食事を何にするかについて相談した。いろいろ尋ねることで話させた、というのも彼女は話が上手で、言葉を短く切るパリ訛りを使い、軽やかな身のこなしと同じくらい、すらすらと言葉を繰り出した。

話すのを聞きながら、彼は思った。「実に好もしい娘だな。遊び女の卵といったところだ」

彼は訊いてみた。

「パリ出身ですか?」

「そうです」

「ここにいるのはしばらく前から?」

「二週間になります」

「楽しいですか?」

「いまのところはあまり。でもまだわかりませんから。それにパリの空気に疲れてしまって、田舎へ来て治ったんです。それがここに来ようと決めた一番の理由なので。ではヴェルモットをお持ちしてよろしいですか？」

「ええ、お願いします、それと夕食のほう、料理人の方にくれぐれもよろしくお伝えください」

「ご安心くださいませ」

彼女は出ていき、彼は一人残った。

ホテルの庭へ向かい、四阿に腰を落ち着けると、ヴェルモットが運ばれてきた。日が落ちるまでそこにいて、籠のなかでクロウタドリが鳴くのを聴いたり、時々例の女中が、自分がお客さまのお気に召したとわかって通りすがりにしなを作ったり愛嬌を振りまいたりするのを見ていた。

前日と同様、胸にシャンパーニュの白ワインを一本分おさめて宿を出た。けれども、街道の暗さと夜更けの冷気のために軽い酩酊はじきに消え失せ、またも魂に抑えがたい悲しみが忍びこんだ。彼は考えていた、「これからどうしよう？　この土地に留まるのだろうか。こんな索漠とした毎日をずっと引きずっていくしかないのか」。ずいぶん遅くなってから眠りに就いた。

翌日は、またハンモックに身を揺らした。投網を使う男が絶えずそこにいるので、自分も釣りをしてみようと思いついた。釣り竿を売る雑貨屋が、この静かなスポーツのやり方を教えてくれた上、初めの何回か指導しましょうかと申し出てくれた。提案を受け入れて、九時から正午までに、マリオルは大変な努力と絶えざる緊張の末、三匹の小魚を釣った。

食事のあと、またもマルロットを訪ねた。なぜか？　時間潰しだ。

宿の女中は彼を目にした途端に笑い出した。

自分だとすぐにわかってくれたことが愉快で、彼もほほえんだ。そして喋らせようと試みた。

前日よりも親しげになって、女は話した。名をエリザベト・ルドリュといった。

母親は自宅で裁縫をしていたが、昨年亡くなった。すると父親は、本職は会計事務ながら常に酔っぱらっていて仕事に就かず、妻と娘の重労働に寄りかかって暮らしていたのだが、姿を消した、というのも娘だけでは、日がな一日屋根裏部屋に一人きりでこもって縫い物をつづけても、二人分の生活費をまかなうことはできなかったからだ。自分自身も辛く孤独な仕事に嫌気がさして、安食堂に女中として入り、一年近くいたものの、疲れを感じていたところへ、マルロットのコロー・ホテルの創業者が、彼女に給仕されたのをきっかけに夏のあいだ雇ってくれることになり、あと二人、若い働き手が少し遅れて到着するのだという。ここの経営者は間違いなく、客を惹きつける術を心得ているわけだ。

この話はマリオルの気に入り、彼は若い娘に要領よく問いかけつつお嬢さん扱いをすることで、酔っぱらいに荒らされた暗く貧しい室内風景の奇なる細部を存分に聞き出した。行き場のない迷える存在で、身寄りもなく、それでも若さゆえ明るい彼女は、この見知らぬ男がひとかたならぬ興味と、熱心な気遣いを示していることを感じとって、信頼をこめ、四肢のすばしこさと同じくらい包み隠しようもなく内面をさらけ出して語った。

語り終えたとき、彼は尋ねた。

「それで……一生、女中でいるおつもりですか？」

「わかりませんわ。明日自分の身に何が起きるか、予想できるわけないもの」

「しかし将来のことを考えなくてはいけませんよ」

彼女はじっと考えこむ様子になったが、すぐにその表情を消すと、答えた。

「降ってきたものを受けとめるだけです。仕方ないわ！」

二人は友人となって別れた。

彼は数日後にまたやってきて、さらにもう一度訪れ、やがて常連となり、捨てられた娘のあどけない語りになんとなく惹きつけられて通い、その軽いお喋りは悲しみを多少紛らせた。

だが、夜になってモンティニーへ歩いて帰るときは、ビュルヌ夫人のことを思って、痛ましい絶望の発作に見舞われた。明け方になると、心が少し明るくなる。夜の闇とともに、胸を引き裂く未練と猛烈な嫉妬が襲いかかるのだった。近況はまったくわからない。誰にも手紙を書かなかったし、誰も手紙をよこさなかった。何ひとつ知らない状態だった。だから一人で真っ暗な道を歩いていると、このあいだまで愛人だった女とベルンハウス伯爵との、もうすぐ成就するであろう関係の進展ぶりを想像してしまう。この固定観念は日々、より深く体内に食いこんできた。あの男なら、彼女が要求するとおりのものをくれるのだろう、と思った。すなわち、上品で熱心で、注文を出さない恋人、あの得も言われぬ洗練された色女のお気に入りであることに喜び、満足する恋人。

伯爵を自分と引き比べた。あいつならば、確かにこんなに苛立ったり、相手を気疲れさせるほど焦《じ》れたり、あたえただけの愛情が欲しいとしつこく求めたりしないだろう、まさにこうしたことが自分たち二人の恋人同士としての合意を破壊したのだ。あの男は、とても融通が利き、思慮深く、控えめな社交界の人士らしく、少しの分け前でもよしとするに違いない、見たところ彼自身も情熱的な人種には属していないようだから。

ところが、ある日、アンドレ・マリオルがマルロットに着いてみると、コロー・ホテルの別の四阿にベレー帽をかぶった二人の若い髭面《ひげづら》の男がいて、パイプを吸っていた。

太って陽気な顔をした主人は、いつも夕食に来るマリオルに対し、商魂を含んだ親愛感を覚えていたので、すぐに挨拶しに来て、言った。

「昨日から二人、新しいお客さまがいらしているんです。お二人とも画家なんですが」

「向こうのお二人ですか」

「そうです、どちらも有名な方で。小柄な方が去年の官展で二等賞だそうです」

そして、気鋭の二名の画家について知っていることを残らず語ったのち、訊いてきた。

「マリオルさま、今日は何を召しあがりますか」

「ヴェルモットをください、いつものように」

主人は離れていった。

エリザベトが、盆とグラスとカラフと瓶を持って現れた。途端に一方の画家が大声で呼んだ。

「おい、まだ怒ってるのか?」

彼女は答えなかったが、マリオルのほうへ近づいてきたとき、赤い目をしているのに気づいた。

「泣いたんですか」と彼は尋ねた。

彼女は簡潔に答えた。

「ええ、少し」

「何があったんです」

「あちらのお二方がひどいことをなさるので」

「何をされたんですか」

「私を取るに足りない女みたいに扱いました」

「雇い主には訴えましたか」

彼女は肩をすくめて失望を表した。

「それが……店主は……わかったんです、もう、店主のことは」

マリオルは動揺し、少し焦れったくなって、言った。

「どういうことか、話してみなさい」

彼女は前日に到着した二人の三文絵描きが、来るなり試みた乱暴な企てについて話して聞かせた。それからふたたび泣き出し、この土地で、身寄りも、後ろ盾も、金も財産もなく一人きりで、これからどうしようと言った。

マリオルは突然、申し出た。

「うちで働きませんか。ちゃんと待遇しますよ。そして私がパリに戻るとなったら、その先は何をしようが好きに決めればいいんですから」

彼女はいぶかしむ目つきで、正面から相手を見つめた。

そして不意に、

「ぜひ、そうしたいです」

「ここではいくらもらっていますか」

「月に六十フラン」

不安に駆られたらしく、つけ加えた。

「それとチップの分け前があります。合わせると七十フランくらい」

「百フラン出しましょう」

彼女はびっくりして、繰り返した。

「月に百フラン？」

「ええ。それで足りますか」

「足りるに決まってますわ！」

「仕事は給仕と、私の身のまわりのもの、つまり服とシーツ類の手入れ、それと部屋の掃除、それだけです」

「承知しました」

「いつから来ますか」

「よろしければ、明日から。あんなことがあったので、村長のところへ行って、無理にでも出ていきます」

マリオルはポケットから二ルイ（一ルイ金貨は二十フラン）取り出して、渡しながら、

「はいどうぞ、手付金」

喜びに顔を輝かせて、彼女はきっぱりと言った。

「明日、正午になる前に、お宅へ参ります」

第二章

エリザベトは翌日、猫車にトランクを積んだ農夫をしたがえてやってきた。マリオルは一方の年老いた女中に気前よく補償金を払って、解雇しておいた。新入りは三階にある小さな寝室、料理女の隣の部屋を手に入れた。

主人の前に現れたとき、マルロットでの彼女とは少し違う感じに見えた。開放的なところが抑えられ、慎ましさが増して、宿の四阿では控えめな友人と言っていいくらいの間柄だったのが、すっかり旦那さまに仕える召使いとなっていた。

これからやるべきことについて手短に指示を出した。彼女はしっかりと聴き、荷を解くと、仕事にかかった。

一週間が過ぎたが、マリオルの気分に取り立てて変化は生じなかった。気づいたのは、マルロットへ散歩する口実がなくなったため、家を空ける機会が前より減ったこと、それからエリザベトが最初の数日に比べれば多少は明るくなってきたかもしれないということくらいだった。焼けつくような心の痛みは、何事もそうであるように、少しは和らいできた。ただ、火傷の代わりに、乗り越えようのない物悲しさが生まれつつあり、これはじわじわと進行する慢性の病にも等しい、底なしの憂鬱といったものので、死にいたることもある。あらゆる過去の活動、知的好奇心、いままで時間を割いて楽しんできたすべてのものに対する興味が自分のなかで死んでしまい、代わってあらゆるものへの嫌悪感と、逃れがたい無気力が入りこんで、起きあがって出かける力すら湧かない。もはや家からほとんど出ず、客間からハンモックへ、ハンモックから客間へと行き来していた。一番の気晴らしはロワン川と、投網を扱う漁師を眺めることだった。

当初は遠慮がちでおとなしくしていたエリザベトだが、少し思いきりが出てきて、主人がいつでも打ちひしがれていることを女の直感で見抜くと、もう一人の女中がいない隙に、時おり尋ねた。

「旦那さま、ずいぶん退屈されていらっしゃいませんか」

彼は抗わずに答えた。

「そうだね、かなり」

「散歩なさったらいいのに」

「散歩したからって面白くもならないよ」

彼女は密かに心のこもった気遣いを見せた。毎朝、客間へ入ると、花がたっぷり活けてあって、温室のように香りがいい。エリザベトが、使い走りの子どもたちに森の桜草や菫や金色のエニシダを採ってきてもらったり、村の家々の小さな庭で夕方に農婦たちが水をやっているいくつかの植物を分けてもらったりしていることは間違いなかった。打ち捨てられ、悲嘆に暮れ、茫然と過ごしている身には、この工夫を凝らした感謝の気持ちと、ほんの些細なことにいたるまで主人にとって心地よいようにふるまおうとしているらしい絶え間ない心がけが、ありがたく胸に沁みた。

それだけでなく、彼女がだんだんきれいになり、身だしなみに気を遣い、顔が少し白さを増し、いわば垢抜けた感じになってきた気がした。ある日など、お茶を淹れてもらっている際にふと見ると、手が女中の手ではなく、貴婦人の手になっていて、整えた爪が非の打ちどころなく清潔だった。別のときには、粋と言っていいくらいの靴下を穿いているのを認めた。そしてある午後、いったん自室へ退いてから下りてくると、可愛らしくすっきりした、完璧に趣味のよい灰色のドレスをまとっていた。現れるや、マリオルは声をあげた。

「おやおや、エリザベト、ずいぶんお洒落になってきたね」

彼女は目のあたりまで赤くなって、もごもごと言った。

「私が？　そんなことありませんわ。前よりもお金ができたから、ちょっとはましなものを着られるようになったんです」

「そのドレスはどこで買ったんです」

「自分で拵えました」

「自分で？　いつ？　一日中、家で働いているのに」

「夜ですわ」

「生地はどこで手に入れたんですか？　それに、裁断は誰がしたの」

モンティニーの小間物屋がフォンテーヌブローから見本を持ってきてくれたのだと彼女は語った。品を選び、マリオルが手付として渡した二ルイで代金を払った。裁断と仕立てに関しては、困ることはない、というのは既製服をつくる店に母と一緒に四年間、勤めていたことがあるから。

彼は言わずにいられなかった。

「とてもよく似合う。とても素敵です」

すると彼女はまたもや、髪の生えぎわまで真っ赤になった。

彼女が去ってから、自問した。「ひょっとすると、ぼくに恋しているんだろうか？」よく考え、迷い、疑い、最終的には、ありうると認めた。自分は温かく思いやりをもって接したし、救いの手を差しのべて、ほとんど友人のようにふるまった。あの若い娘が、ここまでのことをしてくれた主人に惚れてしまうのは、驚くにはあたらない。そう思ってみると、悪い気はしなかった、あの娘は実にいい、それにいまや女中じみたところもまったくない。別の女性によってさんざん押し潰され、傷つけられ、痛めつけられた男としての虚栄心が、くすぐられ、安まり、癒される気すらした。これは埋め合わせだ、ごく軽くささやかとはいえ埋め合わせには違いない、なにしろ人間のもとへ恋がやってくるときは、どこからやってくるものであろうとも、その人間に恋を生む力があるということなのだ。彼の自覚なき利己主義もまた喜んでいた。この自分のことを思ってドキドキと高鳴る小さな心臓を眺めていれば、暇潰しにはなるし、少しは気分がよくなるかもしれない。このとき、この子をここから遠ざけ、自分自身をこれほどひどく苦しめている危険から守ってやろう、自分に寄せられた憐れみよりも強い憐れみを寄せてやろう、といった考えは彼の頭をかすめなかった。なぜなら恋愛における勝利には、いかなる同情も入りこむ余地はないからだ。

そこで観察してみたところ、じきに自分の勘違いではないことがわかった。日々、ちょっとした細部によってますますはっきりしてきた。ある朝、給仕をしていて彼女の体が軽く触れたとき、着ている服から香水の匂い、おそらくこれも小間物屋か薬屋から買ったのだろう平凡な香水の匂いがした。そこで、ずっと前から洗濯に愛用していて手許にいつも予備があるシプル（オークモスを基調とする香水）系のオーデコロンを一瓶、進呈した。さらに化粧石鹼、水歯磨き、パウダーもやった。日に日に目に見えて完成されていくこの変身に巧妙に手を貸しつつ、興味津々、かつ満足げな目で彼女の姿を追った。

忠実で控えめな召使いのままでいながら、同時に心乱された恋する女になっていくにつれ、本能的な色気は無邪気に増大していった。

彼自身は、ごく穏やかな愛着を感じていた。面白がりながら、感動し、感謝もしていた。寂しいときに、気晴らしになるものなら何でも弄ぶように、この生まれつつある恋情を弄んでいた。彼女に対して感じるのは、どんな男でも相手が愛想のいい女なら、可愛い召使いだろうと、農婦を女神に見立てたいわば田舎版ウェヌスだろうと、なんとなく惹かれて近づいていく、そういう関心だけで、それ以上のものはまるでない。彼女に惹きつけられる理由は何よりもまず、いまやこの娘に、女を感じるからだった。これこそ彼が必要としていたものだったのだが、この漠然としていながら抗しがたい欲求は、別の女、好きだったあの女がもたらしたものだった、というのもあの女を通じて自分が身につけたのは、女の存在、女の傍にいること、女と触れ合うことを好むという、理屈を超えた打ち勝ちようのない思いだったから。実際、庶民の世界にいようと社交界にいようと、黒い大きな瞳をしたオリエントの野生児だろうと、青い目に狡い心をもつ北方の娘だろうと、あらゆる魅惑的な女は、繊細だったり、理想的だったり、官能的だったりする香りを男たちに向かって放っているのだし、男たちのなかには、女性なるものに惹かれるという太古からの記憶がいまだ生き残っているのだ。

優しく、絶え間なく、愛情あふれる密やかな心づくしは、目に留まるというよりは肌に感じとれるものとして、彼の傷口を保護する綿のようにくるみ、ぶり返す苦痛を少しだけ弱めてくれた。とはいえ、痛みは治まるわけではなく、傷の周りを蠅のごとくうろつき、飛びまわっている。一匹が傷に止まるだけで、苦しみは甦った。住所を知らせることを禁じたので、友人たちは出奔した彼を静かにしておいてくれたが、しかし誰彼の近況や情報の届かないことが何より辛かった。時々、新聞を読んでいると、ラマルトやマシヴァルの名が、大夕食会に列席したとか大宴会に出席したとかいう人々のリストに挙がっていた。ある日、ビュルヌ夫人の名が、オーストリア大使館での舞踏会でもっとも粋で、きれいで、着こなしの見事な女性たちの一人として挙がっているのが目に入った。足先から頭まで、震えが走った。ベルンハウス伯爵の名が数行下に見える。夜までずっと、舞い戻った嫉妬心がマリオルの心を引き裂いた。そうだろうと踏んでいた二人の関係が、ほぼ疑いないものとなったのだ。こうした妄想による確信というものは、振り払うことも治すこともできない以上、明白な事実にも増して人を責め苛む。

何も知ることができず、疑いが不確かなままであることに、やはり堪えられなくなって、ラマルトに手紙を書くことにした。自分のことをよく知っている彼なら、この悲惨な精神状態を見抜いて、訊かずとも自分の憶測に答えてくれるかもしれない。

そこである夕べ、ランプの明かりで手紙を書いたが、それは長く、巧みで、どこか物悲しく、裏に隠された問いかけと、田舎の春の美しさをめぐる叙情とが詰まったものとなった。

四日後、郵便を受け取ってひと目見るや、小説家ラマルトの揺るぎないまっすぐな筆跡とわかった。

ラマルトは嘆かわしい情報を大量に送ってきたが、こちらの苦悩にとってきわめて重要な情報だった。たくさんの人々のことを同等に語っているのだが、ビュルヌ夫人とベルンハウスのことを他の人々に比べて詳細に書いているわけではないのに、文体の技巧によって二人を主役にしているように見えてくるところは手慣れたもので、ラマルトはこうやって作者の意図をまったく表に出すことなく、まさに注目してほしい部分へと読み手の注意を導くのだ。

結局、この手紙から結論づけられるのは、マリオルの疑義がすべて、少なくとも疑うだけの根拠はあるということだった。怖れていることは、昨日実現したかもしれないし、そうでなければ明日には実現するだろう。

愛人だった女の暮らしは相変わらず、慌ただしく華々しい社交の日々だった。彼については、いなくなったあと少し話題になったが、消えた者のことを話すときの常で、一応知りたいが関心はないといった扱われ方だった。パリがいやになって、遥か遠くへ旅立ったと思われていた。

この手紙が届いてから、夕方までずっとハンモックに横たわっていた。そして夕食は食べられなかった。さらに眠ることもできなかった。夜更けには熱が出た。次の日は、あまりに疲れて、気力が出ず、いまや葉が茂って黒々とした深く静かな森と、窓の下を流れる苛立たしい小川に挟まれた単調な毎日につくづくうんざりして、ベッドから出なかった。

エリザベトは、呼び鈴を聞いてすぐに部屋へ入り、彼がまだ横になっているのを見て驚き、開けた扉のところに立ったまま、さっと青ざめ、それから尋ねた。

「旦那さま、お体がすぐれませんか」

「そう、少しね」

「お医者さまを呼びましょうか」

「いや、ちょっと気分が悪いだけだから」

「何がご入り用でしょうか」

いつもどおりの風呂と、昼食には卵だけ、そして一日通してお茶を出すよう言いつけた。けれども午後一時ごろになると、退屈な思いが凄まじいまでに襲ってきて、床を出たくなった。仮病の者によくある一種の癖によって、ひっきりなしに呼ばれていたエリザベトは、そのたびに戻ってきては、おろおろと悲しげにして、役に立って助けてあげたい、手当てをして治してあげたいという気持ちでいっぱいのようだったが、主人が落ち着かず神経を尖らせているのを見ると、自分の大胆さに真っ赤になりながら、何か朗読しましょうかと申し出た。

彼は訊いた。

「朗読が上手なんですか?」

「はい、旦那さま。町の学校では、朗読の賞を毎回いただきましたし、お母さんにたくさん小説を読んであげていたので、題名しか知らないわけじゃないんです」

好奇心が頭をもたげ、アトリエへ遣って、自分宛てに送らせた本のなかから一番好きな『マノン・レスコー』（高貴な青年デ・グリューと美女マノンの恋は裏切りを経て純愛に至る）を取ってこさせた。

それから彼女は主人がベッドに腰かけるのを手伝い、背中に枕をふたつ配し、椅子を持ってきて、読みはじめた。確かに読むのがうまく、それもただならぬうまさで、的確に強弱をつけ知的に発音する特別な才能のようなものを備えていた。出だしから彼女はこの物語に興味を持ち、読み進めるにつれどんどん感情がこもっていくので、彼は時々中断させて、少し質問したり、喋ったりした。

開け放した窓からは、木の葉の香りをたっぷり含んだ温いそよ風とともに、小夜鳴き鳥がメロディやトリルやルラード（旋律中の二音間に挿入される装飾音）を使ってお目当ての雌の周りで発声練習をしているのが、恋の帰還の季節にふさわしく、この地のあらゆる木から聞こえてきた。

アンドレが見つめる娘もまた、鳥たちと同様に胸を騒がせつつ、一ページごとに展開していく物語をきらきらと光る目で追っていた。

問いを投げかけてみると、彼女は恋愛や情熱にまつわる生まれつきの勘のよさを示しながら答えた。筋はいいのだが、ただ庶民らしい無知のせいでやや曖昧になるところもあった。「この子は教育を受けていれば、聡明で洗練された女になれるだろうな」と彼は思った。

すでに彼女のうちに嗅ぎとっていた女性的な魅力が、この暖かく穏やかな午後にあってはまことに快く、その魅力は頭のなかで奇妙にも、人類の芸術が描いた女のなかでもっとも不思議な味わいを私たちの心にもたらすマノンの、謎めいた強烈な魅力と混ざり合った。

声にあやされ、知りつくしていながら常に新鮮な作り話に魅了されて、彼はデ・グリューの愛人マノンのような移り気で魅惑的な愛人、不実なのに一本気で、人間的で、おぞましい欠点にいたるまで欲望をそそり、男のなかにある優しさと怒り、執着と猛烈な憎しみ、嫉妬心と情欲のすべてを引き出すために創られた女を夢想した。

ああ、別れたあの女が、この腹立たしい遊女と同じ、恋情と官能に満ちた背信を血管に秘めてさえいたなら、去ることもなかったかもしれない。マノンは裏切るが、愛してもいる。嘘をつくが、身を捧げもするのだ！

この怠惰な一日が終わって夜が来ると、マリオルは女という女が混ざって見分けがつかなくなる夢幻のようなものに浸りつつ、うたた寝をした。前日から疲れるようなことをまったくせず、それどころかちっとも体を動かさなかったので、眠りは浅く、家のなかで聞き慣れぬ音がするのに気づいて動揺した。

前にも一度か二度、夜中に一階から足音と微かな物音が聞こえる気がしたことがあった。自分の部屋の真下ではなく、台所の隣の小部屋、つまりシーツ置き場と浴室で。

そのときは特に気に留めなかった。

しかし今夜は、寝ているのにも飽きて、寝直すにも相当時間が経たなくては眠れそうになかったので、耳を澄ましてみると、正体のわからない衣擦れの音と、ピシャピシャというような音がする。そこで見に行くことに決めて、ろうそくを灯し、時計を見た。十時になるところだ。着替えて、ポケットに拳銃を入れ、細心の注意を払いつつ、忍び足で下りていった。

台所に入ると、なんとコンロに火が点いている。もう何の音もしないが、ふと浴室に動くものがあるように感じた。漆喰《しっくい》塗《ぬ》りのごく小さな部屋で、中には浴槽があるだけだ。

近寄って、音を立てずに鍵をまわし、いきなり扉を押し開けると、水のなかに横たわっていたのは、両腕を漂わせ、乳房の先を水面に浮かべた、いままで見たこともないほど可愛らしい女の体だった。

彼女は叫び声をあげ、逃げることもできずに取り乱していた。

彼はすでに浴槽の傍に膝をつき、燃える目で食い入るように見つめながら口を近づけていた。

悟って、水の滴《したた》る両腕を不意にあげると、エリザベトはその腕を主人の頭にまわして、閉じた。

第三章

翌日、お茶を運ぶために彼女が現れて、二人の目が合ったとき、彼女はひどく震え出して、カップと砂糖入れが何度もカチャカチャとぶつかった。

マリオルは近寄り、盆を受け取ってテーブルに置くと、目を伏せる相手に向かって言った。

「ぼくのほうを見て」

見つめる目の睫毛が涙に濡れていた。

彼は言葉を継いだ。

「泣かないでほしい」

抱きしめると、頭から爪先まで震えるのが伝わってきて、彼女は「ああ、なんてこと！」とつぶやいた。この言葉を口走ったのが、苦痛のせいでも、後悔のせいでも、自責の念のせいでもなく、逆に、芯からの幸福のせいであることを彼は理解した。ようやく自分を愛してくれる可愛い女性をこの胸にひしと抱いているのだと実感すると、奇妙な、自分本位の、精神よりは肉体に属する満足感を覚えた。道端で怪我をして、通りすがりの女性に救われた者が抱くのと同じような感謝の気持ちを、彼女に対して抱いていた。昂揚しても実ることなく痛めつけられ裏切られてきた心、別の女の冷たさが原因で優しさに飢えていた心のすべてを傾けて感謝した。そして胸の奥底で、少しだけ彼女を憐れんだ。青ざめて涙に暮れ、恋に燃える目をした相手を眺めて、彼は突然こう思った。「美しいじゃないか！　女というのはなんと速やかに変身して、魂の欲するところや生活の求めにしたがい、なるべきものになりおおせるんだろう」

「座って」と彼は言った。

女は座った。いじらしい労働者の手、彼のために白く繊細になった両手を取り、それからごく優しく、言葉巧みに、お互いが取るべき態度について話した。もう召使いではないけれども、村の噂にならないよう、多少は召使いの体裁を保つことにしよう。世話係のようなかたちで傍に仕えて暮らし、特に朗読を頻繁にしてもらう、そうすれば立場が変わったことの口実にもなる。そのうち、朗読係の勤めがすっかり安定したら、同じテーブルで食事する許可も出せるだろう。

語り終えたとき、彼女は率直にこう答えた。

「いいえ、私は旦那さまの召使いですし、これからも召使いのままでいます。評判が立って、何が起きたか知られるのはいやですから」

彼は強いて説得しようとしたが、彼女は頑として譲らなかった。そして主人が茶を飲み終えると、彼女は盆を運んでいき、その姿を彼は感に堪えたまなざしで追った。

彼女が去ってから、思いめぐらした。「あの子は女だ。女というものは、いったんわれわれの気に入ればどんな女でも平等だ。ぼくは女中を愛人にした。可愛いばかりか、ゆくゆくは魅惑的な女になるかもしれない。いずれにせよ、社交界の女や高級娼婦よりも若くて瑞々しいのは間違いない。別にいいじゃないか！　有名女優だって、門番女の娘はたくさんいる。それでも貴婦人のごとく迎えられ、小説のヒロインのごとく崇拝され、良家の後継ぎ息子たちからは女王のごとく扱われる。そういう女優たちに才能があるのかと言えば疑わしいし、美しいかと言えば、大抵はそうでもない。それでも女は実のところ、常にうまいこと幻を創り出して、就きたい地位に就いてみせる」

この日は長い散歩をした。心の底では相変わらず同じ痛みがうずき、悲しみが気力のばねをすべて緩めてしまったかのように脚が重たかったが、しかし何かが胸のなかで、鳥の歌に似た調子でさえずっていた。孤独な気分、道を失った気分、捨てられた気分が薄まっている。森は以前ほどひと気のない感じがせず、しんとして虚ろな感じもそれほどしない。そして帰宅したときは、こちらが近づいていけば愛情あふれる目つきでほほえみつつ駆け寄るエリザベトを目にするのが待ち遠しかった。

一か月近くのあいだ、紛れもない田園恋愛詩の日々が、小川の岸辺につづられた。マリオルはおそらく大抵の男が体験したことのないほどに、動物か狂人のごとく、母が子を愛し、飼い犬が狩人を愛するようにして愛された。

彼女にとって、彼はすべてであり、世界にして天空、快楽にして幸福だった。熱烈で純朴な女のあらゆる期待に彼は応え、ひとつの口づけに彼女が感じうる恍惚のすべてをあたえてやった。彼女のまなざしにも、頭にも、心にも、肉体にも、もはや彼以外のものは存在せず、初めて酒を飲む若者と同じように陶酔していた。彼は女の腕のなかで寝入り、女の愛撫で目を覚まし、そして抱きついてくるときの女は信じられないほど身を任せきっていた。この徹底した捧げものを、驚きつつも引きこまれて彼は味わい、まるで恋というものを水源から、自然そのものの唇から直接飲んでいるかのような印象を受けた。

それでも彼は相変わらず悲しく、その悲しみと幻滅は執拗で根深かった。可愛い愛人は気に入っている。けれども別の女が懐かしい。牧草地やロワン川沿いをそぞろ歩きながら、「どうして悩みが去らないのだろう」と思った。パリの記憶が頭をかすめると、途端に耐えがたいほど気が立つのが自分でわかり、一人でいたくないがために帰途に就くのだった。

そこで彼はハンモックに揺られ、エリザベトは折りたたみ椅子に腰かけて、朗読する。その声を聴き、姿を眺めながら、あの女友だちの客間で交わされていたお喋りと、そうした夜会のあいだ彼女の傍にいながら一人きりで過ごした時間を思い出した。すると、泣き出したい気持ちが忌まわしくも湧いてきて、まぶたが濡れる。ひりひりする悔恨の念が心臓をひどく苛んで、いますぐ発ちたい、発ってパリに戻りたい、あるいは永遠にどこかへ去ってしまいたいという耐えがたい欲求から片時も離れられなくなる。

彼が暗く鬱々としているのを見て、エリザベトは尋ねる。

「苦しいのではありませんか。涙ぐんでいらっしゃるようですけれど」

彼は答える。

「キスしてくれ。君にはわからない」

彼女は心配そうに口づけをしながら、何か自分の知らない出来事があるのを予感する。しかし彼のほうは、愛撫のおかげで少し忘れて、こんなことを考えているのだった。「ああ、この二人を合わせた女、一方の愛情ともう一方の魅力を備えた女がいたなら。どうして夢見るとおりのものは決して見つからず、いつもほぼそれに近いものにしか出会えないんだろう」

　聴いていない声の単調な響きに優しく揺すられつつ、自分が置いてきた愛人のどこに惹かれ、どこに囚われ、どこに負けたか、それらのすべてについていつまでも夢想していた。あまりにも彼女の思い出、頭に浮かぶ姿に、あたかも幻視者が亡霊を見るごとく追いまわされるので、「ぼくはもう呪われた身で、二度と彼女から逃れられないのだろうか」とも思った。

　ふたたび長い散歩をするようになり、藪を分けてさまよいながら、どこか谷底か、岩の裏側か、低林のなかにでも、あの女の幻を落とすことはできないだろうかという漠然とした望みを抱いたが、それは忠実な獣を殺したくはないが厄介払いしたいと思う者が、その動物を遠出の途中で道に迷わせようとするのに似ていた。

　ある日、そうした散歩の終わりに、橅の国に戻ってきた。いまや暗い森となり、黒に近い色をして、葉叢は光を通さない。湿り気を帯び、深々とした巨大な円天井の下を歩みつつ、あの開きかけの幼い葉がつくる軽やかで陽光に満ちた緑の霧を惜しんだ。そして、狭い小径を辿っていったところ、二本の木が絡まり合っているのに出くわし、はっとして立ち止まった。

自分自身の恋愛を表す、これ以上ないほど荒々しく感慨深い似姿が、目と魂を射った。一本のたくましい橅が、すらりと伸びた楢を締めつけている。

必死に恋する男が力強い体をひねっているかのような姿で、橅は腕に似た二本の見事な枝をねじり、楢の幹を抱きすくめている。楢のほうは、この抱擁に捕まえられながらも、ぴんと伸びた細く滑らかな胴体を、まといつく者の頭よりもずっと高く空へ伸ばし、相手を見下しているように見える。けれども、そうやって無理強いを傲然とかわして虚空へ逃げようとする楢の横腹には、撥ねつけきれなかった橅の枝が樹皮をえぐってつくったふたつの深い傷が、もはや時を経た傷痕となって残っていた。閉じた傷によって永久に癒着した二本の木は、互いの樹液を混ぜ合わせながら成長し、犯された樹木の血管には征服者の樹木の血が梢にいたるまで流れこんでいた。

マリオルは腰をおろして、長いこと見つめた。二本の木は、病んだ彼の魂にとっては、恐ろしくも目覚ましい象徴となり、争う二人の動かぬ姿は、永遠に変わらぬ自分の恋の物語を道行く者に語っているように思えた。

それから、前にも増して物悲しい気持ちでふたたび歩き出したが、地面に目を落としてとぼとぼと進んでいると、突然、ずいぶん前からの泥と雨の染みがついた古い電報が、散歩中の誰かの手で捨てられたか、あるいはなくしたかして叢《くさむら》のなかに落ちているのが目に留まった。そこで立ち止まった。足許に落ちているこの青い紙は、いったいどんな甘い報せ、または辛い報せを誰かの心へと運んだのだろう？　拾わずにはいられなくて、汚さに辟易《へきえき》しつつも好奇心に駆られた手つきで開いてみた。まだところどころは読み取れる。「お越しください……私……四時に」。名前は小径の湿気で消えてしまっていた。

彼女から受け取ったさまざまな電報の、酷い思い出や快い思い出がどっと押し寄せた。待ち合わせの時間を決めるための電報、行けなくなったと告げる電報。これまでの人生でもっとも強い感情をもたらしたもの、もっとも猛烈な身震いを起こさせたもの、哀れなこの心臓をぴたりと止め、激しく飛びあがらせたものこそ、興奮ないし絶望を呼び起こすこれらの使者たちの姿だった。

このようなものをもう二度と開けることはないのだという思いに打ちひしがれて、動くこともほとんどできずに立ちすくんでいた。

あらためて、自分がいなくなってから彼女のなかで何が起こったのだろうと考えた。無関心な態度のせいで追いやってしまった恋人のことで苦しんだり、悔いたりしただろうか、それとも単に虚栄心を傷つけられた程度で、あとは放り出されたことを甘んじて受け入れたのか。

知りたい気持ちがあまりに激しくなって身を苛んだ結果、大胆かつ奇妙な思いつきが、遠慮がちにではあるが、頭に浮かんできた。フォンテーヌブローへ向かった。町に着くと、電信局を訪ねたが、内心は迷いに揺さぶられ、懸念におののいていた。しかし、あるひとつの力、自分の心から湧き起こる抵抗しがたい力に押されて動いているような気がした。

そこで震える手で台に置かれた用紙を一枚取ると、ミシェル・ド・ビュルヌ夫人の名前と住所につづけて、こう書いた。

あなたが私のことをどう思っているか知りたくてたまりません。私は何ひとつ忘れることができずにいます。

アンドレ・マリオル

モンティニー

次いで外へ出て、馬車に乗り、モンティニーへ戻りながら、自分のしたことにうろたえ、身悶えし、早くも後悔していた。

彼女があえて返事をくれるとすれば、受け取るのは二日後だろうと計算していた。それでも翌日は、電報が届くのではないかという怖れと期待を抱いて、家から離れなかった。

午後三時ごろ、テラスの菩提樹の下で揺られていると、エリザベトが来て、お話ししたいと仰る女の方がいらしていると告げた。

あまりにぎょっとして、一瞬息を詰まらせてから、脚を引きずり、動悸のする心臓を抱えて、家のほうへ入っていった。とはいえ、彼女だとは期待していなかった。

客間の扉を開けると、ソファに腰かけていたビュルヌ夫人が立ちあがって、少しよそよそしい微笑をたたえ、顔にも態度にもやや硬いところを見せつつ、片手を差し出して言った。

「最近のご様子を知りたくて来ました、あの電報では短かすぎたから」

面と向かった彼が真っ青になったので、彼女の目に喜びの光が灯った。昂ぶる感情に胸を締めつけられたまま、話すこともできず、ただ差し出された手に口を押し当てていた。

「なんと、ご親切に」と、ようやく彼は言った。

「そうでもないわ、でもお友だちのことは忘れませんし、気にかかります」

彼女は真正面からじっと相手を見つめたが、こうした女の最初の一瞥というものは、すべてを不意打ちで見抜き、思考を根元まで掘り返し、あらゆる隠しごとを暴く。お眼鏡にかなったらしく、にっこりと顔を輝かせた。

そして言った。

「素敵ね、あなたの隠れ家。ここにいれば幸せでしょう?」

「いいえ」

「まさか。こんなに風光明媚で、森は美しくて、小川は可愛らしいのに。落ち着いて、すっかり満足して暮らしてらっしゃるんでしょ?」

「いいえ、違います」

「またどうして?」

「ここにいても忘れはしないから」

「つまり、あなたが幸せになるには、どうしても何かを忘れないといけないということ?」

「ええ、そうです」

「それが何なのか、伺ってよろしいかしら」

「ご存じでしょう」

「それで……?」

「それで、私はとても惨めです」

彼女は憐憫の交じった、あからさまな自惚れを示しつつ言った。

「電報を受け取ってそうじゃないかと思って、それで来たんです、もし勘違いだったらすぐにお暇するつもりで」

いっとき黙ってから、つけ加えた。

「すぐには帰らないことになったんですから、敷地を拝見してもかまいません? 向こうに菩提樹の並木があるのね、あそこはすばらしいんじゃないかしら。きっとこの客間にいるより涼しいわ」

二人は戸外へ出た。すると彼女が着ていた薄紫の衣装が、瞬時にして木々の緑と青い空に完璧に調和してしまったので、彼の目にはこの女が幻の出現と同じくらい驚愕すべきものに見え、思いもかけない新鮮な形で彼女の色気と魅力が迫ってくる気がした。すらりとしたしなやかな体つき、繊細で爽やかな容貌、駝鳥《だちょう》の長い羽根を輪にしてふわりと巻いた大ぶりでやはり薄紫色の帽子から覗く金髪の炎のきらめき、華奢な腕と、その先の両手で体の前へ斜めに持っている閉じた日傘、そして少しだけしゃんとしすぎた、尊大で誇らしげな歩きぶりが、この小さな農家風庭園に普通とは違う、予想を超えた、異国的な雰囲気をあたえ、おとぎ話か、夢か、版画か、ヴァトー風の油彩の登場人物が、詩人や画家の想像力から飛び出して、自分がどれほど美しいかを見せつけようと気紛れに田舎へやってきたというような、奇妙で興趣に富んだ感覚をもたらしている。

マリオルは、返り咲いた情熱のありたけを心の底からたぎらせて女を見つめながら、モンティニーへ行く途中で見かけた二人の女性のことを思い出した。

彼女は言った。

「扉を開けてくれたあの女の子は何?」

「召使いです」

「どうも……女中には見えませんけど」

「そうですね。実際、とてもいい子です」

「どこで見つけたの?」

「このすぐ近く、画家向けのホテルで、客に純潔を狙われていたのでね」

「で、あなたがその純潔を救ったわけ?」

彼は赤くなって、答えた。

「救ったわけです」

「かえってご自分が得したんじゃなくて？」

「確かに得をしましたね、傍を行き来するなら不細工よりは可愛い顔を見ていたいですから」

「あの子に感じることはそれだけ？」

「ほかに感じたことといえば、たぶん、どうしようもなくあなたに会いたくなったということでしょう、どんな女性でも、私の目が留まれば、それがたとえ一瞬だろうと、あなたのことを連想せずにいられない」

「お上手な答えだこと。あの子は救い主のことが好きなのかしら？」

彼はいっそう顔を赤らめた。稲妻のごとき素早さで、女の心を刺激するにはどんなものであれ嫉妬こそ効果覿面《てきめん》だという確信から、嘘は半分だけにしようと決めた。そこでためらい交じりに答えた。

「どうでしょう。ありえますね。ずいぶん世話を焼いてくれるし、よく気がつくんです」

微かな苛立ちを覚えたビュルヌ夫人は、思わずつぶやいた。

「で、あなたは？」

恋に燃える瞳でじっと相手を見据えつつ、彼は言った。

「何があろうと、あなたから気を逸らすことはできません」

これもまた上手な言いぐさだったが、今度は彼女はそう指摘しなかった、というのも彼女にはこの台詞が異論の余地のない真実を言い表していると思えたからだ。彼女のような女にこんな発言を疑うことなどできるだろうか？　実際のところ彼女は疑わず、満ち足りて、エリザベトの件にかまうのを止めた。

二人は菩提樹の木陰で、流れる水を見おろしつつ、布製の椅子にそれぞれ腰かけた。

そこで彼は質問した。

「私のことについてどう思われていましたか」

「あなたはひどく不幸だったのだろうと」

「私のせいで、それともあなたのせいで？」

「私たちのせいで」

「それから？」

「それから、あなたがとても興奮して、逆上しているようでしたから、まず気持ちが鎮まるまでそっとしておくのが一番賢明な解決策だろうと思ったんです。ですから待ちました」

「何を待っていたんです」

「あなたからのお便り。受け取ったから、こうして来ました。ここからは真面目なお話をしましょう。いまも私のことを好きなのね？　これは思わせぶりで訊いてるんじゃなくて……お友だちとして訊いてるんですけど」

「いまもあなたのことが好きです」

「それで今後どうするおつもり？」

「私が知るものですか。あなた次第でしょう」

「あら、私は私ではっきりした考えがありますけど、あなたの考えを聞いてからでなければ言いません。あなたのことを話してください、姿を消して以来、あなたの心と頭のなかで何が起きたか」

「あなたのことを考えていました、それ以外のことはほぼ何も」

「考えていたって、どういうふうに？　どういう意味で？　どういう結論にいたったの？」

彼女への思いを醒まそうと決意したこと、逃げてこの大きな森へ着いたものの目に浮かぶのは彼女の面影ばかりだったこと、昼間は記憶に追いかけられ、夜は嫉妬に苛まれることを語った。ありのままを、どこまでも正直に話したが、ただしエリザベトの恋のことだけは、名前を口にするのも避けて、言わずにおいた。

ビュルヌ夫人は聞きながら、相手が嘘をついていないと信じ、真摯な声音以上に、彼が自分の支配下にあるという感触によって納得して、自分が勝利したこと、この男をふたたび手に入れたことを喜んだ、というのも結局のところ、彼のことがかなり好きだったから。

次いでマリオルはいまの埒《らち》のあかない状況を嘆き、こうしてさんざん考えてはさんざん悩んだ事柄を口に出せる昂揚感につられて、熱烈な口吻ながら怒りや恨みがこもるわけではなく、ただ不幸な運命に抗しつつも打ち負かされたといった調子で、愛することができないという彼女の性質をあらためてなじった。

彼は蒸し返した。

「好かれる才能のない人々がいる一方、あなたには好きになる才能がない……」

理由や理屈に事欠かない彼女は、勢いよく遮った。

「でもその代わり、ずっとつづけられるという才能があるわ。もし私が十か月のあいだあなたに首ったけになって、そのあと別の人に惚れこんだとしたら、あなたはいまより幸せになれるとでも言うの？」

彼は大声をあげた。

「一人の男だけを愛することは女には不可能なんですか」

対して彼女は憤然と言う。

「永久に愛するなんて誰にもできませんわ。忠実であることしかできません。官能の極端に高まった狂乱状態が何年も保《も》つとでも、まさか信じてらっしゃるの？　とんでもない。いわゆる恋多き女だとか、長続きしたりしなかったりの激しい浮気を繰り返す女というのは大抵の場合、自分の人生を小説に置き換えているだけのことです。主人公の男性が毎回違って、周辺事情や起きる事件は思いがけない上に次々と変わっていって、結末もいろいろで。言ってしまいますけれど、そういう女性にとっては面白いし楽しいんです、だって初めと途中と終わりの気持ちが毎回新たに味わえるんですもの。けれども終わってしまえば、もう完全に終わりなのよ……相手の男にとっては。おわかりかしら？」

「ええ、的を射た部分もありますね。しかしあなたが何を言おうとしているのかが見えてこない」

「こういうことよ。ずっとつづく熱愛なんてものはないんです、この場合の熱愛というのは燃えるような、責め苦のような、つまりあなたがいまも苦しんでいるようなもののことですけれど。一種の発作で、あなたに関しては、私の……私の情愛が潤いに欠けていたり、感情を表すべきところで麻痺してしまったりするせいで、あなたにとって本当にひどく辛いものになったのは、わかっているし、感じてもいます。でも、発作はいつか過ぎますわ、だって永遠につづくことはありえませんもの」

彼女は黙った。不安になって、彼は尋ねた。

「それで?」

「ですから、私のように分別と落ち着きのある女にとって、あなたは申し分なく快適な愛人になりうると思っています、とても機転の利く方ですから。逆に、夫としては耐えがたい夫になるでしょうね。といっても、よい夫というものは存在しませんし、存在のしようがありませんけれど」

彼は驚き、少し傷ついて訊いた。

「なぜ好きでない、好きでなくなった愛人を手許に置いておこうとするんですか」

彼女は強い口調で答えた。

「私は私なりに愛してるんです。さばさばした愛し方ですけれど、好きではあるのよ」

彼は観念して、さらに言った。

「むしろ、人に好かれていること、そのことを大っぴらに示してもらうことのほうが、あなたには必要なんでしょう」

彼女は答えた。

「確かにそうね。それは大好きよ。でも秘密の伴侶も、私の心には必要なんです。公の場で褒められるのを好む見栄っ張りなところがあるからといって、誠実にして貞節でいることができないわけではないし、ほかの人にはあげないものを一人の男の人にだけあげることが私にもできるだろうと思ったってかまわないでしょ。私は裏切ることのない愛情、ごまかしのない心の結びつき、魂をこめた完全で密やかな信頼をあげるわ、そして引き換えに、彼のほうからは愛人としての惜しみない優しさを受け取ることで、自分は一人きりでいるわけじゃないという、おそろしく稀で、どこまでも甘い感覚をもらうのよ。こんなものはあなたからすれば恋愛ではないでしょうね。でも、それなりの価値はあるわ」

彼は昂ぶる感情に身を震わせながら、彼女のほうへかがみこみ、回らぬ舌でつぶやいた。

「私にその男になってほしいと？」

「ええ、もう少し経って、あなたの苦痛が治まったらね。それまでは折に触れて、私のせいで少々は苦しむでしょうけれど、仕方ないと思ってください。そのうち止むわ。どちらにしても苦しいのなら、私の遠くにいるよりも近くにいたほうがいいんじゃなくて？」

にっこりしながら、彼女はこう言っているように見えた——「ほら、少しは信頼してくださいな」。そして、相手が熱情に打ち震えるのを見ていると、体中に快い満足感が駆けめぐり、彼女なりの幸せを感じたが、それはハイタカが魅入られた獲物に向かって舞い降りるときに感じる幸福と変わりはなかった。

「いつ戻ってらっしゃるの？」と彼女は訊いた。

彼は答えた。

「そう……明日」

「明日ね、承知しました。夕食はうちにいらっしゃるわね？」

「ええ、そうします」

「私のほうは、もう少ししたらお暇しないといけないんです」と彼女は日傘の持ち手に隠された時計を見て言った。

「おや、なぜそんなに早く？」

「五時の列車に乗りますから。夕食に何人かいらっしゃるのよ、マルテン皇女、ベルンハウス、ラマルト、マシヴァル、マルトリ、それと新入りのシャルレーヌさんという方、探検家で、カンボジアの内陸ですばらしい旅をなさって戻っていらしたところなの。時の人なんです」

マリオルは心臓がきゅっと締めつけられた。名前のひとつひとつに蜂のように刺されて、痛みを覚えた。針は毒を含んでいた。

「では」と彼は言った、「すぐに出発して、途中まで森のなかをご一緒しましょうか」

「ぜひお願いするわ。その前にお茶を一杯と、トーストを少しいただけるかしら」

お茶を淹れる段になると、エリザベトが見当たらない。

「買い物に出かけました」と料理女が言った。

ビュルヌ夫人は特段驚かなかった。実際、こうとなれば、あの女中を怖れる理由などありはしない。

それから二人は玄関前に停めた幌つき馬車に乗りこみ、マリオルは御者に、少し遠回りだが、狼の谷《ゴルジュ・オ・ルー》（フォンテーヌブローの森にある景勝地）の傍を通る道へまわるよう指示した。

高い木々の木陰に入って、一面に広がる穏やかな影、あたりを漂う涼しさ、そして小夜鳴き鳥の歌声につつまれると、彼女は世界というものの神秘的な全能の美が目を通じて肉体に及ぼす何とも言えない感覚に打たれて、言った。

「まあ、なんて気持ちいいんでしょう！　美しくて、心地よくて、安らかで」

幸福感と、聖体を拝領する罪人にも似た感慨に囚われ、けだるさと感動に満たされながら、息を吸った。そしてアンドレの手に手を重ねた。

しかし彼は「そういうことなんだな、自然があればいいんだ、モン＝サン＝ミシェルと同じだ」と思った。というのも彼の目には、パリへと去っていく列車の幻が映っていたのだ。女を駅まで送り届けた。

別れるとき、彼女は言った。

「明日、八時ね」

「明日、八時にお会いしましょう」

彼女は晴れ晴れと相手を残していった。彼は幌つき馬車で家へ戻りつつ、嬉しく満ち足りた気持ちだったが、やはり辛くもあった。まだ終わってはいないのだ。だが、闘ってどうする？　もはや無理だ。自分を惹きつける彼女の魅力は、自分にとっては理解できないものだが、何にも増して強力だった。逃げたところで解放はされないし、彼女から離れられるわけでもなく、むしろ耐えがたいほど恋しいだけだが、他方、もしどうにか少し甘んじて受け入れるところまで漕ぎつけられるなら、少なくとも彼女が約束してくれたとおりの分はすべてもらえるのだ、嘘をつく女ではないから。

馬たちは木々の下を速歩で進み、彼は面会のあいだ相手が一度も唇を差し出そうと考えつかず、そのような衝動も起こさなかったことを思った。相変わらずだった。あの女は決して、何があろうと変わりはしない、そして自分はもしかすると永久に、いまと同じように彼女のせいで苦しみつづけることになるのかもしれない。すでにこれまで過ごしてきた苛酷な日々の記憶、絶対に彼女の心を動かすことはできないのだという認めがたい確信を抱きつつ待ちつづけた記憶がまたもや胸を締めあげ、この先にやってくる闘いと、明日以降も引きつづき味わうだろう苦悩とが思いやられて、怖かった。にもかかわらず、またも彼女を失うよりは、あらゆる苦しみに耐え抜くしかないと諦めていた。終わりのない欲望が、決して満たされることのない一種の獰猛《どうもう》な食欲となって体内を流れ、皮膚をじりじりと焼くのを、仕方ないものと受けとめていた。

一人きりでオートゥイユから帰ってくるときにたびたび覚えた憤怒が早くもぶり返して、大木の群がもたらす爽やかな空気のもとを走っていく幌つき馬車のなかで身震いしたそのとき、不意に、やはり爽やかである上に若く可愛いエリザベトが、胸にはあふれんばかりの恋を、口にはあふれんばかりの口づけを携えて待っていることが思い浮かび、和らいだ気分になった。もうすぐ彼女を腕に抱き、目を閉じて、他人をだますのと同じように自分自身をだまし、抱擁の陶酔のうちに自分が慕う女と自分を慕う女を混同して、その両方をわがものとするのだ。確かに、いまもなおあの娘を好む気分は消えていない、なにしろ感謝の気持ちがないまぜになった体と心の愛着は、気の利いた優しさの感触と、息の合った快楽の感触を生み出すもので、それらはいつでも人間という動物を反応させるものだから。魅入られたあの子は、こちらの潤いに欠けた不毛の恋にとって、夜の宿営地に見つけた小さな泉、砂漠を渡るときに体力の支えとなる冷たい水への希望といったものではないだろうか。

ところが、帰宅してみると、娘はいまもって姿を現していなかったので、怖くなり、心配にもなって、もう一人の女中に言った。

「あの子が外出したというのは確かですか」

「はい、旦那さま」

そこで自分も、彼女に行き会えることを願いつつ、外へ出た。

少し進んでいくと、谷沿いにのぼっていく道への曲がり角で、幅が広く背の低い古い教会が、低い鐘楼を頂いて丸い丘の上にうずくまり、雌鶏がひよこを温めるように小村の家々を抱いているのが目に留まった。

ひとつの推測、ないし予感が、彼を駆り立てた。女の心に芽生えうる不思議な予見の力は計り知れない。あの娘は何を考え、何を察したのだろう？　真実の影が目の前を横切ったのなら、逃げこむ場所はここしかないじゃないか。

日が暮れかかっていたので、堂内はとても暗かった。紐の先に吊るされた一台の小さなランプだけが灯って、聖櫃《せいひつ》のなかに聖なる慰め主の理想化された形（聖体のこと）があることを示している。マリオルはすいすいとベンチの横を通っていった。内陣の近くまで来たとき、一人の女が膝をついて、顔を両手にうずめているのを見た。近寄り、彼女だとわかって、肩に触れた。二人のほかに人はいなかった。

彼女はびくりとして振り向いた。泣いている。

彼は言った。

「どうしたんです」

彼女はつぶやいた。

「私、よくわかりました。あなたがここにいるのは、あの女の方が辛い思いをさせたからなんだって。あなたを迎えに来たんでしょう」

今度は自分が人の心にこのような苦しみを呼び起こしているのだと動揺しつつ、彼は口ごもった。

「勘違いだよ。確かにパリへ戻るけれど、君も一緒に連れていく」

彼女は信じられず、繰り返した。

「嘘よ、嘘だわ」

「誓うよ」

「いつ発つの？」

「明日」

ふたたび泣きじゃくりながら、呻くように言った。「なんてこと、なんてこと！」そこで腰に腕をまわして立ちあがらせ、連れて出て、夜の濃い闇のなか、手助けして丘を下りた。川辺に来ると、草の上に座らせ、自分も隣に座った。彼女の動悸と荒い息づかいが聞こえて、良心の呵責に胸を掻き乱され、ぎゅっと抱きしめると、これまでこの娘に対して言ったことのない甘い言葉を耳許に囁いた。憐れみに心動かされ、欲望に燃えるまま、ほとんど嘘はつかなかったし、少しもだましていなかった。自分の言っていることと感じていることにわれながら驚きつつ、いったいどうして、自分を永遠に奴隷にしつづける女の存在にあれほどわななきながら、この恋の傷心を慰めていてこんなにも欲情と感動に震えるのだろうと思った。

ちゃんと好きでいてあげるから――何もつけ加えずに「好きだ」とは言わなかった――と約束し、自宅のすぐ近くに貴婦人にふさわしい素敵な家を用意してあげよう、うんと可愛らしい家具を揃えて、お世話をする女中もつけようと言った。

彼女はそうした言葉を聞きながら少しずつ安心して、落ち着いていき、声の響きから相手が誠実に話しているとわかったので、こうやって相手が自分を欺いているのだとは思いもよらなかった。ようやく納得して、自分も貴婦人になれるのだという幻、赤貧に生まれた宿屋の女中でありながら、突然これほど裕福でよくできた男の恋人となってしまった少女の夢に目を眩ませると、欲と感謝と誇らしさに酔い、その陶酔感がさらにアンドレへの愛着と混ざり合った。

両腕を男の首に巻きつけ、顔中に口づけを浴びせながら、もどかしげにつぶやいた。

「あなたが好き！　私にはもうあなたしかいない」

彼は強く心を揺さぶられ、愛撫を返しながらつぶやいた。

「可愛い、可愛い子」

彼女はすでに、先ほどあれだけの悲しみをもたらした見知らぬ女の出現をほぼ完全に忘れていた。ただ、無意識の疑いがまだ胸のうちを漂っていたので、甘えた声で訊いてみた。

「ほんとに、ここにいるときと変わらず、好きでいてくれますか」

彼は果敢にも、こう答えた。

「ここにいるときと変わらず、好きでいるよ」

地図

②イル＝ド＝フランス周辺
ルーアン
セーヌ河
パリ
マルヌ河
ヴェルサイユ
ムードン
シャルトル
フォンテーヌブロー
マルトル
地
サクレ＝クール
寺院
北駅
フォリ＝ベルジェール
東駅
オペラ＝
コミック座
ペラ座
ァンドーム広場
リヴォリ通り
レピュブリック広場
ーヴル
ノートルダム大聖堂
シテ島
サン＝ルイ島
バスティーユ広場
ペール＝
ラシェーズ墓地
ナシオン広場
パンテオン
植物園
リヨン駅
リュクサン
ブール庭園
イタリー広場
ヴァンセンヌ
の森
モンスリ公園

①1890年前後のパリ
サン=ラザ
マルゼルブ大通り
サン=トギュスタン教会
マドレーヌ寺院
シャンゼリゼ大通り
エトワール広場
凱旋門
ロワイヤル通り
トロカデロ広場
コンコルド広場
ブーローニュの森
アンヴァリッド
テュイル
庭園
エッフェル塔
オートゥイユ
セーヌ河
モンパルナス駅
モンパル
墓地
ムードン

イギリス海峡
ディエップ
ルブール
ル・アーヴル
セーヌ河
ルーアン
(恋人が丘)
トゥルーヴィル
カーン
オルヌ河
ノルマンディ地方
グランヴィル
フォリニー
トンブレーヌ島
アヴランシュ
ポントルソン
アルジャンタン
ンヌ
ロワール河
④フォンテーヌブロー周辺
セーヌ河
フォンテーヌブローの森
ブーケ・デュ・ロワ
(王の木立)
フォンテーヌブロー
ゴルジュ・オ・ルー
(狼の谷)
モレ
マルロット
モンティニー＝
シュル＝ロワン
ロワン川
ラ・シャペル＝
ラ＝レーヌ
ヌムール

地図①－③は，プルースト作・吉川一義訳『失われた時を求めて 1・2』(岩波文庫)掲載の地図を元に作成した

解説

四十三年にも満たない生涯の、わずか十年あまりと限られた作家活動において、ギ・ド・モーパッサン（一八五〇年―一八九三年）は質量ともに驚異的な作品群を遺した。多くは実質上のデビュー作『脂肪の塊』（*Boule de suif* 一八八〇年）をはじめとする短篇・中篇小説で、モーパッサンと言えば短篇の名手という評価は揺るぎない。他方、短篇のほか時評、エッセイなどを複数の新聞に次々と掲載しながら、長篇小説にも取り組んだ。全部で六作刊行された長篇小説のうち、遺作となったのが、本書『わたしたちの心』（*Notre cœur* 一八九〇年）である。

モーパッサンが書いた長篇小説のなかでもっともよく読まれているのが第一作『女の一生』（原題は『ひとつの生涯』*Une vie* 一八八三年）であることは、フランス国内でも、日本を含めた諸外国でも変わらない。ただ、それ以降の長篇となると、日本での知名度はぐんと低い。二作目の『ベラミ』（*Bel-Ami* 一八八五年）、四作目で冒頭に小説論を置いた『ピエールとジャン』（*Pierre et Jean* 一八八八年）は、ある程度までは知られているが、フランスでも広く読まれているとは言いがたい残りの三作、『モントリオル』

(または『モン＝オリオル』*Mont-Oriol* 一八八七年)、『死のごとく強し』(*Fort comme la mort* 一八八九年)、そして本作『わたしたちの心』に関しては、日本ではほぼ忘れられていると言ってよいのではないだろうか。

全身を蝕《むしば》む病に悩みながら、モーパッサンが相次いで書きあげた『死のごとく強し』と『わたしたちの心』には、それまでの長篇とは異なる特徴がある。まず、主要な舞台がパリ社交界であること。もちろん、短篇の読者なら、モーパッサンがあらゆる階層の人間を描きうることは承知のはずだが、それでも一般的には中流家庭や地方風俗、娼婦の世界などを描いている印象が強いだろう。

また、社交界を扱っていることとも関連するのだが、これらの二作は、読者の興味を惹きつけるアクションの連続からなるものというよりは、主人公の恋愛をめぐって取り交わされる会話と細かな感情の揺れを綿密に追うようにして書かれている。この点でも、読み手をはっとさせる事件や予想外のどんでん返しが仕掛けられたモーパッサン文学のイメージとずれるところがある。

当時の流行にのった社交界小説・心理小説、モーパッサンにしては覇気に欠ける展開……。そのような評価が、晩年の長篇小説を読者から遠ざけている面があることは間違いない。特に『わたしたちの心』は、そうした微妙さ、割り切れなさの傾向がもっとも強い。しかし、まさにそれゆえに、この小説には、モーパッサン作品に対して大方が抱くイメージに収まりきらない、独自の魅力がある。

＊

『わたしたちの心』は、文化人が集うサロンの女主人ミシェル・ド・ビュルヌと、彼女に惑わされるアンドレ・マリオルの関係を中心に展開する。前作の長篇『死のごとく強し』が貴族社会の物語だったのに対し、本作の舞台は新たな富裕層に人気を博したパリ右岸サン＝トギュスタン界隈の新興住宅街であり、最先端の流行を採り入れた室内に、話題の芸術家たちを揃えた新時代のサロンである。やや退廃的な空気のなか、空疎な言葉が取り交わされる十九世紀末のサロンが緻密に描き出されているところから、本作はしばしば、約二十年後に登場するプルーストの『失われた時を求めて』に比される。なお、プレイヤード叢書のモーパッサン『長篇小説集』を編纂したルイ・フォレスティエは、ビュルヌ夫人が由緒ある貴族ではなく、ブルジョワの気質をもった芸術好きであることから、プルーストでいうならば「ゲルマント家よりはヴェルデュラン家に比較したくなる」と述べている。

プルーストを思わせるのは、サロンの人間模様ばかりではない。華やかなおしゃべりに加わりつつ、実はわがものにならない女への恋慕に苦しむ男の姿を追う点もまた、『失われた時を求めて』と共通する。

男性が女性に一貫して振りまわされるという構図は、これもまた、一般的なモーパッサンのイメージとはいささか異なる。モーパッサンは、当時の常識がおおむねそのようなものであったとはいえ、強固な女性蔑視《ミソジニー》を抱えていた。それは漁色家としか呼びようのない行状と表裏の関係にあったと言ってよいだろう。多くの作品において、女性は虐げられる存在であり、そこに哀れみがこもっているのだと評されることも多いが、その容赦のない描きぶりにサディズムの片鱗を見てとることもまた可能である。

しかし『わたしたちの心』では、アンドレ・マリオルはサロンに君臨するミシェル・ド・ビュルヌに魅入られ、ほとんど意のままに操られる。だからといって、作家の女性観が急に変わったわけではもちろんない。ビュルヌ夫人の描き方には皮肉な視線がこもっているし、第三部にビュルヌ夫人の対極として現れる従順で純真無垢なエリザベトの造形、そしてほぼ条件反射的にそのような娘に飛びついてしまう男の描写も、ある程度は作家のものの見方を反映してはいるだろう。それでも、ミシェル・ド・ビュルヌが「女らしさ」に欠けた女であることを重々承知しながらも当の女から逃れられない、その男の弱さもまた緻密な観察の対象となることで、女の肖像も、男の肖像も、複雑な陰影を伴ったものとなっている。

　このことはおそらく、作家自身の心身の衰えとも無縁ではない。新聞記事や単行本を矢継ぎ早に発表して一挙に名声への階段を駆けのぼったモーパッサンは、上流階級のサロンに出入りし地中海でヨットを操る華やかでたくましい姿とはうらはらに、かねてから体調不良に悩んでおり、『わたしたちの心』に取りかかるころには頭痛や目の不調、消化不良などの症状が相当悪化して、執筆に耐えられる時間は短くなる一方だった。

　原因はデビュー前に罹患した梅毒である。ただ、梅毒の病原体はまだ発見されておらず、症状も多くは未解明で、特に感染後数年から数十年経って現れる晩期症状については、梅毒と関連づけて考えられることは少なかった。そのためモーパッサンは、発疹など感染初期の症状が出た段階ではいったん梅毒の診断が下されたものの、その後のさまざまな症状については複数の医者が他の病気と判断した。したがって、全身にわたる不調がすべて梅毒によるものであり、いずれ進行麻痺(麻痺性認知症)を経て死にいたる可能性があるという認識は、本人にはなかった。

　ただし、予感は別の方向からやってくる。すでにしばらく前から正気を失いつつあった六歳年下の弟エルヴェが、本作執筆中に明白な進行麻痺に陥って精神病院に入り、三か月後に亡くなるのだ。別居して独立した生活を送る父、エルヴェを溺愛するあまり哀れな姿を見ることに耐えられない母に代わり、ギが弟を訪問し、最期を看取った。このころの精神病院に進行麻痺の患者は珍しくなかったが、梅毒感染による疾患であるとは考えられておらず、むしろ遺伝説が強かったようだ。弟が遺伝と言われる病で精神を病み、死んでいく現場に立ち会ったモーパッサンの苦痛と不安は計り知れない。

モーパッサンはもはや、次から次へと新しい女を「味見」するかつての彼ではない。『わたしたちの心』が描く男性主人公の弱さには、四十歳を前にして早すぎる老いを迎えてしまったかのごとく不自由な体を抱えた作家が、時代を謳歌する個性的な社交界の女友だち——いずれもミシェル・ド・ビュルヌのモデルとなったと言われる、ストロース夫人、マリー・カーン、ポトツカ伯爵夫人、エルミーヌ・ルコント・ド・ヌイ——を呆然と眺めている、その感覚が含みこまれているように思われる。

＊

時代を彩る、個性的な女性たち。実際、この時代の社交界には、「昔ながらの女」とは相容れない、新しいタイプの女が現れていた。ミシェル・ド・ビュルヌの目つきは初対面のアンドレ・マリオルに、モルヒネを摂取しているような印象をあたえる。

彼女は奥ゆかしさではなく、きわめて率直な物言いによって相手を魅惑し、どこか男性のようにマリオルとの関係を主導する。マルテン皇女との関係に、女性同性愛の要素が見られるとの指摘も多い。都会的、人工的で、両性具有の雰囲気をたたえる、世紀末のヒロインである。他方、かつて高圧的な夫に抑えつけられていた経験がある点も見逃せない。

対してマリオルはどうか。遊んで暮らせるほどには裕福で、文学も音楽も美術もそれなりにこなすものの、手すさび以上ではない。才能のある趣味人で通っているが、どの分野にも身が入らないまま四十歳に近づこうとしている自分に対して、内心忸怩《じくじ》たる思いがある。初めて本気になったのがミシェル・ド・ビュルヌへの恋なのだが、巧みな会話術で距離を縮めるのも、モン＝サン＝ミシェルの宿でともに過ごす最初の夜に誘うのも彼女のほうで、マリオルは待つ側であり、相手が自分だけのものになってくれないことに苦しむ側である。ここには、男性優位の社会において固定された性別役割分担の逆転が見られる。

だが、この逆転にはねじれがある。第三部で、ビュルヌ夫人との別れを決意してパリ郊外フォンテーヌブローに引きこもったマリオルは、ホテルで働くパリ生まれのエリザベトに出会う。住みこみの女中となったエリザベトに、マリオルが手を出すのに時間はかからない。清純で情の深いエリザベトを召使い兼愛人とするマリオルのふるまいは、どこまでも旧時代の「主人」であり「男」である。そして、エリザベトを弄《もてあそ》びながら、傍で尽くしてくれるこの女と、忘れられない薄情なあの女とを引き比べ、「二人を合わせた女、一方の愛情ともう一方の魅力を備えた女がいたなら」と考える。マリオルは、「女性らしくない女性」の魅力に囚われていることを自覚しながら、それゆえに自らが「女性のような男性」の位置に立たされることには耐えられず、「男性らしい男性」として愛されたいと欲する――だが、その望みを叶えられるのは「女性らしい女性」でしかありえない。

ミシェル・ド・ビュルヌのほうも、性にまつわる問題を抱えている。モン＝サン＝ミシェルの高い塔の頂《いただき》で二人きりになったとき、昂揚感は二人のあいだに共有されていた。だがその後、オートゥイユの隠れ家で逢い引きを重ねながら、彼女がしばしば愛撫をうるさがるしぐさを見せることにマリオルは気づく。ビュルヌ夫人自身も、実はそうした自分の反応に気づいており、なぜ自分は愛人に対して性的関心が薄いのかと自問する。肉体関係を維持することで、崇拝者としてのマリオルを手許に留めておこうとする身勝手さも含んではいるものの、「私は私なりに愛してる」とマリオルに告げる言葉は嘘ではない。洒落た調度、豪華な衣装、才気煥発な言葉からなる鎧の下にひそむ空虚が、一種の不感症のかたちで表現されていると読むことができよう。流行を追うことに夢中で、情が薄く、どこか性別の曖昧なセレブリティ、その曖昧さに惹かれつつ既成の女性観から逃れられない男、その矛盾の犠牲になる若い娘。作家が活写した同時代は、今日の私たちにとっても身に迫る。性差をめぐる現代の課題を考える上でも、参考になる小説ではないだろうか。

モーパッサンは一八九〇年に本作を書きあげて刊行したのち、次の長篇に取りかかるが、病は次第に脳を冒し、考えをまとめること、文を作ることも難しくなっていく。異常な言動も目立ちはじめ、どうにか書けるうちにと遺言状を仕上げて間もなく、一八九二年の年明けにナイフで自分の喉を切りつけ、精神病院に収容されて、翌年、四十三歳の誕生日を待たずに亡くなる。一見優雅な『わたしたちの心』は、迫りくる死と競い合うようにしてモーパッサンが写し取った、孤独な人々の肖像である。

＊

本書は、Guy de Maupassant, *Notre cœur*, *Romans*, éd. Louis Forestier, Paris, Gallimard, « Bibliothèque de la Pléiade », 1987 を底本とし、*Notre cœur*, éd. Marie-Claire Bancquart, Paris, Gallimard, « Folio », 1993 を参考にした。

既訳として、高木安雄訳『吾等の心』(春陽堂、一九三二年)、中村星湖訳『我等の心』(天佑社／改造社、一九三四年[改訳版])、水野成夫・中平解訳『われらの心』(酣灯社、一九四七年)、竹村猛訳『男ごころ』(創芸社、一九五一年)、中村光夫訳『男ごころ』(白水社、一九五一年)、品田一良訳『われらの心』(春陽堂書店、一九六六年)がある。本書の翻訳作業にあたっては、特に中村光夫訳を参照した。

とはいえ、いずれも半世紀以上前の翻訳であり、また複数の翻訳に採用されている『男ごころ』という訳題は、マリオルの視点のみに立った作品理解を前提としているようだ。実際はビュルヌ夫人の主観による記述も本作には含まれており、原書の解説を見ても、今日ではnotre(わたしたちの)が男女双方を指すものと捉える見方が採用されている。したがって訳題は「わたしたちの心」とし、本文の翻訳についても何より本書の現代性を反映する訳文を目指した。

解説執筆にあたっては、右記プレイヤード版およびフォリオ版の解説のほか、マルロ・ジョンストンによる伝記(Marlo Johnston, *Guy de Maupassant*, Fayard, 2012)、村松定史『モーパッサン』(清水書院、一九九六年)、足立和彦『モーパッサンの修業時代 作家が誕生するとき』(水声社、二〇一七年)を参照した。足立氏の充実したウェブサイト「モーパッサンを巡って」も随時活用した。なお、モーパッサン研究の第一人者である足立氏には、解説の原稿にもお目通しいただき、数々の有用なご指摘をたまわった。
東京大学名誉教授の宮下志朗先生には、本書の企画段階から応援していただき、心強い思いで作業につくことができた。また、翻訳中は多くの友人知人の助けを得たが、なかでも詩人の阿部日奈子氏は本書の内容に興味を寄せ、折に触れ訳者を励ましてくださった。記して感謝します。

フローベール研究のために留学したルーアンで、モーパッサンの面白さに目覚めて多くの作品を読んだのは、両作家に深く親しみ、二人の往復書簡集も編纂したルーアン大学教授、イヴァン・ルクレール先生のおかげである。感謝を捧げたい。Un grand merci à Yvan Leclerc de m'avoir fait découvrir les œuvres de Maupassant.

岩波書店文庫編集部の清水愛理氏は、企画から校正まで、じっくりと着実に進めてくださったので、こちらも安心して取り組むことができた。時間はかかったが、ようやく一緒にこの一冊を仕上げられたことが何より嬉しい。ありがとうございました。

二〇一九年六月

笠間直穂子

わたしたちの心《こころ》　モーパッサン作

2019年9月18日　第1刷発行

訳　者　笠間直穂子《かさまなおこ》

発行者　岡本　厚

発行所　株式会社　岩波書店
〒101-8002　東京都千代田区一ツ橋2-5-5
案内　03-5210-4000　営業部　03-5210-4111
文庫編集部　03-5210-4051
https://www.iwanami.co.jp/

印刷・三秀舎　カバー・精興社　製本・中永製本

ISBN 978-4-00-325514-8　　Printed in Japan

読書子に寄す

――岩波文庫発刊に際して――

岩波茂雄

真理は万人によって求められることを自ら欲し、芸術は万人によって愛されることを自ら望む。かつては民を愚昧ならしめるために学芸が最も狭き堂宇に閉鎖されたことがあった。今や知識と美とを特権階級の独占より奪い返すことはつねに進取的なる民衆の切実なる要求である。岩波文庫はこの要求に応じそれに励まされて生まれた。それは生命ある不朽の書を少数者の書斎と研究室とより解放して街頭にくまなく立たしめ民衆に伍せしめるであろう。近時大量生産予約出版の流行を見る。その広告宣伝の狂態はしばらくおくも、後代にのこすと誇称する全集がその編集に万全の用意をなしたるか。千古の典籍の翻訳企図に敬虔の態度を欠かざりしか。さらに分売を許さず読者を繋縛して数十冊を強うるがごとき、はたしてその揚言する学芸解放のゆえんなりや。吾人は天下の名士の声に和してこれを推挙するに躊躇するものである。このときにあたって、岩波書店は自己の責務のいよいよ重大なるを思い、従来の方針の徹底を期するため、すでに十数年以前より志して来た計画を慎重審議この際断然実行することにした。吾人は範をかのレクラム文庫にとり、古今東西にわたって文芸・哲学・社会科学・自然科学等種類のいかんを問わず、いやしくも万人の必読すべき真に古典的価値ある書をきわめて簡易なる形式において逐次刊行し、あらゆる人間に須要なる生活向上の資料、生活批判の原理を提供せんと欲する。この文庫は予約出版の方法を排したるがゆえに、読者は自己の欲する時に自己の欲する書物を各個に自由に選択することができる。携帯に便にして価格の低きを最主とするがゆえに、外観を顧みざるも内容に至っては厳選最も力を尽くし、従来の岩波出版物の特色をますます発揮せしめようとする。この計画たるや世間の一時の投機的なるものと異なり、永遠の事業として吾人は微力を傾倒し、あらゆる犠牲を忍んで今後永久に継続発展せしめ、もって文庫の使命を遺憾なく果たさしめることを期する。芸術を愛し知識を求むる士の自ら進んでこの挙に参加し、希望と忠言とを寄せられることは吾人の熱望するところである。その性質上経済的には最も困難多きこの事業にあえて当たらんとする吾人の志を諒として、その達成のため世の読書子とのうるわしき共同を期待する。

昭和二年七月

《ドイツ文学》〔赤〕

- ニーベルンゲンの歌 全二冊 相良守峯訳
- 若きウェルテルの悩み ゲーテ 竹山道雄訳
- ヴィルヘルム・マイスターの修業時代 全三冊 ゲーテ 山崎章甫訳
- イタリア紀行 全三冊 ゲーテ 相良守峯訳
- ファウスト 全二冊 ゲーテ 相良守峯訳
- ゲーテとの対話 全三冊 エッカーマン 山下肇訳
- ヴィルヘルム・テル シラー 桜井政隆・桜井国隆訳
- スペインの太子 ドン・カルロス シルレル 佐藤通次訳
- 青い花 ノヴァーリス 青山隆夫訳
- 夜の讃歌・サイスの弟子たち 他一篇 ノヴァーリス 今泉文子訳
- 完訳 グリム童話集 全五冊 金田鬼一訳
- ホフマン短篇集 池内紀編訳
- 水妖記（ウンディーネ） フーケー 柴田治三郎訳
- O侯爵夫人 他六篇 クライスト 相良守峯訳
- 影をなくした男 シャミッソー 池内紀訳
- 流刑の神々・精霊物語 ハイネ 小沢俊夫訳
- 冬物語 ―ドイツ― ハイネ 井汲越次訳
- ユーディット 他一篇 ヘッベル 吹田順助訳
- 芸術と革命 他四篇 ワーグナー 北村義男訳
- ブリギッタ・森の泉 他一篇 シュティフター 宇多五郎・高安国世訳
- みずうみ 他四篇 シュトルム 関泰祐訳
- 聖ユルゲンにて・後見人カルステン 他一篇 シュトルム 国松孝二訳
- 村のロメオとユリア ケラー 草間平作訳
- 沈鐘 ハウプトマン 阿部六郎訳
- 地霊・パンドラの箱 ルル二部作 F・ヴェデキント 岩淵達治訳
- 春のめざめ F・ヴェデキント 酒寄進一訳
- 夢小説・闇への逃走 他一篇 シュニッツラー 池内紀・武村知子訳
- 花・死人に口なし 他七篇 シュニッツラー 番匠谷英一・山本有三訳
- リルケ詩集 高安国世訳
- ドゥイノの悲歌 リルケ 手塚富雄訳
- ブッデンブローク家の人びと 全三冊 トーマス・マン 望月市恵訳
- トオマス・マン短篇集 実吉捷郎訳
- 魔の山 全二冊 トーマス・マン 関泰祐・望月市恵訳
- トニオ・クレエゲル トオマス・マン 実吉捷郎訳
- ヴェニスに死す トオマス・マン 実吉捷郎訳
- 車輪の下 ヘルマン・ヘッセ 実吉捷郎訳
- 漂泊《クヌルプ》の魂 ヘルマン・ヘッセ 相良守峯訳
- デミアン ヘルマン・ヘッセ 実吉捷郎訳
- シッダルタ ヘッセ 手塚富雄訳
- ルーマニア日記 カロッサ 高橋健二訳
- 美しき惑いの年 カロッサ 手塚富雄訳
- 若き日の変転 カロッサ 斎藤栄治訳
- 幼年時代 カロッサ 斎藤栄治訳
- 指導と信従 カロッサ 国松孝二訳
- ジョゼフ・フーシェ ―ある政治的人間の肖像― シュテファン・ツワイク 高橋禎二・秋山英夫訳
- 変身・断食芸人 カフカ 山下肇・山下萬里訳
- 審判 カフカ 辻瑆訳
- カフカ短篇集 池内紀編訳
- カフカ寓話集 池内紀編訳
- 三文オペラ ブレヒト 岩淵達治訳

- 肝っ玉おっ母とその子どもたち　ブレヒト　岩淵達治訳
- ドイツ炉辺ばなし集 —カレンダーゲシヒテン　ヘーベル　木下康光編訳
- 憂愁夫人　ズーデルマン　相良守峯訳
- 悪童物語　ルウドヰヒ・トオマ　実吉捷郎訳
- ティル・オイレンシュピーゲルの愉快ないたずら　阿部謹也訳
- 大理石像・デュランデ城悲歌　アイヒェンドルフ　関泰祐訳
- 改訳 愉しき放浪児　アイヒェンドルフ　関泰祐訳
- ホフマンスタール詩集　川村二郎訳
- 陽気なヴッツ先生 他一篇　ジャン・パウル　岩田行一訳
- インド紀行 全二冊　ボンゼルス　実吉捷郎訳
- ドイツ名詩選　生野幸吉・檜山哲彦編
- 蝶の生活　シュナック　岡田朝雄訳
- 聖なる酔っぱらいの伝説 他四篇　ヨーゼフ・ロート　池内紀訳
- ラデツキー行進曲 全二冊　ヨーゼフ・ロート　平田達治訳
- 人生処方詩集　エーリヒ・ケストナー　小松太郎訳
- 三十歳　インゲボルク・バッハマン　松永美穂訳
- 第七の十字架 全二冊　アンナ・ゼーガース　山下肇・新村浩訳

《フランス文学》〔赤〕

- ロランの歌　有永弘人訳
- ラブレー第一之書 ガルガンチュワ物語　渡辺一夫訳
- ラブレー第二之書 パンタグリュエル物語　渡辺一夫訳
- ラブレー第三之書 パンタグリュエル物語　渡辺一夫訳
- ラブレー第四之書 パンタグリュエル物語　渡辺一夫訳
- ラブレー第五之書 パンタグリュエル物語　渡辺一夫訳
- ピエール・パトラン先生　渡辺一夫訳
- 日月両世界旅行記　シラノ・ド・ベルジュラック　赤木昭三訳
- ロンサール詩集　ロンサール　井上究一郎訳
- エセー 全六冊　モンテーニュ　原二郎訳
- ラ・ロシュフコー箴言集　二宮フサ訳
- ブリタニキュス ベレニス　ラシーヌ　渡辺守章訳
- ドン・ジュアン —石像の宴　モリエール　鈴木力衛訳
- 完訳 ペロー童話集　新倉朗子訳
- 偽りの告白　マリヴォー　鈴木力衛訳
- 贋の侍女・愛の勝利　マリヴォー　佐藤実枝・井村順一訳

- カンディード 他五篇　ヴォルテール　植田祐次訳
- 哲学書簡　ヴォルテール　林達夫訳
- 孤独な散歩者の夢想　ルソー　今野一雄訳
- フィガロの結婚　ボオマルシェエ　辰野隆訳
- 危険な関係 全二冊　ラクロ　伊吹武彦訳
- 美味礼讃 全二冊　ブリアーサヴァラン　関根秀雄・戸部松実訳
- 恋愛論 全二冊　スタンダール　杉本圭子訳
- 赤と黒 全二冊　スタンダール　桑原武夫・生島遼一訳
- ヴァニナ・ヴァニニ 他四篇　スタンダール　生島遼一訳
- ゴプセック・毬打つ猫の店　バルザック　芳川泰久訳
- サラジーヌ 他三篇　バルザック　芳川泰久訳
- 艶笑滑稽譚 全三冊　バルザック　石井晴一訳
- レ・ミゼラブル 全四冊　ユーゴー　豊島与志雄訳
- 死刑囚最後の日　ユーゴー　豊島与志雄訳
- ライン河幻想紀行　ユーゴー　榊原晃三編訳
- ノートル＝ダム・ド・パリ 全二冊　ユーゴー　辻昶・松下和則訳
- モンテ・クリスト伯 全七冊　アレクサンドル・デュマ　山内義雄訳

三銃士 全二冊 デュマ 生島遼一訳
エトルリヤの壺 他五篇 メリメ 杉捷夫訳
カルメン メリメ 杉捷夫訳
愛の妖精（プチット・ファデット） ジョルジュ・サンド 宮崎嶺雄訳
ボオドレール 悪の華 鈴木信太郎訳
ボヴァリー夫人 全二冊 フローベール 伊吹武彦訳
感情教育 全二冊 フローベール 生島遼一訳
紋切型辞典 フローベール 小倉孝誠訳
風車小屋だより ドーデー 桜田佐訳
月曜物語 ドーデー 桜田佐訳
パリ風俗 サフォ ドーデー 朝倉季雄訳
プチ・ショーズ ―ある少年の物語 ドーデー 原千代海訳
神々は渇く アナトール・フランス 大塚幸男訳
テレーズ・ラカン 全二冊 エミール・ゾラ 小林正訳
ジェルミナール 全三冊 エミール・ゾラ 安士正夫訳
獣人 全二冊 エミール・ゾラ 川口篤訳
制作 全二冊 エミール・ゾラ 清水正和訳

水車小屋攻撃 他七篇 エミール・ゾラ 朝比奈弘治訳
氷島の漁夫 ピエール・ロチ 吉氷清訳
マラルメ詩集 渡辺守章訳
脂肪のかたまり モーパッサン 高山鉄男訳
女の一生 モーパッサン 杉捷夫訳
モーパッサン短篇選 高山鉄男編訳
地獄の季節 ランボオ 小林秀雄訳
にんじん ルナアル 岸田国士訳
ぶどう畑のぶどう作り ルナアル 岸田国士訳
博物誌 ルナール 辻昶訳
ジャン・クリストフ 全四冊 ロマン・ローラン 豊島与志雄訳
ベートーヴェンの生涯 ロマン・ロラン 片山敏彦訳
ミケランジェロの生涯 ロマン・ロラン 高田博厚訳
フランシス・ジャム詩集 手塚伸一訳
三人の乙女たち フランシス・ジャム 手塚伸一訳
背徳者 アンドレ・ジイド 川口篤訳
続コンゴ紀行 ―チャド湖より還る アンドレ・ジイド 杉捷夫訳

レオナルド・ダ・ヴィンチの方法 ポール・ヴァレリー 山田九朗訳
精神の危機 他十五篇 ポール・ヴァレリー 恒川邦夫訳
若き日の手紙 フィリップ 外山楢夫訳
朝のコント フィリップ 淀野隆三訳
海の沈黙・星への歩み ヴェルコール 河野與一 加藤周一訳
地底旅行 ジュール・ヴェルヌ 朝比奈弘治訳
八十日間世界一周 ジュール・ヴェルヌ 鈴木啓二訳
海底二万里 全二冊 ジュール・ヴェルヌ 朝比奈美知子訳
プロヴァンスの少女（ミレイユ） ミストラル 杉冨士雄訳
結婚十五の歓び 新倉俊一訳
パリの夜 ―革命下の民衆 レチフ・ド・ラ・ブルトンヌ 植田祐次編訳
シェリ コレット 工藤庸子訳
シェリの最後 コレット 工藤庸子訳
生きている過去 レニエ 窪田般彌訳
ノディエ幻想短篇集 ノディエ 篠田知和基編訳
フランス短篇傑作選 山田稔編訳
シュルレアリスム宣言・溶ける魚 アンドレ・ブルトン 巖谷國士訳

《イギリス文学》〔赤〕

ユートピア　トマス・モア　平井正穂訳
完訳カンタベリー物語 全三冊　チョーサー　桝井迪夫訳
ヴェニスの商人　シェイクスピア　中野好夫訳
ジュリアス・シーザー　シェイクスピア　中野好夫訳
十二夜　シェイクスピア　小津次郎訳
ハムレット　シェイクスピア　野島秀勝訳
オセロウ　シェイクスピア　菅泰男訳
リア王　シェイクスピア　野島秀勝訳
マクベス　シェイクスピア　木下順二訳
ソネット集　シェイクスピア　高松雄一訳
ロミオとジューリエット　シェイクスピア　平井正穂訳
対訳シェイクスピア詩集 —イギリス詩人選(1)　柴田稔彦編
失楽園 全二冊　ミルトン　平井正穂訳
ロビンソン・クルーソー 全二冊　デフォー　平井正穂訳
ガリヴァー旅行記　スウィフト　平井正穂訳
ジョウゼフ・アンドルーズ 全二冊　フィールディング　朱牟田夏雄訳

ウェイクフィールドの牧師 —むだばなし　ゴールドスミス　小野寺健訳
幸福の探求 —アビシニアの王子ラセラスの物語　サミュエル・ジョンソン　朱牟田夏雄訳
マンフレッド　バイロン　小川和夫訳
ワーズワース詩集　田部重治選訳
対訳ワーズワス詩集 —イギリス詩人選(3)　山内久明編
湖の麗人　スコット　入江直祐訳
キプリング短篇集　橋本槙矩編訳
対訳コウルリッジ詩集 —イギリス詩人選(7)　上島建吉編
高慢と偏見 全二冊　ジェーン・オースティン　富田彬訳
説きふせられて　ジェーン・オースティン　富田彬訳
エマ 全二冊　ジェーン・オースティン　工藤政司訳
対訳テニスン詩集 —イギリス詩人選(5)　西前美巳編
虚栄の市 全四冊　サッカリー　中島賢二訳
床屋コックスの日記・馬丁粋語録　サッカレー　平井呈一訳
デイヴィッド・コパフィールド 全五冊　ディケンズ　石塚裕子訳
ディケンズ短篇集　小池滋　石塚裕子訳
炉辺のこほろぎ　ディケンズ　本多顕彰訳

ボズのスケッチ 短篇小説篇 全二冊　ディケンズ　藤岡啓介訳
アメリカ紀行 全二冊　ディケンズ　伊藤弘之・下笠徳次・隈元貞広訳
イタリアのおもかげ　ディケンズ　伊藤弘之・下笠徳次・隈元貞広訳
大いなる遺産 全二冊　ディケンズ　石塚裕子訳
荒涼館 全四冊　ディケンズ　佐々木徹訳
鎖を解かれたプロメテウス　シェリー　石川重俊訳
ジェイン・エア 全二冊　シャーロット・ブロンテ　河島弘美訳
嵐が丘 全二冊　エミリー・ブロンテ　河島弘美訳
教養と無秩序　マシュー・アーノルド　多田英次訳
アンデス登攀記 全二冊　ウィンパー　大貫良夫訳
ハーディ テス 全二冊　井上宗次　石田英二訳
緑の木蔭 —和蘭派田園画　トマス・ハーディ　阿部知二訳
緑の館 —熱帯林のロマンス　ハドソン　柏倉俊三訳
ジーキル博士とハイド氏　スティーヴンソン　海保眞夫訳
プリンス・オットー　スティーヴンソン　小川和夫訳
新アラビヤ夜話　スティーヴンソン　佐藤緑葉訳
南海千一夜物語　スティーヴンソン　中村徳三郎訳

岩波文庫の最新刊

森まゆみ編
伊藤野枝集
一七歳で故郷を出奔、雑誌『青鞜』に参加。二八歳で大杉栄と共に憲兵隊に虐殺されるまで、短い生を嵐の様に駆け抜けた野枝の力強い文章を一冊に編む。
〔青N一二八-一〕　本体一一三〇円

久保田淳・平田喜信校注
後拾遺和歌集
平安最盛期の代表的な歌を網羅した第四番目の勅撰集。和泉式部を始めとする女流歌人の活躍など、大きく転換する時代の歌壇の変化を反映している。
〔黄二九-一〕　本体一六八〇円

オスカー・ワイルド作、富士川義之訳
ドリアン・グレイの肖像
無垢な美青年ドリアン・グレイが快楽に耽って堕落し、悪行の末に破滅するまで。代表作にして、作者唯一の長篇小説。無削除オリジナル版より訳出した決定版新訳。
〔赤二四五-二〕　本体一一四〇円

モーパッサン作、笠間直穂子訳
わたしたちの心
自由と支配を愛するパリ社交界の女王ビュルヌ夫人と、彼女に恋する繊細な趣味人マリオル。すれ違うふたりの心を、死期の迫った文豪が陰影豊かに描く。
〔赤五五一-四〕　本体八四〇円

岡義武著
山県有朋
―明治日本の象徴―
自らの派閥を背景に、明治・大正時代の政界に君臨しつづけた元老・山県有朋。権力意志に貫かれたその生涯を端正な筆致で描いた評伝の傑作。（解説＝空井護）
〔青N一二六-四〕　本体八四〇円

……今月の重版再開……

松永昌三編
中江兆民評論集
〔青一一〇-二〕　本体一〇七〇円

旧事諮問会編／進士慶幹校注
旧事諮問録（上）（下）
―江戸幕府役人の証言―
〔青四三八-一・二〕　本体各九〇〇円

小林登美枝・米田佐代子編
平塚らいてう評論集
〔青一七二-一〕　本体九七〇円

定価は表示価格に消費税が加算されます　2019.9